U0462316

袖手
旁观

XIUSHOUPANGGUAN

清明谷雨 著

长江出版社
CHANGJIANGPRESS

图书在版编目（CIP）数据

袖手旁观 / 清明谷雨著. — 武汉：长江出版社,2023.2
ISBN 978-7-5492-8582-2

Ⅰ.①袖… Ⅱ.①清… Ⅲ.①长篇小说—中国—当代
Ⅳ.①I247.5

中国版本图书馆CIP数据核字(2022)第214291号

袖手旁观 / 清明谷雨 著

出　　版　长江出版社
　　　　　　（武汉市解放大道1863号 邮政编码：430010）
策　　划　力潮文创–白鲸工作室
市场发行　长江出版社发行部
网　　址　http://www.cjpress.com.cn
责任编辑　陈　辉
特约编辑　唐　婷
封面设计　Finnn
封面绘制　踏月锦
插图绘制　踏月锦　钢橘　突突土土广　客小北　Finnn
印　　刷　北京盛通印刷股份有限公司
版　　次　2023年2月第1版
印　　次　2023年3月第1次印刷
开　　本　880mm×1230mm　1/32
印　　张　8.75
字　　数　228千字
书　　号　ISBN 978-7-5492-8582-2
定　　价　45.00元

版权所有，侵权必究。如有质量问题，请与本社联系退换。
电话：027-82926557（总编室）027-82926806（市场营销部）

目录
CONTENTS

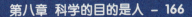

这世界上有三样东西是藏不住的。
对人的真诚，对科学的诚恳，日常下过的真正的苦功。

第一章 驳回

姜醒又是第一个到的实验室。

校园还很清静，常绿阔叶蒸腾出的三十六摄氏度的暑气被隔热玻璃挡在落地窗外。

中央冷气、光感照明和器材设备电源逐一打开。

校园内网邮箱忽然冒出来的一封回信让他来时一边滑滑板一边喝冰镇橘子汽水的快乐荡然无存。

又是驳回。

第二次了。

姜醒无意识地薅了一下书包拉链上的绿色小恐龙，后脑勺翘起的一根发丝耷拉下来。

两周前，同一小组的搭档叶逸没有经过授权，盗用他费尽心思收采的一组未发表数据作集体报告。

一个月的皿期观察，上百次对照实验，无数个夜晚熬出来的成果转眼变成他人囊中之物。

姜醒冷冷扯了扯嘴角。

这是他第二次申请数据鉴裁，第一次是向实验室现在的暂时代理负责人方旭提交的。

方旭是实验室里资历排前几名的博士师兄，不过他会把自己的申请打回来姜醒倒是一点都不奇怪。

叶家、方家是世交，叶逸和实验室里几位背景显赫的师兄从小一块儿长大，加上人乖嘴甜，就连别的师兄师姐在他和姜醒这两个最小的后辈中，都对叶逸偏爱有加，即便两人的业务水平差距有目共睹。

这倒无所谓，姜醒懒洋洋地想。

实验室里辈分分明，老师们又是不管事的，所以这回他直接向那位听说还在国外的新任管理人提交了申请。

实验方法、过程、周期的记录材料明明白白，完全能构成一条相互印证的证据链。

但结果是再次驳回。

中央空调开始运转，释放冷气，带着沉顿厚重的声响。

实验室里陆续有人来打卡，一位坐在姜醒实验台旁边半年依旧没有被他确切记住脸和名字的师姐，询问了他几句之后就把话题引到了别的地方。

他们不太清楚事情具体的情况，只听说姜醒与叶逸因为作业不和。

毕竟这在学术圈也不是什么新鲜事，估计硕博学委会的邮箱一天收到的一百封邮件里，有八十封意在申诉采抄或者不实名假鉴。

师姐边说边打开饭团盒子，没注意到姜醒皱眉挪开广口瓶的小动作。

他本人从不在实验室进食。

"听说新的接管人是GU'太子'。"

哦，那怪不得。

姜醒单手撑着脑袋，平静地眨了眨眼。

正规实验所都有指导老师和实际管理人，S大研究所的指导老师是学界泰斗葛石，葛老一年有九个月在闭关搞科研，剩下三个月除去满世界出席峰会论坛和讲学，真正能匀给门下弟子的时间平均每年不够二十天。

即便如此，S大实验室仍是全国高校的科研圣地、东域最前沿的学术平台和最有价值的研究中心。

毕竟S大实验室背靠GU财团好乘凉，可姜醒在点开邮件的某一瞬间，脑海中竟划过"炒掉"这个福利极好、人人羡慕的实验室的念头。

但也只是一瞬而已。

不至于。

还不至于。

他还有的是办法。

"应该就这两天了，"师姐忙着吃饭团，口齿不清，得不到姜醒明显的回应也能继续说下去，"GU这是派了头狼来看护最值钱的宝藏啊。"

实验中心向来是行业内企业投入最多的部门，代表着底牌、筹码、创造力和竞争力，技术含金量与商业价值成正比，之前便有过商业对手意图窃取核心技术与秘密数据的前例。

姜醒对师姐接下来关于这位新的管理人英俊相貌夸张的描述、行商天赋如何出众以及论文专著KBA指数长年高居华人青年学术榜之首等"科普"一句也没听清。

他在想自己还能做什么，既然这个新任管理人也和方旭叶逸之辈沆瀣一气的话。

他还能做些什么？

师姐在吃完一个饭团后终于发现自己在"单机"："嗨，给我一点反应。"

"嗯？"姜醒回过神，随口回了句"哦"。

"……"师姐迅速领会他的意思，索然无味地撤退。

姜醒丝毫不掩饰自己的兴致寥寥，他面前这封驳回鉴裁正出自这位被吹得天花乱坠的新管理人之手。

反正他也已经不再对能从管理层讨回公道抱希望，他支起原本懒洋洋趴在桌面的上身，决定打起精神重新准备材料，从学术管理委员会那边下手。

总之绝不能让步，他向来把课业看得极重。

加上又是锱铢必较的性格，估计他在初中时就逼得一个抄他参赛作文的同学在广播室当着全校念道歉信的英勇事迹，现在说出来都不会有人相信。毕竟姜醒看起来清清冷冷，在非关实验的日常俗务上更是释放着一股子慢半拍的温暾和散漫气质。

进实验室大半年了人都还没认全，和他最熟、交情最深的可能就是实验设备了。

姜醒又重新看了一眼那封第二次拒绝他重审的邮件，看得很缓很慢。

目光从每一个字上滑过去。

唇线轻微抿紧。

解决完饭团的师姐起身收拾垃圾，竟从那双乌亮的眼睛里看到一种独属于少年人的锐意和狠劲。

错觉吧？实验室里这个呆呆的师弟脸上从来都没什么表情。

再想仔细分辨，对方已经低下头，开始认真投入到实验中去了。

窗檐碧绿树梢上的画眉展翅，在硝酸氧液和铜晶体混合反应的气泡声中喧嚣。

夏日的天空都要被啼哑了。

方旭和梁番去机场接人，架不住叶逸软磨硬泡，把他也带上了。

梁番坐副驾驶，透过后视镜看见坐后排的人紧张又激动，啧道："小叶子你有点儿出息！想要裴哥带你就多到他面前露露脸。"

叶逸摇头："我……我不敢。"

梁番好笑："这有什么不敢？不还有我们吗，好不容易把人盼回来了，有什么要帮忙的跟哥哥们开口。"

但要说起来，从小一块儿长大，又同行这些年，他还真没见裴律带过什么人。

叶逸乖乖轻声道："师兄们已经帮我很多啦。"

正在开车的方旭知道他指的是什么，打方向盘的手一顿："没事，叶子别怕，那事儿我都解决了，以后别在你裴哥面前说漏嘴就行。"

这事确实是叶逸不占理，方旭只当他年纪还小，涉世未深，不知轻重，但抄袭这个污名一旦落实就会跟一辈子，毕竟是从小看着长大的弟弟，那肯定是对他偏心的。

刚巧裴律这段时间正忙着办回国手续，虽然任命已经下来，也已正式公告，但很多事情还在交接，裴律尚未实际上手，官方邮箱管理权还在他这位实验室的副主管手上。

事情说大不大说小不小，方旭已经把那封言辞激烈的申诉和邮箱记录都处理干净了，半点痕迹不留。

叶逸"嗯嗯"地点头，笑得乖顺且腼腆："谢谢旭哥，谢谢番哥，我以后不会做这种事啦。"

梁番提点他："还有那个姜醒，少跟他接触。"

"嗯？"

梁番是当初的政审考核人员之一："他脑子有点问题。"

裴律只有一个行李箱，往车尾一塞，打开后排车门。

从小一块儿长大的兄弟，几年没见也不会生疏。

梁番大笑，可见是确实高兴："可算回来了，还以为你得念完博后才能来跟哥几个会合。"

裴律找了个舒适的姿势，一双长腿委屈巴巴地叠在后排不大的空间里，神情很淡，但面容是和缓的："老头子让的。"

叶逸的开心没掩饰住，裴律平静敏锐的眼神忽然扫过来，好像在问他什么事。

叶逸紧张，裴律不算难说话，但性格沉稳内敛，不动声色，尤其不笑的时候，居上位的精英气场和长年搞科研带来的禁欲之感在这个年轻男人身上产生化学效应，沉淀出一种独特的气质。

叶逸扭开一瓶水递到他面前，有些害羞地问："哥，喝水吗？"

裴律随手接过，没碰着他微颤的手指："谢谢。"

接过后没有马上喝，手指有一搭没一搭地点着车窗，偏头看这座久违的城市，不知在想什么。

叶逸有些失落，外面的人都以为他们是一个圈子的，但其实他只是和方旭梁番很熟，而方旭梁番和裴律很熟，他和裴律……并没有别人以为的那么熟稔亲近。

方旭从后视镜观察后排的两个人，得，中间隔着的距离能再塞两个人。

"走，给你接风洗尘去。"

裴律搭在车窗的长指停顿："不用，先去实验室。"

S大的实验室。

方旭原本想让大家停一停手上的工作，但在他还没有开口之前被制止了。

裴律不需要这种浪费时间的仪式。

他直接走到各个实验台之间，动静轻而低调，看到有不规范的操作就会指出——以国外实验室的操作标准。

才转了一圈，大家都差不多知道这就是新的管理人了——他们未来很长一段时间的老板。

人高腿长的年轻大帅哥，气质矜贵且带着与年龄不符的沉稳内敛。

方旭这个临时负责人跟在身后，一颗心虚虚提着。裴律公私交情分得很清，并且惯来喜怒不形于色，神情淡淡的实在看不出来满意与否。

裴律确实不是特别满意，他在国际最前沿的科研机构待过不短时间，面前这些经过重重筛选的高校精英在他看来，很多基础的细节都做不好。

有的连酒精灯要及时扑灭这种初中化学的知识都不记得。

不过也不是一个靠谱的都没有。

最靠窗边的实验台的主人对落在自己身上温和又暗藏锋芒的目光浑然不觉。

调试引流动作干净漂亮，测温断点手法娴熟利落，甚至称得上有行云流水的美感。

能同时测验上十种试剂游刃有余，说明基础扎实，磨口瓶上不沾水渍和药粉，表明做事很细致严谨。

他动静很小，玻璃瓶和试管在别人那儿叮叮当当地响，到了他手里就被管得服服帖帖。

站姿比起其他正襟危坐的人显得舒适随意许多，让他看起来不是在机械地工作，而是由内而外生发出一种专注的享受感。

还有，是不是……长高了？

裴律不动声色地远远观察着。

正在记录数据的人浑然不知，或者知道但完全没在意。

低头时有光停在青年青色血管隐现的纤细手臂上，乌黑蓬松的额发遮住表情，白大褂和抿紧的唇线让他即使在清晨金色的阳光里也显得清冷。

姜醒测温需要等燃点，观察杯身刻度时才看到细颈杯壁倒映出一个高长的人影，抬起头瞥了一眼，很快又低下头去。

面无表情，波澜不惊，其间目光在陌生男人身上停留的时间不足一秒，和偶尔侧头看到窗外一只飞鸟经过的反应并无不同。

他不好奇，也不打招呼问好。

裴律也不在意，继续站在原地不打扰他。在看完一整套流程也无可挑剔之后，脚步掉转了方向，走进办公室。

门一关，新管理人别开生面的见面方式终于引起了实验室里小声但热烈的谈论。

实验室这群人向来眼高于顶，可裴律的学位、履历、家庭背景和自身的风度气质让人不得不敬重。

尤其是几个戴厚重眼镜的博士生师姐，面上隐隐有压抑的暗喜，她们显然很喜欢这种操作指导。

讨论热度一直持续到下午下班，实验室里的氛围比往日活跃，方旭挥手招呼大家："大家先别走，今天裴师兄第一天回来，说要请大家出去聚餐！大家别客气！"

方旭碰了碰裴律的胳膊："是不是啊？"

裴律静而缓地看他一眼，对众人礼仪性地点点头，显得谦和有礼。

是默认的意思，虽然这完全是方旭的临时起意。

早上堆积的好奇和好感膨胀到一个顶点，大家一阵激动欢呼："哇噢！谢谢裴师兄！"

全室就只有两个人缺席，一个晚上要陪女朋友过生日的师兄，一个姜醒。

"真的抱歉啊，今天是早就和女朋友约好了，也不知道裴师兄提前回来。"唐光有些不好意思地跟方旭请假，"噢，我们组的小姜说他晚上有事也不报名了。师兄你们好好玩儿啊，我下次一定到！"

因着叶逸的事，方旭本来就不想让裴律和姜醒这个不定时炸弹多接触，这样一来正合他意，今晚的聚餐再完美不过，就连站在他身后的叶逸都放心地弯了弯嘴角。

方旭身心舒畅地拍了拍唐光肩膀，宽容地笑道："多大点事儿，女朋友重要，下次再一起喝一杯，有的是机会。"

站在几个人中间但一直没有说话的裴律忽然问："他也要陪女朋友？"

大家皆是一愣，唐光最快反应过来他问的是谁，哈哈笑道："那倒不是，小姜还是单身呢，之前隔壁所那几个大师姐成天张罗给他介绍女朋友，搞得小姜都不敢坐B座的电梯了。"

裴律对唐光点了下头，以示回应。方旭皱起眉，不想让话题再围着姜醒打转，状似随意又意有所指道："姜醒那个人就那样，平时所里有活动也都不来，人家忙着呢，随他吧。"

唐光听他这么直白的话有些尴尬，只好笑了两声，为自己组里的成员挽回颜面："师兄别见怪哈，小姜是比较个性一点，但业务和学业还是很不错的。"

裴律抬眼一扫，脱下白大褂的少年已经换回了连帽卫衣和牛仔裤，一手拎着书包一手抱着滑板离开，只能看到黑黑的后脑勺消失在门外——还有一根卷毛翘起来。

一群平时没日没夜熬在实验室的"数据民工"在吃过晚饭后又续摊。

舞池光影摇动，方旭忽然接到导师的微信警告，大致意思是叶逸负责的数据部分错了很多，并且自己助理跟他接洽的时候，对方态度并不是很积极主动，甚至有些轻慢倨傲。

"请你转告这位同学，我很不满意，这完全不符合一个准科研工作者的要求和标准，自己的过错不主动承担更改，反而推脱敷衍是不诚恳不尊重科学的行为，请务必严谨严谨再严谨。"

语气严厉，毫不掩饰地责怪。

方旭看了眼正想找裴律说话的小孩，怪可怜的，顿了顿，还是什么都没说。

对方说叶逸态度不好他是不太信的，叶逸就是个单纯的被宠坏了的小少爷，可能为人处世上不那么圆滑到位，这才招人误会。

不过方旭还是十分恭敬地回了这位七十岁高龄依旧坚持在科研第一线的教授的信息，保证明天他会亲自将错漏的部分一一检查更正，绝不会耽误项目进程，请老师放心。

对方没有再回。

有裴律在，方旭自然不会说叶逸，等人出去接电话了方旭才不轻不重提点了他两句。

叶逸眼睛睁得又大又圆，显得纯良无害，幽黑瞳仁反射着舞池的五光十色。

方旭马上又说："不过也别急，你才进组没多久，出错是正常的。"

理直气壮地忽视了同一批进来的姜醒创下的百分之九十六的数据

可采率。

梁番看热闹不嫌事大，推了推趴在吧台苦恼的叶逸："怎么心不在焉的？叶子你最近这状态确实不行啊……你看你同期的……"哪壶不开提哪壶，忽然想起之前的数据闹剧，便转了个话题，"你也别烦了，听哥的，拿酒去敬一杯你裴哥，顺便再叙叙旧，旁敲侧击一下后边带人的事。"

方旭也催他："对，你裴哥这人软硬不吃，这事儿得看你自己的造化，快去。"

叶逸连连点头应下，两人不再逗他，又开始喝酒说笑。叶逸垂睫，掩下眼底三分厌色。

每次都是这样，闲事没少管，正事一点儿没帮上。

裴律打完电话回来，方旭和梁番给叶逸使了个眼色，双双借口下场跳舞离开。

摆满各色杯子的吧台只剩他与裴律。

澄黄色的灯光打在对方直挺的鼻梁和削薄的嘴唇上，叶逸有些紧张地开口，问了一些国外的生活和实验上的难题。

裴律领地意识强，不喜别人过多探问自己的私事，回答有礼但简略，只在聊到有关专业的事情时会多说几句。

但疏离克制的语气仍然泄露了他的兴致寥寥。

专业这回事，只有在旗鼓相当、水平相同的同道之间才能擦出交流的火花。

跟叶逸对谈，往深了说对方难以理解，往浅了讲他自己又觉得无聊不耐。

叶逸话太多，裴律也不想去舞池和陌生男女肉贴肉，索性看手机。

今晚Caco上面很热闹，聊天室里一连串信息源源不断地弹出。

Caco是一个服务器设在海外的论坛，四年前TUB国际联合竞赛夏令营时，决赛选手们志同道合感情深厚，离别时依依不舍，便有人建立了这个论坛供大家日后联系交流。

裴律作为那一届竞赛冠军从未在聊天室里发过声，一年到头都是隐身状态，估计大家都差不多忘记了当时每场积分第一无懈可击的"王者Pei"。

不过当年他参加夏令营时用的中文名字也不是裴律，彼时他还是跟他那位在国际生物组织任职理事的母亲姓的，后来父母正式离婚，他才改回来叫裴律。

裴律娱乐时间极少，但偶尔也会点进论坛看一看，比起现在精确到分秒的忙碌行程，还是那时候做学生来得舒服，只要一头扎进实验里就什么都不用想。

Caco从某种意义上讲，算得上供他短暂休憩的精神家园。

他没能继续做下去的事情，还有人在做，很多人在做。

大家来自五湖四海，在不同的国家不同的大学上学、工作、研究，过着不同的人生，多姿多彩，丰富热闹。这些散落在世界各地的同行们总有好多话要说，里面除了嬉笑打闹、聊自己的现状卖惨，也有许多学术价值很高的观点碰撞交流。

此刻，聊天室里一片热火朝天。

下午请假说自己晚上有事的人当数其中最活跃的那一个。

有人在聊天室问谁做过双向分流实验的态势分析，有没有模板之类，姜醒唰唰唰地发了一堆自己之前做过的报告，几个G的相关延展文献资料顿时占满了整个屏幕。

还顺带提了一些这个类型的实验分析报告需要注意的细节，希望对那位提问的同学有帮助。

热心话多得一点都不像今天在实验室里那个面无表情、唇线微抿的清冷少年。

裴律挑了下眉，手指下划，好奇地看对方如何在线表演网络和现实两副模样。

聊天间里许多人都在第一时间接收下载了文件，底下一串"跪地膜拜大佬"，还有人发了红包，上面写"to my little cute Xingxing"。

底下一片起哄。

"啧啧，Mike又开始逗我醒！"

"醒宝还小，不许欺负他。"

姜醒确实是非常典型的"线上交际花，线下社恐人"，手指飞快打了一串"哈哈哈哈哈哈"。反手就发了一个天线宝宝表情包，红色那只，摇头晃脑，双手笨拙地摆动。

裴律很难想象清冷的姜醒本人做出这样的动作。

红包姜醒没有接收，只说都是学术交流，互通有无，大家不要那么客气，当年他也很感谢各位学长学姐对他的照顾。

四年前姜醒才大一，他本来读书就早，还跳了级，比同届生小，但天资聪颖，一个新人竟然也在一众高手中糊里糊涂混到了决赛。

但天赋再高，大一的知识体系架构还未完全建立，也没有触及专业的深度领域，致使他在后期的竞赛培训中跟不上。

这是一个竞赛夏令营，他光夏令营了。

大概是因为没有了直接的竞争关系，构不成威胁，其他选手看他年纪最小，人又生得漂亮，慷慨无私地分享了许多竞赛经验，那段时间姜醒飞速成长，在这个竞赛中学到的很多思维方式和实操技巧经验是在他国内大学四年都学不到的。

虽然姜醒混到决赛之后第一局就被淘汰，但他始终感激这群既是对手又是朋友的同道，也最怀念那段一起上课一起培训一起生活一起比赛的时光。

因此这个群里谁有什么问题需要什么文献资源，能帮得上的，他都不会沉默。

裴律看到一个实时地域显示英国的人问待会儿谁要做线上模拟，姜醒又是第一个响应。

几分钟后，又有一个好像是在澳洲读书的女生说要加入，再后来，大家就散了。

姜醒昨晚做线上模拟熬得太晚，早上到实验室的时候忍不住打哈欠，三角烧瓶平滑的壁面清晰地倒映出他眼眶下淡淡的青黑，细框眼镜没有起到丝毫遮挡作用。

他打哈欠的时候刚好那位新上任的管理人走进来，他感觉对方看了自己一眼，估计是想提醒自己工作时要提起精神，集中注意力。

姜醒顶着那道意味不明的目光和无形的审视，没抬头，幸好对方什么也没说就走进了办公室。

姜醒效率高，可以提前撤，但想到一会儿午餐还得在食堂解决，就一直在实验室待到了中午下课。

抽屉里有他最近在看的推理小说，也不至于无聊。

他不愿意和一群风风火火的本科生去抢食堂，等过了午餐高峰期才从教学楼里慢悠悠晃出来。

日光热烈，风吹过绿浪一片。

姜醒把伞打开，身后有人叫他的名字。

"今天没有带滑板？"杨夕钻到他的单人伞下。

姜醒抬头眯了眯眼睛，像一只懒洋洋的猫在抱怨天气不好："太阳太大啦。"

杨夕是同乡。

上了大学后的老乡会姜醒只去过一次，他学不来酒桌应酬那一套，也只有性格豪爽的杨夕主动加了他的微信。

姜醒想，大概是省老乡会里面只有他和对方是同一个市的，区域还是要比别人更近一些。

杨夕知道自己要是不主动挑起话题，对方是不会开口的，她都习惯了："你去哪里？吃饭了吗？"

姜醒歪了歪脑袋，把过小的单人伞往女生那边挪一些，任炽烈的阳光爬上他白皙的手臂。

他晒不黑，杨夕很羡慕。

"还没有，去食堂。"

杨夕说："一起走吧，想去哪个食堂？"不知道为什么，姜醒身上有一种让人不自觉迁就他的气质。

"都可以的。"姜醒后知后觉发现杨夕手里捧着一小摞专业书，干巴巴地说，"你的书可以分我一些。"

杨夕也不跟他客气："好啊。"

她是新闻媒体专业，同时辅修法学，本科就拿到了两个学位，想起前段时间姜醒打电话问自己关于著作论述的维权途径，关心地问道："上次你问我的事情怎么样了？"

姜醒一顿，张了张口，对上对方殷切关怀的目光，一时之间不知道该说些什么，心里忽然一阵惭愧和窘迫。

当初是这位同乡积极地告知他申诉鉴裁的方法和途径，还在期中大考和论文抽查双重重压之下，抽出空来帮他将清第三方网络注册申请、电子格式调整、证据清单提交一系列很琐碎的程序。

而他一直拖到现在还没有解决好这件事，这实在是很说不过去。

他很没用，人家都帮到这个地步了。

姜醒沉吟了一会儿，还是将事情如实告知对方。

杨夕皱起眉，刚想开口，迎面走来几个身高腿长的男生，其中一个喊了姜醒的名字。

姜醒无法装作没看见，眯起眼睛大致扫了一眼，等走近到几乎是面对面的距离才幅度不大地点了个头，颇为僵硬。

是他本科时参加一个什么活动认识的师兄，要不是对方实在太过能说会道又自来熟，他确实没什么印象。

卫岩勾起嘴角嗔怪道："啧，又不记得我了？"

"没，"姜醒把伞压低一点，企图遮挡住自己以带来一些安全感，"没戴眼镜看不清。"

他说的是实话，中度近视不戴眼镜，两米之外男女不分，五米之外人畜不分。

站在几个人中间的裴律经他一说才发现，少年的目光有些涣散迷离，显出一种迷茫的稚气而不自知，和他淡漠的表情形成反差。

这是他时隔四年后第一次认真打量姜醒，他去实验室的第一天那次不算，因为对方在非常认真地做实验，一直低着头都看不到脸。

姜醒的长相有一种很浓郁的书卷气，那样文气的五官组合让人第一眼看到的时候，脑中马上冒出的已经不仅仅是"漂亮""好看"这种普适但笼统的形容词，而是联想到格外具体的事物，一颗白玉珠、一沓薄如蝉翼的宣纸之类。

可他紧抿的双唇和在实验台干净利落的操作，又为他过于文气的静秀和纤弱平添了几分属于理科生的尖锐和干脆。

姜醒的目光从头到尾也没有聚焦在他身上，不知道是没认出自己的新老板还是近视没看见。

卫岩看着面前两人，笑得意味深长："同学？"

姜醒皱起眉，觉得他当着几个不认识的人这样问非常冒昧，不，是冒犯，便冷漠地敷衍：“朋友。”然后胳膊肘碰了碰杨夕的手肘："走了。"

看着一对璧人的背影，其中一人嘲笑："卫岩又瞎逗师弟师妹，够招人嫌的。"

卫岩笑得不怀好意，回头对他们道："嘻！你们是不知道，这个小师弟有多好玩儿，成天鼓着个脸，跟仓鼠似的，特好逗。"

"收收你那社交自信，人根本不想理你好吗。"

一直没说话的裴律问卫岩："你师弟？"

卫岩看他的表情，愣了一下："啊？哦，也不算直系吧，以前一起做过项目。"

裴律点点头，扫过来的眼神轻而平静，语气也淡："那以后别逗他。"

"？"

"现在是我师弟。"

"……"

杨夕走远了还回过头去看那几个人："他们几个都是你们院的吗？"

姜醒被晒得有气无力："不清楚。"

"……他刚不是叫你师弟吗？"

姜醒向来气傲，讥讽地扯了扯嘴角："不是什么人都能当我师兄的。"

尤其私心偏袒包庇抄袭的，德不配位。

杨夕感叹："哎，刚才最中间那个好帅哦，脸、身材、气质，绝了，我记得你们学院院草不长这样啊。"

姜醒脚步一顿，杨夕回过头看到他眼神都沉了几分："是吗？"

杨夕一怔，刚想说"是啊"，就又听到姜醒语气平静地说："他就是那个第二次驳回我申请的人。"

杨夕哑然。

S大有很多活动和比赛都在夏天举办，一年一度的科技节和校园嘉年华，气氛空前活跃，虽然主力军是本科生，但欢快忙碌的氛围感染了校园的每一个人。

时至夏至，到了一年中白昼最长的时候，就连复印店和咖啡厅的营业时间都从早上九点提至八点半。

澹明湖、鹿鸣亭和蕴真楼前的芳草地，男生女生围成一个圈热烈讨论，饮料、零食和笔记本电脑搁在草地上，广玉兰花瓣掉落，有蝴蝶停经，夏日湖水也清，几朵莲，紫色的，锦鲤游弋，有准备各种考试的学生来投食和祈拜。

姜醒抱着刚打印出来的论文经过，偶尔也对大家的朝气蓬勃生出一点艳羡，明明他自己也才本科毕业不到一年，中午去买汽水的时候还被当成新生塞了一张粤剧的门票。

大概是因为他本科时代的社团经历并不丰富，也没有交上特别要好的朋友，还是有一点遗憾的。

不过也只有一个原因：他的时间都被课业填满了，没有那么多心思想别的。

周五下午，姜醒早早洗涤擦拭好仪器，第一个飞奔出实验室，怕时间来不及，随手找了一辆共享单车。

才四点，慎德大礼堂前就排起了长长的队伍。

姜醒进场的时候抢到了第三排的好位置。

能动用这个百年大礼堂的都是规格极高的会议或赛事，今天讲座的五位来宾都是他们专业里的大牛，每一个名字在姜醒刚入门的时候便如雷贯耳。

裴律年纪最轻、资历最浅，坐在讲坛的最边上，他不是主讲，只是代表主办方的青年学者，但英俊的面容和沉稳的气质还是吸引了众人目光。有专门的主持人，他要讲的话不多，这个位置可以清楚地观察到台下熟悉的身影。

裴律猜想，姜醒应该是对引流数据态势分析很感兴趣。

坐在他身边这位唐润宁老爷子并不是这几个人里最有名望的，甚至称得上冷门，但每次只要他发言，台下那个人就会奋笔疾书，目光格外专注热忱。在礼堂明亮的灯光下，青年乌黑的眼睛里闪烁着一把水洗过的星子。

裴律有一点好奇，被姜醒这样桀骜冷清的人用这样一种温驯又虔诚的目光凝视仰望，是什么感觉。

姜醒其实很好懂，喜欢和不喜欢全然形于色，换到别人发言的时候，他整个人就明显松懈很多，撑着脑袋，手上有一搭没一搭地转笔。

尤其是轮到他自己发言，对方甚至在低头看手机。

姜醒无语地在微信上回复杨夕："学术造诣这么深的人为什么也会这么没有道德底线。"

饶是他对裴律这个人没有一点好感，也不得不承认对方的专业水平，寥寥几句论述条理清晰一针见血，与几位学术泰斗交流起来毫不逊色。

他知道裴律关于合成生化演算的研究很有名，当年姜醒看完他那几篇为数不多但得过很多奖的论文后很兴奋，深受启发，也产生了很多自己的疑问和想法，甚至一度想过发内网邮件去请教探讨。

不过这个突兀疯狂的想法还是止步于他的社交恐惧。

要是这个人和叶逸、方旭那群人没什么关系，或者他能稍微公平一点，也许他们在学术上能有很愉快的交流。

但是，事实证明，他也不过是个自私自利、极致的精英主义者罢了，背景相仿、资源互通的金字塔顶端者抱团的把戏实在卑劣。

姜醒听着旁边几个女生对裴律夸大其词的赞叹，叽叽喳喳令人烦躁。

一整场讲座下来，裴律用自己不卑不亢的谈吐赢得满场喝彩和掌声，心里却没有太大的成就感和满足感。

那束像星星一样闪耀的目光从头至尾没有落到自己这个方向。

自由提问环节，裴律自然又是大热门。

连坐在最中间年过花甲的老院士都打趣说，看来还是裴博跟年轻人的频道比较同步。

姜醒哑然，心中不平，替自己学校感到丢脸，德高望重、朴素和蔼的老科学家无人问津，整个会场反倒被裴律的迷弟、迷妹搞得像粉丝见面会。

竟还有女生在这样正式肃穆的场合问出"裴师兄现在有对象了吗？""咱们这个专业对象难不难找？"这样令人啼笑皆非的问题来。

实在匪夷所思。

这样珍贵的机会，没有人珍惜。

还是裴律自己把话题扭转过来，淡淡警醒在座的各位："希望大家把注意力集中到学业交流上。"

姜醒从小学就不是会主动举手的人，但机会千载难逢，他自我拉扯许久，手举起又放下，犹犹豫豫，来回好几次，手都酸了也没有被主持人叫到。听到她宣布"那最后一位提问的同学就交给我们裴博来点吧"的时候，姜醒颓然放弃，心中不再抱有任何希望。

他甚至鼓起勇气盘算着能不能在散场的时候混进后台，和那位他钦佩已久的唐老院士说上几句话。

裴律看着那双跃跃欲试的眼睛黯淡下来，状似随口道："那就第三排从左往右数第七位同学吧。"

话筒递到姜醒手上的时候他还有些蒙，对着主持人仓促又激动地扯了下嘴角，笑得很不自然，甚至忘了跟给他这个机会的人说一声谢谢。

姜醒清淡冷冽的眉眼一舒展开来会显得很乖巧，握着话筒跟主持人说："你好，我想提问唐院士。"

主持人愣了一瞬，本以为裴律点的人就还是会问裴律，没承想点到了个真的来听讲座的，她反应很快："来，我们把话筒递给唐院士。"

姜醒弯腰对台上鞠了个躬，他极不喜欢把自己暴露在万众瞩目的公众场合之中，可是是自己擅长且感兴趣的领域，又会生出莫名的底气和自信，沉溺其中，全情投入："唐院士，您好，刚才您说的对流数控风险是同时存在多少种状态呢？"

"我只能考虑到在已经试出燃点之后的分化情况，如果这时候我们不把强碱性试剂加入，会不会让分子活性变弱？"

姜醒不怕露拙，所以直白坦然，他自问自答，又自我否定："但是，这样制造出来的晶体材料是否不利于保证它的pH值？"

"唔……抱歉，我好像提问太多了，如果不方便，您挑其中一些回答就好。"

唐润宁有些诧异地看了一会儿这个面嫩的年轻人，接过话筒笑道："真没想到还有听得这么认真的小同学，你的思维很缜密，假设也够大胆，能引起你的兴趣和思考，我刚才说的那一通算是值得了。

"你能问出这么几个层次递进的问题，证明你亲手做过这样的实验。"

唐润宁简要地解答了他刚刚一连串的问题，与姜醒一问一答，颇有相谈甚欢的意思。

周围的学生跟不上他们飞速运转的大脑，也对这些过于高深艰涩的知识没有丝毫兴趣，渐渐出现一小片不耐的躁动。

姜醒才不管他们，他今夜心满意足，直到坐下眼睛还亮晶晶的。

女主持人及时止住了话头，说后面会有专门的答疑环节。

众人终于松了一口气。

会后答疑，是给学生和大师近距离交流的环节，还可以拿书去要签名。

姜醒大学以来体育考试都是班里男生中的倒数，却在一群狂热涌向裴律的女生中杀出一条血路，直奔唐润宁。

唐老座前门可罗雀，老人家也不在意，非常心宽地开自己的玩笑："小同学不用跑，我这儿没人。"

姜醒不好意思地挠挠后脑勺，裴律从众人包围的缝隙中仍能窥到他颊上急促的潮红。

唐老问他："小同学大几了？叫什么名字？"

"啊？"姜醒刚才跑得太急，手脚还有点无措，"我研一了。"

"哦？"唐老眉毛一扬，"你看上去可不像，现在在哪个老师的门下？你们学校的教授我也认识一些。"

姜醒干巴巴答："导师是葛石教授。"

唐老给他比了个大拇指："年轻人，了不起。"

葛石的研究生难考是出了名的。

姜醒正经地摇摇头，直接说："但是您的精准合成和点击合成是我看过国内做得最好的。"

也许是语气过于平静，这么直白的话也没给人阿谀奉承的感觉。

老爷子"哟"了一声："我最好？不怕我跟你老师告状啊？"

姜醒抿嘴沉默了一秒，还是道："有一说一。"

唐润宁哈哈大笑，和姜醒继续刚才在台上没完成的讨论，难得碰到个能说得上话的年轻人，唐老眉飞色舞红光满面。

中途裴律还来过一次，说是借笔。唐老满脸疑惑，姜醒忙着记笔记，连头都没抬一下。

裴律看了他发梢翘起的后脑勺两秒，又面色平静地回到人山人海中去。

散场之前，唐老还给姜醒留了私人邮箱，说以后有什么学术上的问题和新的想法可以随时和他交流。

姜醒激动，但不谄媚，只乖乖地答道："好的，谢谢您。"

唐老拍拍他的肩："年轻人，好好干，大有可为，以后来首都，记得来找我这个老头子聊聊天。"

姜醒是个很容易把别人的话当真的人："您说真的？"

唐润宁觉得他实诚得可爱，又笑："我这个人是爱开玩笑，但从不瞎客套。"

姜醒笑得不多，但是一笑眼神就会变得很柔软。

裴律亲自将几位老院士送到下榻的酒店后，在司机取车的空隙拿出静音了一晚上的手机。

Caco又跳出了新的信息提示，是姜醒在聊天室里兴高采烈地描述今夜的奇遇。

下面有人回应他，问他专业问题的有，说羡慕的也有。

裴律忽然意识到，姜醒似乎将这个论坛当成一个分享快乐和烦恼的树洞了。

他来实验室两个月了，鲜见姜醒这么轻松快乐的模样，像一盏充满能量的灯，由内而外散发着盈盈的光，充盈、饱满、雀跃。

姜醒平时话很少，存在感极低，像元素周期表最外围的氢氦锂铍硼，即便每天都打交道也不一定能给人留下什么特别的印象。

他习惯一个人在角落里默默做自己的实验，从不参加茶水间的茶话会，不和别人交换外卖零食，不结伴吃饭或同路回宿舍，擅长自娱自乐，一个人听讲座，一个人看推理小说。

偶尔有师兄师姐问他话也常常会冷场或语不惊人死不休，把对方噎得无话可说。

裴律就见到过好几次本来一群人在茶水间热闹地聊天，他一走进来大家都很默契地噤了声，或者故意把声音压得很低，等他走了才又重新热闹起来。

姜醒满身与他年纪不相符的戒备与忧郁令裴律不得其解。

可他今夜的笑容，很明亮，像月光，在华灯熠熠的礼堂里也非常闪耀。

苦夏的忧愁如丝缕烟雾萦绕，裴律不知道要怎么样才能让对方感到快乐一点。

姜醒的好心情一直持续到周末将录音笔里的内容传到笔记本电脑里。

笔记本上潦草的随记也动笔整理了一遍，在论文文献都高度电子化的信息资讯时代，亲自动笔将知识抄录在白纸上给人一种充实的收获感。

昨晚答疑环节交谈之前他请示过唐院士，询问是否可以录音，因为可能他现场记笔记没那么快，老爷子爽快地反问有何不可。

他信奉天道酬勤，也信奉功不唐捐。

每周一早上是例会时间。

前两年S大把生院与化院并作一个大院后，会都一起开。

硕博研究生是统一管理的，人不少，阶梯教室陆陆续续有学生进来。

光看面相和精神面貌，大家的年龄差距就有些大，发际线、黑眼圈和眼角血丝可以窥探科研民工的现状。

现代职场内卷严重，拖家带口来读博的也不少，校园也不再是单纯的象牙塔，多了很多现实的无奈。

裴律到的时候姜醒已经选了靠窗的位置坐下，那排位置都还空着，他想了两秒，还是选了姜醒左后方的位置。

裴律走过来的时候引起了一点骚动，不过很小，他今天不需要上台发言，穿得很休闲，白衣黑长裤，肩颈线条凌厉，左手腕上藏了一款学生用的黑色电子智能表，额前头发放下来，完全看不出昨晚讲座上的斯文精英气质，走在人群里也只是个帅气的男大学生。

但还是招眼。

那种介于年轻与成熟之间的气质，非常抓人。

不过不招姜醒的眼，他没有察觉。

从裴律的角度看过去，姜醒甚至还没有完全醒，窗外梧桐树漏下的日光落在侧脸，他支手挡着，颈脖纤细，皮肤白亮，后脑上翘起几根天线似的乱发。

戴着耳机，有线的。

姜醒身上有种老派的固执，在身边人纷纷换了无线蓝牙耳机时依旧坚持使用已经换代不再生产的产品。

他小声地、很认真地跟杨夕说："我总觉得没有那根线连着，别人会听见里面播放的内容。"

"……"杨夕拍拍他的肩，"相信科技，享受科技。"

姜醒不听，坚持自己的理由："而且也很容易不见。"他经常找不到东西。

除了耳机，姜醒也极其不愿意换手机、换电脑系统、换坏了的家电、实验设备，他觉得那简直会改变他的世界。

除了学术功课，生活里的一切他都喜欢墨守成规，不喜欢改变，不喜欢摸索，生活只要充实简单就很好。

他把耳机里的长笛声音量调大了一点，企图驱走睡意，又习惯性地点开Caco。

里面的时差党还没起来，国内的朋友有人发了"早上好，又开始搬砖的一天"的表情包。

姜醒有很多表情包，毕竟聊天室就是他这个"社恐"主要的交流输出平台了，于是裴律看着他一脸严肃地在聊天室发了个"太阳晒屁股啦"的天线宝宝。

是紫色的那只，眨巴着眼睛，给他一种姜醒此刻也背对着他那样眨眼的错觉。

醒宝好早。

吃早餐了吗？

姜醒可能是在生活中没人跟他说话，因此每一条都很认真答：在开例会吃了，三食堂的白菜馅饼和豆浆，好吃。

有个人笑：又是白菜馅饼。

下面几个人跟风排队发了"晕倒"的表情。

连他们都知道姜醒已经吃了很久的白菜馅饼。

姜醒回了一个摇头晃脑扭屁股的天线宝宝，这次是黄色的。

白菜馅饼他从本科吃到现在，任凭已经认识了他的食堂阿姨竭力劝说他试一试新的菜品，他都拒绝了。

白菜馅饼就很好吃。

最好吃的！！

裴律不知道白菜馅饼到底有多好吃，忽然想到自己的饭卡还没下来，学校食堂也还没来得及好好逛过。

回国太匆促，事情很多，他像一张被拉满的弓，每一分钟都疲惫。

这种疲意和之前学生时代熬实验的累和困完全不同，是国内环境的琐碎和人事交际的不纯粹、冗杂烦琐所致，非他一人之力能改变。

提及例会，聊天室里有人在抱怨自己学校会多钱少，业务不搞，专门搞很多程序烦琐的形式，还要写许多装点门面的无用材料。

这似乎是很多高校的通病，得到了许多同学的响应。

姜醒觉得反正开什么会他都是在下面做自己的事情，就没再就这个话题发表评论，眼看着群里的气氛有些低沉，他就把昨天和唐教授聊到的一些观点笔记发出去。

得到了大家的热烈回应，群内气氛为之一振。

姜醒很轻地弯了弯嘴角，按了两下笔头，发出嗒嗒两下很轻快的声音。

裴律垂眼，点开那些他整理好的笔记，觉得姜醒其实是个很大方慷慨、乐于分享的人，但是不知道为什么在现实中看上去那么淡漠。

他也不知道其实是因为实验室里的恶性竞争以及同门微妙的关系，并没给姜醒可以分享的人和机会。

裴律想的是，一些同门觉得姜醒小小年纪恃才傲物且态度不够恭敬，但其实更多的是被天才后辈追赶的危机感。

所以说他不喜欢这样的环境，不是专门搞研发就可以，可能百分之六十的心力要用来平衡利益和协调资源。

只有从姜醒这样固执安静的人身上，他才偶尔可以回想起那种完全投入实验的纯粹和痛快，对一个成果的渴望、偏执和两耳不闻窗外事的安然。

曾经他也是很安静沉默、偶露锋芒的人，但那时的他已经远去，以后也不会再有机会回返；现在的他学着"成熟"、学习"老练"，只是他暂时还没适应得那么快。

台上辅导员说完话，方旭走了上去。

姜醒面无表情地看了一眼，又迅速低下头，他的表情是真的很疑惑，这样品行有亏的人是如何在学院里身兼要职并且众人爱戴的。

啊，见了鬼了。

他不太耐烦地按动笔头，弹力太大，笔在空中飞了一下，滚到后排，姜醒的脊背一下绷直了。

裴律看他像课堂上不小心弄出动静的小学生一样低头左右乱瞄，又不想动作太大引人注意，好心地帮他把滚到自己脚边的水性笔捡起来。

很轻地戳了下他单薄的肩头。

姜醒回头接过笔，低声说谢谢，又飞快回过头去，快到裴律怀疑他都没有看清帮他捡笔的是谁。

例会的下半场姜醒很安分，团支书宣布了篮球赛的事宜就散会了。

姜醒隔着耳机还是听到了一点，这次篮球赛不是跨院比，是跟本科生比，大概是校领导们觉得硕博院里的人死气沉沉，要大家感受一下年轻人的激情与活力。

姜醒一只手拎起书包背起来，一只手拿着保温杯，顺着人潮往外走。

裴律也扣上棒球帽，站起来，在姜醒经过的时候，闻到很淡的茶的清香。

是很适合夏天的荔枝红茶，那天经过超市他看到有茶包在促销。

应该是泡在姜醒手上的保温杯里，浓郁的果香和茶气被压抑住了，但还是能闻到，姜醒的发梢也沾了一丝。

那种香气让裴律忽然想起几年前竞赛夏令营的海边，想到加州傍晚的火烧云和夏日森林里的烈日和大暴雨。

竞赛时他在E组的实验室透过玻璃窗看止步决赛的姜醒主动去给其他人做副手，调试仪器、清洗试管、拿咖啡外卖……

后来姜醒还捡到过他的草稿并且破译了他的数据密码，裴律不用俄国的化学元素标记，对于他来说，古罗马符号更系统好记。

连当了他助手许久的Amanda都常常无法破解。

裴律觉得这大概是一组古老到孤独的符号，古罗马人消失后，这个地球上只剩自己一个人使用。

姜醒把草稿还给他的时候眼睛很亮，充满赞叹和蠢蠢欲动的求知欲，好像想问他什么，但又因为腼腆，什么都没说。

姜醒根本不认识他，当时所有选手都是统一的白大褂和白口罩，他们又在不同的组。

那时候总以为有无限可能，少年的智慧和创造力无穷无尽。

那是一段当时没什么感觉，如今想起来很美的时光。

夏天的操场蝉声很响，隐在层层叠叠的浓绿之间，S大的玉兰和梧桐繁茂，一字排开，人走在树荫下，仿佛头上撑起绿色巨伞。

姜醒去领今天的牛奶，父母很少干涉他的学业，但听他偶尔提起有时候晚上会抽筋，就给他订了水牛奶。

裴律看着他清瘦的身影融入人群中，就往反方向离开了。

第二章 鹧鸪在叫

天气太热，姜醒在超市买了一支绿色心情，绿豆沙的甜意在口腔中炸开。

实验室只有叶逸在。

姜醒径直与他擦肩而过。

"你不必对我有这么大的敌意，"叶逸笑了笑，"或许我们可以好好谈谈。"

姜醒没空跟他废话，却在摸到录音笔的瞬间，改变了主意。

他坐下，冷冷撩起眼皮，淡漠地问："谈什么？"

叶逸还以为他是根硬骨头，眼下瞧着也不过如此，轻蔑地笑笑："那组数据，你出个价。"

裴律回国势必要组建自己的团队，他选人的要求非常严格，且绝不会讲一点私情，连方旭和梁番都未必十拿九稳被选上，他需要尽快做出能被看到的成绩，所以他才拿了同组成员姜醒的成果。

姜醒眼睛瞪大，感到匪夷所思，义正词严道："不是钱的事，不问自取是盗窃！是抄袭！"

"你叫什么！"叶逸厌恶他激动的情绪，高高在上的语气像在施舍，"那你想怎么样？"

姜醒又突然问："你打算给我多少钱？"

叶逸一噎，有点招架不住姜醒的不按常理出牌，试探地抛出个数字。

姜醒"啧"了声："再加四个零吧。"

叶逸一口气提不上来，这时候再听不出姜醒在要他就是个傻子，他咬牙切齿："你到底想怎样？"

姜醒转了转他的笔："澄清，道歉，修改报告。"

"哈，"叶逸眼角是翘的，"做梦，不要钱你什么都得不到。"姜醒这类只会死读书的书呆子，有什么跟他直接对话、讨价还价的资格。

姜醒盯着他看了两秒，点点头，收回手上正在转动的笔准备走人："行，那我试试。"

叶逸没见过这么讲话的人，怪不得实验室的人都说和姜醒讲话要做好心理准备，容易被气到心梗："你装什么呢？你不都试过了吗，你的邮件，方旭和裴律都收到了，有人理你吗？"

姜醒被他的有恃无恐气得头脑发晕，即便对方说的是事实，他也不愿意在人前示弱，轻飘飘地瞥了叶逸一眼，平静道："是，他们是不理我，但你的好师兄们知道你私底下是这个样子吗？"

叶逸被戳到痛处，心虚地恶狠狠道："你别乱说话，没有人会相信你。"

姜醒眼睛睁大了一点，得出结论："那你害怕什么？"

叶逸胸口起伏。

气到别人姜醒就满意了，他慢吞吞地拉起书包拉链，明确地对叶逸说："抄袭的事，过不去。"

姜醒站起来，比叶逸高一些："我这个人吧，特别小心眼，报复心又强。"

"无论你背后是谁，你害怕的事情，一定会发生。"

姜醒乌黑幽深的眼睛直勾勾地对上他紧张闪躲的目光："我保证。"

叶逸被姜醒胸有成竹的模样刺激得心神不宁。

裴律认得他了吗？

那天晚上的讲座他也去了的，他是为裴律去的。

人总会对自己敬佩的、崇拜的人特别敏感，那个点名的小插曲到底是不是巧合？可是五百多人的讲座怎么会随便一点人就叫到他姜醒呢？

今天早上的例会他们也坐得很近，裴律好像还给姜醒捡笔了。

叶逸坐在前排，一直在回头往后看。

姜醒看起来一声不吭如闷葫芦，可谁知道他是不是要了什么花招已经跟裴律搭上话了呢？有没有说起数据那件事？

做贼的人总是心虚的。

叶逸这么一想，一个下午都坐不住，磨好咖啡端到二楼的办公室。

裴律一看是他，表情没什么变化，公事公办的语气："什么事？"

他平时来实验室都是休闲随性的装束，就跟校园里任何一个帅气男大学生无异，所以没什么距离感，叶逸说话的胆子也大了一些："没什么事呀，就是觉得这段时间好久没见到裴哥了。"

这话倒是不假，裴律回国之后很忙，全面接手实验室和公司，还有未完成的学业，方旭好几次想帮叶逸约人出来都被拒绝。

裴律继续批阅文件，忽然问："为什么不捡起那根水银针？"

没头没尾的一句问话，很平淡的语气，裴律甚至没有抬起头看他，可叶逸的脸唰地白了，唇色尽失。

裴律看见了。

叶逸想。

原本可爱的一双眼睛瞪得大而圆，无神空洞。

裴律见他这副模样，放下手中的工作，往后稍稍一靠，摆出审视的姿态。

眼神是锋利的，从容平静的目光像天罗地网般将被审问的人包围，让叶逸无所遁形。

前几天傍晚，实验室里只有姜醒一个人，他在做一个测验，半途出去打水，这个时候叶逸进来，经过实验台的时候，不知有意无意，碰掉了水银针，没有捡起来就直接走了。

这个定点测试不难，但非常耗时，叶逸以为神不知鬼不觉，但恰好裴律当时在加班，办公室的单式落地玻璃让外面的一切无所遁形。

叶逸把声音放软了解释，企图蒙混过关："我……我怕姜醒责怪我，一时紧张，忘了捡起来就走了。"

"对不起裴哥，我不是故意的，我……我待会儿会主动去和姜醒道歉，也可以帮他做完那个定点测试，好不好？"

裴律乌黑幽深的眼睛静静地打量了他一会儿，对这个答案不置可否。

手上的钢笔帽缓缓点了几下桌面，嗒嗒，几声不轻不重，裴律语气冷淡道："没有下次。"

叶逸面色一喜，又听见他疏离地道："以后没事不要随便来我的办公室，送咖啡这种事有助理。"

"还有，实验室要规范称呼，以后直接叫名字。"

叶逸被钉在原地动弹不得，强撑起的笑颜有了裂痕。

裴律重新低下头翻动文件："没什么事了就出去吧。"

杀敌八百，自损一千。

姜醒色厉内荏，心里远没有在叶逸面前表现得那般从容淡定。

将录音剪下来发给杨夕，对方的欢欣喜悦并没有感染到他。

光有录音是没有用的，并不能直接证明他们说的实验和数据就是叶逸抄袭的那一份数据。

重理当初的证据线每天都花费姜醒大量的心力，并且前方不一定就有希望，他看过很多科研难民的维权之路是没有尽头的。

他只是一个赌徒。

赌这个圈子还有公正的存在。

世界上没有两片相同的叶子，也极难再造两次分毫不差的实验。

如何证明原子与颗粒在分差、秒差的分流转动，姜醒觉得自己的科研命运也一样随机与无常，非人为能控。

复刻一个已经出了成果的实验的难度，比创造一个新实验的难度高上千百倍。只能无数次耐心推演，严格控制变量和节点，让分子的质量和速度以及轨迹与历史重合。

姜醒眼中血丝密布，又是一个未眠的黎明，一夜无功，没有说服力的数据就是一堆垃圾。

用一个个性的实验推演出一个共性的定理，真理放之四海而皆准，再让他回头去茫茫宇宙里找回当初那个偶然的个体——

太难了。

很累，姜醒看着清晨天空飞过的白鸽，丧气地想。

读书很难，工作也难，人际关系、权利斡旋他没有天分。

生来不是八面玲珑、门路四通的人。

在学术霸权里，别说去创造什么、争取什么，把自己的心血能保护好就已很不容易。

守护任何东西都需要代价。

但他又不甘放弃，这不仅仅是他与叶逸们的抗争，也是他与小时候那个自己较劲。

好像忽然又回到了十几年前，幼小的他和身形清瘦的父亲走在校园里，被人嘲讽奚落的日子。

彼时他对父亲的遭遇感同身受，此时他又重新历经一遍，同样有切身之痛。

太阳之下无新事，即使他摆出麻木冷漠的态度，只管埋头辛勤耕耘，仍躲不过历史的循环往复。

他这么多年咬紧牙关、独力支起的自尊和抗争、心血与果实，就这么被别人轻轻抬手，淡淡抹去。

用家世，用资本，用权势。

窗外枝头是什么鸟叫得这样难听？

一声一声的鸣啼，嘶哑，黯沉，充满血腥气，好似要冲破这云层，也要冲破他的耳膜。

是鹧鸪吗，还是乌鸦？

他甚至生生被这声嘶力竭的啼叫喊出了愤怒，但也是这愤怒似一簇火苗撑着他，烘着他，一点点烫到心和血液里，蒸发了眼角那点冤屈的水汽。

这股阴沉的颓丧在第二天大师姐在实验室里擅自代表所有人，将十大青年评比的选票统一投给裴律时，终于爆发。

大师姐赵萱拿着选票表格走进实验室，又高又亮的声音穿透咖啡杯里冒起的白雾。

“好消息！朋友们！”

“补助终于要发了吗？！”

“课题基金下来了？”

“我上回开会那个机票能报吗？”

赵萱无语了一阵，喜上眉梢地扬起手中的选票：“咳咳！今年十大青年候选人，咱们裴师兄榜上有名，一人一票，我待会儿统一帮大家投了啊。”

自然不可能有人有异议的。

实验室里顿时乱哄哄一片。

“裴师兄又得请客了。”

“那必须的，板上钉钉的事儿！”

“S大之光，其他候选人的履历根本不够看啊。”一人拿起宣传单看了几眼，“隔壁理工大入选这么多？裴师兄拿了那么多国际赛事大奖，根本不是一个级别的。他们学校候选人看到会不会不好意思啊。”鄙薄之意溢于言表。

有人被逗笑：“哈哈哈，你嘴真损。”

姜醒皱了皱眉，抽出正在调试染剂的手拿起一份候选人介绍仔细看。

赵萱急着收票：“没什么意见的话，我待会儿去行政楼交材料，就顺便把咱们所的票一块儿投了哈。”

“好嘞，谢谢师姐！”

“萱姐辛苦了。”

赵萱摆摆手，转身走出门，一个不大不小的声音拖住了她的脚步。

“那个，我的那张选票能给我吗？”

声音清凉单薄，语气却很稳，像一股凉风穿堂而过，大家的目光斜雨般飘来，半是好奇，半是下意识的反感。

"哈？"赵萱一愣，开玩笑道，"我一块儿拿去交不行吗，怎么，难不成你要偷偷选别人？"

"嗯？"什么叫偷偷？姜醒愣愣抬起头，白皙的脸庞露出一点疑惑，轻声反问，"难道这个不是民主匿名投票吗？"

姜醒扬了扬手上的宣传单，好像这群人不识字似的："上面写了。"

"……"赵萱没想到这个才进来不到一学期的后辈是真没打算投给他们英明神武的裴大师兄，一时之间竟不知道说什么，"话是这么说，但是……"

但是这是集体荣誉感，是为校为系里争光，是心之所向，是师出同门的与有荣焉。为什么就只有你这么特立独行搞特殊，要破坏大家心照不宣的约定。

姜醒好像还是没有参透似的，撩起眼皮，缓缓眨眼，慢吞吞地说："我以为民主匿名投票就是想投给谁就投给谁、投给谁也不用告诉谁的意思。"

他讲话的时候都没什么表情，语调也平平，不带任何讽刺或责怪的情绪。

没什么特别含义的话从他这种不善言辞的人口中说出，也像是一根细针落在听者心头，刺出极其不舒服的感受。

周围有人开始小声议论，赵萱的脸涨得微红，觉得姜醒简直冥顽不灵，又不好发火，表情难看地怪笑一声："那你想选谁？"

姜醒竟真的低头认认真真地看了起来，一个个仔细筛选后，指着一个笑容温暖的头像，颇为欣赏道："我看这位候选人很不错。"

任西林。

是隔壁对家F大新闻传媒专业的风云人物，一名记者，为人耿直公正，敢于发声披露事实，坚守公平正义。

下面还有他们学校学生的介绍推荐，说任师兄在校时就保护过不少师弟师妹免受网络暴力，并且披露过许多校园霸凌大案，外号任青天。

看得姜醒好生羡慕。

要是他也有一个这样正直的同门师兄多好。

为不公发声，为冤屈正名。

他没法阻止别人投裴律，但至少他要坚持本心。裴律说好听点叫袖手旁观，作壁上观，说白了是叶逸的同伙帮凶，颠倒是非、仗势欺人、只手遮天。再年轻有为，再耀眼的光环加持，包庇抄袭盗人果实就是不容洗白的卑鄙行径。

赵萱还以为他能选出个什么天才大神来抗衡一下裴律，结果是个隔壁家死对头，战绩也远不如裴律辉煌，有些轻蔑地笑道："就这？这些放在裴师兄面前根本不够看好吗？"

裴律的拥护者不满，上纲上线："有点集体荣誉感行不行？好歹也在S大读了那么多念书，学校亏待你了吗？做人可不能吃里爬外哈。"

"就是嘛，十大青年可是官媒认证，四年一评呢，肥水不流外人田。裴师兄选上了，咱们所不也水涨船高吗？说出去多好听呢，干吗涨别人气势？"

有人拿过那张候选人宣传单看了两眼，轻蔑地笑了："我看这个任西林也就张嘴皮子，这年头要在网上说两句话还不简单，说的比唱的好听，有什么好投的？"

姜醒哑然，匪夷所思，他似乎明白了为什么他的冤屈得不到伸张，他期盼的黎明迟迟没有到来。

因为没有人在意，只要那把噬人的剑没有落到他们的头上，他们就无所谓。

姜醒脸色瞬时沉下来，眉心一蹙，极为认真严肃地纠正那位嬉皮笑脸故作轻松的师兄，连音量都蓦然提高了不少，一字一句在午后的实验室格外清晰。

"为什么要这么说？！"

他一较真起来挺轴的，说话文绉绉的跟写作文似的："守护公正是这个时代最珍贵的品质，你能保证你永远不会成为不公平待遇的受害者吗？真正轮到你自己的时候你就会知道一个人能大公无私坚守正义光明磊落是多么高贵的品格。"

别人说这种话可能会显得有点中二，但姜醒那纯粹认真的表情，竟然没有显得很突兀。

那师兄脸一红，被这么个后辈如此义正词严地当众反驳，恼羞成怒："呵，什么最珍贵的品质，姜醒你是天真单纯还是"中二期"没结束，我看你就是故意不想投给裴师兄吧，瞧找的一堆好借口。"

正躁动着，忽闻门口传来低沉严肃的声音："都围在一起做什么？"

裴律身后跟着方旭，两人已经在后门站了好一会儿，原本只是经过，没想成遇上这么一出闹剧。

一开始，方旭听见姜醒又开始一派胡言的时候，心中发虚，生怕他将那件事捅出来。

他一边观察裴律看不出什么的脸色，一边抹了把额上冒出的汗，忙道："又是姜醒，不长脑子的，我去跟他说。"

谁料裴律睨他了一眼，按住他的手格外用力，方旭"嘶"了一声，肩膀生疼。

谁也不知道裴律会来。

原本吵得火热的众人此刻心里发虚，不知老板他何时来到，又听去多少，只是纷纷低下头去无人应答。

唯有姜醒不知道是无所谓还是真迟钝，依旧倔强地扬着颈脖，被窗外的金色夕阳勾勒出优美的线条，像只高傲的、愤怒、不知道累的天鹅。

裴律面沉如水，目光沉静，一一扫过惴惴不安的众人，最后停留在姜醒身上。

姜醒不卑不亢，直直对上他深如沉潭的眼。

半晌，裴律先移开了目光，屈起长指，警告性地反手叩了叩桌面，严肃道："实验室是做实验的地方，不是政治广场。"

"民主投票，个人意愿，独立行为，不需要聚在一起讨论。

"如果不是学术问题，聚众争辩，下不为例。"

也许是他的声音天生低沉冷淡，很容易使听者服从，今天又穿了正装，英俊锐气的眉眼一沉下来，气场压人。

大家缩着头散去，只有姜醒还在自顾自地研究手上那张宣传单。

最后，他还是拿到了那张属于他自己的选票。

是裴律亲手从赵萱手上拿回来还给他的。

裴律回到办公室看了几张数据报表，没怎么看进去，随手一抓那张候选人宣传单。

目光不自觉地聚在那位有幸获得姜醒那珍贵又郑重的一票的青年的上。

胜在了哪里呢？

职业记者，说明观察力和口才都不错。

敢于直言，说明性格耿直，品行刚正。

揭露事实又维护校友，应该是比较仗义热忱之人。

姜醒以前就认识他吗？

不是的话他怎么能只在宣传单上看了一眼就说这个人具有最珍贵的品质？

他是不是对这个类型的人比较向往？

至少是容易亲近。

不像自己，好像做什么也讨不到这个人的喜。

他刚刚看向自己的目光，是不知源自何处的敌视、不屑和冷漠，好像他们是一直对立的敌人。

为什么会这样呢？

姜醒应该不知道，他那种认真又天真的神情和平静但轻蔑的眼神是很残忍的，很能伤人心。

至少会伤裴律极难得热上一回的心。

那种始终充斥在姜醒身上的淡淡的排斥感来得生硬且莫名，叫人不解。

像一团乱糟糟的麻线，他却一直找不到打开的关节。

反复反省，他自认为没有得罪对方的地方。

裴律看着落地窗外的落日沉默，食不知味地喝了两口咖啡，告诉自己，他绝不是在意，只是单纯好奇。

他不在乎这些荣誉泡沫，他就是想找找什么原因让他输掉了这一票。

他不是输给任西林。

他是输给了姜醒。

裴律分明看见刚才姜醒在他擦肩而过的时候偷偷翻了个白眼，极小声自言自语："还民主科学呢，没有民主还搞什么科学。"

他眼睛大，又黑白分明，翻起白眼不但不难看，还挺像他在论坛用过的一个天线宝宝的表情包。

那个动漫人物也是翻了个白眼，配的文字是"垃圾"。

裴律默念"垃圾"这两个字。

姜醒是他做过的最难的"题"，没有定理可循，没有方程式参考，所有的交集和关系全靠他一腔热忱和满腹耐心去助燃，去要一个求而不得的解。

那不解这道题可以吗？

好像也不可以。

因为在这道题里，裴律窥见了曾经他对科学的热情、执着与全情投入，姜醒站在他离过去、纯粹、真理最近的地方。

一开始的好奇让他拿起了笔，他就只能一直算下去。

实验室指导老师葛石老爷子回国的消息一经证实，实验室全体进入一级戒备状态。

晚上蹦迪早上迟到的人夹起尾巴，落下项目进度的人连夜加班，拖欠的论文加速补齐，主动留下的学生日渐增多。

乍看上去一派学风端正，作风严谨。

恰逢老爷子过寿，不是什么整岁，只说和门下的弟子一块儿吃个饭，不兴大操大办。

姜醒平时就很勤奋，不用临时抱佛脚，这两日都待在科技馆看展，没怎么出现在实验室，收到寿宴通知的时候连礼物都来不及准备。

宴席定在今晚的花园酒店，从大学城到市中心，地铁转公交至少两个小时。

他脑袋空了几秒，看着满桌实验器材，硬着头皮动起手来。

姜醒找路，全靠地图软件。

一边低头一边找CBD地标建筑，中途撞到路人无数次。

机械的女声重复："向东南方向直行790米，红绿灯路口左转。"

东南方向……是哪个方向？

"地图将为您重新规划路线……"

"……"

姜醒擦擦头上冒出的细汗，一双眼粘在手机上，太阳很大，他的渔夫帽压得很低，险些又撞上过路的车子。

不知是今日的第几次。

姜醒对着因为自己被迫急刹车的黑色卡宴局促地弯下腰，有点着急地道歉："对不起……"

车窗徐徐降下，露出一张轮廓深邃的面孔。

"姜醒。"

姜醒抬头，微微错愕。

裴律今天穿了一件白衬衫，衣扣系到性感喉结的下方，露出肌肉线条流畅优美的小臂，一手搭在车窗边，一手控制方向盘，不像平时在校园里那副校草大帅哥的模样了，像社会精英。

虽然无论是便服的裴律还是正装的裴律，姜醒都不喜欢，但他更不喜欢这样看起来人模人样的裴律。

这会让他想到"方旭叶逸们"。

姜醒下意识抿起唇，干巴巴小声说："对不起，我刚才没注意看路。"不喜欢这个人是一回事，挡了对方的路还是应该道歉。

"咔哒"一声，裴律按开了车门的锁扣，对他温声道："没事，上车吧，我也要去酒店。"

姜醒嘴唇微微张开，拒绝的姿态，但明显是借口还没来得及想。

他的不情愿和尴尬全写在脸上，太好读懂，裴律心中哑然失笑，又忽然有些生气，第一次不想顺着他来，皱眉催促道："快点，你要迟到吗？老师已经到了。"

裴律板起脸的样子很能唬人，姜醒被吓得一个激灵，打开副驾车门。

座位上放着裴律的西装外套，姜醒不知道该放在哪儿，只能不太用力地拿起来，手足无措。

两只手指捻着，欲言又止，仿佛那件衣服是个即将爆炸的鞭炮，无声询问裴律这是要放哪里。

"先帮我拿着。"裴律看他坐得端端正正，脊背线条绷得僵硬，反省自己刚刚是不是真的太凶了，缓了一下声音提醒，"安全带。"

姜醒马上系上，裴律很少看到他紧张得这么呆头呆脑的模样，虽然依旧充满戒备，但没有之前几次那么张牙舞爪。

心中好笑又觉得有些可爱，心情终于好了一些。

姜醒心里尴尬，自我反省，上回投票的事才过去不到一个星期，转头就蹭起别人的豪车，是否太没有骨气，裴律会不会看不起他。

两个不熟的人一路无话，裴律倒是想问他一句最近很忙吗，怎么都不来实验室。

又忽然想起上次问话时换回对方一句冰冷冷的"我的项目数据全都完成了，裴主管可以随时检查"。

还是算了。

下了车，从进酒店大门开始裴律就一直在接电话，很忙的样子。

姜醒不知道他的西装外套该如何处置，是要留在车上还是带上去，只好继续一路抱在手里亦步亦趋跟在他身后。

等电梯的空隙裴律电话还没有讲完，省去了两人独处无言的尴尬。

只是没想到会遇上方旭带着叶逸，他们从门口走过来，四人在电梯前相遇。

裴律举着电话淡淡点了个头，方叶二人看见姜醒抱着裴律的外套，四目相对，眼里各自装着相似又复杂的情绪。

姜醒觉得空气一下子就焦灼起来，手指不自觉将怀里的西装外套攥紧，抓出一道很浅的褶皱。

可他马上又觉得该焦灼的人不是自己，他又没有做亏心事，为什么要紧张？

他不，他要雄赳赳气昂昂，抬头挺胸。

方旭和叶逸就站在他的旁边，衣冠楚楚，优雅体面，和裴律身上的某种气场能连接上。

他瞥过眼，往旁边微微挪了一小步，自动让自己与在场其他三个人划清界限，保持距离。

不能蹭了一回车就忘记，他们才是同一类人。

他最不屑的那一类人。

叶逸身上应该是喷了香水，姜醒强迫自己仰起颈项，绝不在这种陌生糟糕的气味里低下头去。

该惭愧和害怕的是他们，姜醒反复提醒自己。

裴律终于结束通话，电梯门刚好开启，三个人依次走进去后他才发现姜醒还呆呆地站在门外，眼底那点虎头虎脑的傻气不知什么候已经褪得干净，又重新笼上冷若冰霜的戒备，还有一丝莫名的大义凛然。

像清明时节的细雨，簌簌落在肩上，轻柔无辜，伸手一摸才发觉，衣襟湿透，冷冷冰意渗入皮肤。

裴律皱了下眉，刚才和姜醒独处的好心情散去了一些。

姜醒无法想象和这几个人度过二十三层楼的电梯乘坐时间，说不定他会控制不好自己，破口大骂或者做出什么事情来（他是不敢的，也就想想）。

这简直是在侮辱他，他伸手将外套直直地递给裴律，也不看旁边的两人，语调平平冷淡道："我等下一趟。"

裴律浓长英眉倏然蹙起，在电梯门即将关闭的一瞬间，迅速按下停留键，无奈的语气里带着连他自己都没有察觉的宠溺："别胡闹，快进来。"

空气蓦然一静，也不管身后吃惊的两人和愣在原地的姜醒，裴律又忽然上前半步，伸手将人轻轻拉了进来。

姜醒被人忽然一拽，几乎撞上裴律。

电梯门终于顺利合上，窄小的空间像个蒸笼，令人焦躁不安。叶逸心情复杂，目光探究，故作轻松勉力笑问："裴……师兄和姜醒是约好了一块儿过来的吗？"

有了上一次的提醒，他不再敢轻易唤裴律"哥哥"，他接受不了在姜醒面前被自己尊敬崇拜的人驳面子。

姜醒对他示好的搭话充耳不闻，过了几秒裴律才淡淡"嗯"了一声。

姜醒心里冷哼一声，哪里是约好的，分明是半路撞上。

裴律也不在意，自然地将手插进裤兜里。

电梯上行至目的地一半的楼层时停下。

走进来的乘客是师兄唐光，逐一打过招呼后，他随口笑道："呀？怎么小叶子也过来了？"问完他就后悔了，这张嘴太快，说话不经大脑。

叶逸的脸"唰"地一下红起来，方旭表情也不好，皱起眉头。

虽然葛石是实验室的挂名指导老师，但并不是实验室里所有人都是葛石门生，今晚能来寿宴的占不到实验室人数的一半，都是硕博考试时葛老亲自面试挑的人。

平时逢人就喊师兄师姐，那是看在同一个学校同一个专业上。

今晚能来的才是真正的师出同门。

叶逸还真不是。

当时他的第一志愿也填了葛石，但笔试面试都差姜醒一大截，没有选上。后来实验室招人，家里和方旭给他走了后门，他才能和姜醒成为里边最小的新人。

今晚是方旭想让他在大师面前露个脸，铺铺路，而且裴律肯定也在。

如今被别人这么无意一问，就显出他的位置尴尬来。

姜醒在电梯里憋了这么久的闷气总算顺畅了半分，他知道为人宽厚的唐光没有其他意思，但看到叶逸被刺这么一下还是有些痛快。

嘴角翘得过于明显，引来裴律的目光。对方意味不明挑了挑眉。

姜醒马上敛去笑容，不自在地别过眼睛。可又转念一想，他为什么要收敛？

凭什么？

叶逸这个草包自己虚荣，眼巴巴地跟过来，还不让别人笑？

这么一想，他又立即挑衅地瞪回去，讽刺地冷笑。

裴律目光宽容，心里无奈叹气，压着唇边被他勾出来的极淡笑意。

他们几个到得稍晚，大家位置已经坐好，只剩下几个零散的座位。

姜醒扫了一眼，想走过去坐那个单独的座位，唐光却先一步走过去了。他刚刚在电梯里说错了话，对这群公子哥避之不及。

姜醒："……"

裴律走到连着的两个座位旁，将椅子挪出来一些，朝姜醒招了招手："我外套。"

姜醒以为他只是要拿回衣服，走过去伸手交给他，刚想转身，一只手按在他的肩膀上，动作自然，力道和语气却不容置疑："我们就坐这儿吧。"

姜醒："……"

这个"我们"，就很微妙。

裴律的神色语气动作太自然了，行云流水一般，又是这样的问话和语气，周围的人几乎都认为他们是约好一起过来的，那自然也是要坐在一块儿的。

姜醒无语，又说不出哪里怪，他不想和裴律坐在一处。

但这时候他也不能再直接站起来驳了他的面子，说我不坐这儿，他还没这个胆子。

裴律知道姜醒不爽，可是看他气到几根发丝都竖了起来却还是乖乖地坐在自己旁边，心情很好地将袖子慢慢折起。

姜醒是个很矛盾的人，你能从他身上看到非常倔强尖锐的一面，但大多数时候，都充满了一种又屁又乖的气质。

像夏日午后天边疏离的灰色云朵，蓄着雷鸣闪电，要下暴雨，可风去戳一戳就知道，是软的。

竟然是软的。

老爷子没一会儿就到了，姜醒跟他不算很熟，真正见面加上面试那次也就三四回。

师兄师姐都爱出风头，笑着把祝寿词说得天花乱坠的时候，他就静静地坐在一边不说话。要是听到什么特别有趣的，也翘起嘴角跟着乐一乐。

本来也没他什么事，谁知裴律非要把他推出去。

"老师，这是姜醒。"裴律拿着服务生递上来的热毛巾擦了擦手，不紧不慢道。

姜醒本来还在悠悠地嗑瓜子，听到自己的名字，一愣，看向裴律。

始作俑者慵懒地靠在椅子背上，眼底带点儿笑意，很浅很淡，几乎看不出来，对老爷子道："您上次炫耀的那个小神童。"

人是老爷子自己招的，但面还没见过几回，平时给学生直接上课的也不是他本人。

没准备好的姜醒像个突然被点名回答问题的小学生，不磕巴，但语调很平："老师好，我是今年新进来的姜醒。"

老爷子还记得他今年面试到的有些奇才的小弟子，在桌上问了他好些问题，姜醒都按着自己的理解答了一遍。

葛石阅人无数，基本上聊两句就知道学生平时功底扎不扎实，是哪一卦来路。

老顽童有个毛病，一高兴了就爱逗人："听说你觉得唐润宁的态势分析做得比我好？"

"啊？"姜醒不好意思，腹诽唐老怎么把自己卖了，马上又认真严肃地修补，"但是您的高分子化学做得比唐老师强。"

葛石哈哈大笑，小孩身上那股读书人的呆钝与巧拙是很好逗的，看他手边那个礼盒迟迟找不到机会送出去，故意给他递台阶："你手边那个东西是给我这个老头的吗？"

姜醒看着桌子上堆着的师兄师姐的礼物，紫砂壶、古玩、书画，喉咙滚了滚，觉得自己临时准备的礼物实在拿不出手。

慌乱中，他也不知道为什么自己下意识忽然就看向裴律，大概是因为他坐得离自己最近。

裴律被他这个潜意识的求助动作取悦，众目睽睽之下竟伸手轻轻拍了拍他的背，温声宽慰道："是什么都行，老师最看重的还是心意。"

葛石扫了一眼裴律，什么都行？他可没这么说，这小子又睁着眼睛曲解他的话。

裴律的掌心很温暖，背部传来的力量和温度还是给予了姜醒一点儿勇气，他从书包里拿出一个色彩晶莹的广口瓶，众人都看过来。

是各种轻化分子凝成的精化体，大片的色彩交织，热烈交错纯粹延展，胶原体分层出凡·高的蓝紫色星空和红橘色交杂的向日葵。

抽象的质感，夸张的想象力，有点像艺术展里罗列的工艺品，没有那么高级，但至少呈现了作者的热忱与诚意。

姜醒对自己一个下午的原创作品不是很有信心，如果时间更充裕一些，细节其实能处理得更好。也看不出老师是喜欢还是不喜欢，只能硬着头皮介绍："老师，我做了这个，它是用微量元素凝成的，晚上放在没有光照的地方，和空气中的氧和水分充分结合后，还能发亮，能冒充一下星光灯。"

"亮度会根据空气里的氧元素浓度变化，所以它还是个能测试空气氧含量的指示灯。"

葛石颇感兴趣，拿起瓶子左看看右瞧瞧，问道："你自己做的？"

"是。"

葛石眼神尖利："凝体完全没有气泡，隔层但没有分离，这涉及的定理可不简单，你会做液化实验？"

既要保持晶体色泽的透明度和持久性，又要边缘交接地带重合充分过渡，不相互渗染产生化学作用，需要很精湛细致的操作手法。

实际上很多艺术水晶雕蜡的原始生产就是利用了这样的原理。

姜醒没想到他一眼就看出来了，不知道自己做得对不对，讪讪地摸了摸鼻子，如实说："我对着书里面讲的试过几次。"

葛石来了兴趣："怎么想到要做这个？"

姜醒觉得自己仿佛在面试，在座的一桌都是考官，他站得很直："这两天去看了科技展，有点儿想法。"

"不错，很不错，"老爷子连道了几声不错，对大家道，"这也算是科学技术和人文艺术充分结合。"

"搞科研的，还是要有点艺术修养，要不然观察力和想象力从哪儿来，是不是！"

葛石摸来摸去爱不释手，哎呀呀叹了几声，突然指着裴律说："我不在，你这个做师兄的可要多多关照我招进来这小弟子。"

裴律态度温谦："谨遵师命，当尽所能。"

姜醒撇撇嘴，不求关照，不使绊子就感激不尽。

方旭看裴律给姜醒挣了那么大一个脸，也顺势介绍了一番叶逸。

葛石一视同仁，拣了些问题问。

在旁人眼里，叶逸大概要比姜醒大方得体许多，回答也更生动有趣，偶尔穿插几句俏皮话能逗得满堂大笑，气氛热烈活跃。

葛老也笑。

笑意是淡的。

这世界上有三样东西是藏不住的。

对人的真诚，对科学的诚恳，日常下过的真正的苦功。

方旭也在他门下好多年了，葛石没再多说，将话题引到最近准备开始的亚峰科学论坛上去，说这是近几年来少有的含金量重的活动，大家务必关注。

方旭看出来老爷子的不走心，也不多做强求，以后铺路的机会还多的是。

姜醒今晚表现再好，但他送的礼能值几个钱，终究是上不了台面的小玩意儿。

叶家知道方旭今天要带叶逸来露这个脸，二话不说给学校捐了几台进口仪器。这不是姜醒那点儿小聪明能比的。

十七八个人围坐的圆桌很大，一盘盘精致的菜肴从姜醒眼前转了一圈又一圈。

姜醒伸手到书包里摸来摸去，半天也没掏到自己想要的东西。

裴律挡了一个师弟的敬酒，转头凑近低声问他："要找什么？"

姜醒微微往后仰拉开一点距离，不是很想承认："……眼镜忘记带了。"

什么好吃的也没夹上。桌子太大菜看不清，夹不稳，怕出洋相，就束手束脚不敢动作。

裴律看着他低头扒白米饭的丧气和懊恼，又想笑了。

他低声问："辣的吃吗？"

姜醒不知道他要干吗，疑惑地看他："吃。"

"甜的？"

姜醒惜字如金："嗯。"

裴律索性问："有什么不吃的？"

姜醒心里烦躁，面无表情："没。"

裴律："你还挺好养活的。"姜醒这个人看上去还挺挑剔的，不太像那种什么都吃的小孩儿。

他将几道特色菜一一夹到姜醒的空碗里："先尝尝。"

姜醒有点惊讶，他们还没熟到可以给对方夹菜的程度吧？

姜醒无措地看着对方稳而自然的动作，半天才憋出一句生涩僵硬的"谢谢"。

裴律微微一笑。

投喂容易上瘾，裴律的手就没停过。姜醒看着他一边应付来敬酒的人，一边抽空源源不断地给自己夹菜，犹豫了半分钟，别别扭扭地扯了一下他的衣角。

"喂，你别给我夹了。"

裴律："嗯？"

酒桌嘈杂，裴律听不清，低头凑近了些，问："还要什么？"

过近的距离让姜醒鼻子有点痒痒，忍着不自在重复道："我说，我吃饱了，你别给我夹菜。"

裴律不退反进，有些认真地看着他，嗓音被酒浸润过后有些喑哑，语气充满关怀同门后辈的情谊："真的饱了？"

姜醒觉得自己被敌人迷惑了，乖乖点了一下头，声音小小的："嗯，真的饱了。"好饱。

看不出来裴律醉没醉，他放下了筷子："好。"随后将热毛巾塞到他手中。

姜醒对他无微不至的体贴周到感到不自在。

裴律也不在意，按了按疲惫的眉心，低沉一笑，姜醒感到莫名其妙。

裴律向来是酒桌上的大热门，别说他现在是实验室的实际管理人，业界龙头GU集团太子爷的身份更是让人趋之若鹜。

从前裴律也是个象牙塔里两耳不闻窗外事的学生，但是他学什么都很快，姿态端得很稳，不主动也不完全拒绝，避免让自己落入狼狈的境地，也不显得过于倨傲骄矜，于一片觥筹交错中点尘不惊，游刃有余。在众人肆意放浪形骸对比下的收敛矜贵反而更有一种吸引人的特质。

姜醒冷眼旁观，忽然无端讨厌起他这副胜券在握胸有成竹的淡定姿态。

只有一开始就站在山上的人才可能那么从容不费力气。

这个裴律，也惯会收拢人心。

用他优雅不凡的气度，用他风度得体的社交礼仪。

这没有错，但很可恶。

姜醒就做不到，他每次都在交际赛道上捉襟见肘、洋相百出，并且常常会因此受到一些偏见，他本不是很在乎这些声音，但这些印象往往会牵涉他在乎的事情，比如他的科研成果。

你必须要承认，很多时候，一个能说会道左右逢源的人比一个只会闷头做实验的人机会更多，比如叶逸。

姜醒从刚刚被迷惑的错觉里惊醒，对心软的自己产生了一分厌恶，并且提醒自己，他对于裴律这样的人来说不过是前来敬酒的人中的一个，都没有区别。

不要因为这一片粉饰太平的繁华和别人场面上出于礼貌和修养的关怀和恩惠，就忘了自己被夺走实验果实的事情。

裴律想做那池温水，他不愿意做被煮熟的那只青蛙。

这些热闹余温和人情脉络其实与他都没有什么关系。他应该时刻保持清醒与警惕。

宴席间推杯换盏，觥筹交错，大家敬来敬去，唯独姜醒的位置一片冷清。

没人来敬他，他也很"社恐"地搞不来这套，就假装在很投入地玩手机，其实如坐针毡。

橙色软件、蓝色软件、绿色软件轮番点开一遍，最后居然看了小半篇论文，差点就要叫服务员给他拿支笔，他要开始理重点了！！

姜醒很没底地看看时间。啊这……到底什么时候结束？一直不结束他可不可以先走？如果要走的话是要跟谁说啊？跟老师说，还是跟他的助理说就好？

从人群里解脱出来的裴律走过来，低声问他："要不要去敬老师一杯，祝他生日快乐。"

非常建议性的询问，语气也很尊重。

姜醒想了想，答应了。

他不是好歹不分的人，警惕裴律不等于被仇恨冲昏头脑。

裴律的建议是对的，作为新人、后辈，于情于理他都应该去跟老师道一声贺以示尊敬，只是他不敢，所以迟迟没有行动。

姜醒不会喝酒，但也硬着头皮倒了一杯白的。

裴律按下他的手，让服务员拿了杯度数很低的红酒过来："用这个也可以。"

裴律亲自陪同他过去，要不然姜醒根本挤不进去，老爷子被大家簇拥着，但裴律过来了，自然就会有人让道。

葛石爱喝酒，逗姜醒喝了几杯才放人走。

姜醒又硬着头皮敬了一杯他的秘书，平时老爷子闭关研究，很多上传下达和交流沟通其实都是和秘书打交道。

裴律猜测姜醒不能喝酒，但没猜到他这么菜，才小几杯就开始目光涣散，看他的眼神软了许多，戒备褪去，眼睁得大大的，眼珠子很黑，转来转去。

裴律怀疑他在下意识学他经常发的那个卡通人物表情，那个卡通人物的眼珠子也是这么东转西转，迷茫笨拙得有点可爱。

周围有人看姜醒刚刚出了风头，老爷子也还算喜欢他，想来一出同门友爱和睦，体现自己关照新人的风度，便也要同他喝。

姜醒不愿显得太矫情，又喝了一些，灌人喝酒是一件很有快感的事，尤其对方是酒场上的小白。

裴律皱着眉拨开几个起劲哄闹的男生，扶过面色绯红的姜醒，表情看不出情绪："他酒量不好，我来吧。"

大家和裴律喝了几杯才愿意散。

姜醒原本将醉未醉，酒劲一上来站都站不太稳，脑子晕乎乎的，捂着心口说难受。

裴律只得把人扶着，带去洗手间。

姜醒头晕眼花，皮肤很热，白皙的面颊和耳垂红得滴血，是瑰色映丽的玛瑙。

姜醒这个人，像他亲手做出来的那瓶晶体，梦幻浪漫，大胆纯粹，像一船熠熠星河，又像一池人间美梦。

清冷包裹纯稚，赤诚不失热烈。

当然，不是对裴律。

才走几步，姜醒再次睁开眼，视线蒙眬，世界都是模糊的，他迷迷糊糊地问："你谁啊？"

"……"

裴律目光幽远深邃，压低声音不敢惊动他，轻声答："我是裴律。"

"裴律？"姜醒反应了几秒，表情不耐，指手画脚，软绵绵地挣开他，口中叨念，"滚，不要裴律……"

男人静了一瞬，止住他胡乱挥舞的手，让人安分下来。

"不要裴律？

"那你想要谁？"

姜醒被吓到了，抬起一双乌黑潮湿的眼睛，委屈地泣诉："我不要裴律。"

"为什么？"

"就是不要裴律啊……"

他软绵绵地这样说，裴律心就软了一瞬，但也感到有些生气，这个人从一开始就在拒绝他，无缘无故，明明他什么都没做。

就像一门考试，他刚列好复习计划就被出题老师告知没有参考资格。

不得门路的考生哄这个难搞的出题人："为什么？"

姜醒呆呆地摇头，委屈巴巴地告状："他很讨厌……"

裴律气笑，没办法跟一个醉鬼较真，沉声质问："他为什么讨厌？"

姜醒忽然抬起头，睁大无法聚焦的眼睛，表情严肃，凑得很近很近，非常认真、郑重、小声地，像讲一个秘密一样告诉裴律："他是垃圾。"

"……"

姜醒又迷迷糊糊重复了一遍："垃——圾——"那表情像是好心地给一个忠告，让裴律"快跑"，远离垃圾。

裴律深呼吸一口气，姜醒想推开对方，裴律强势，并不放手。

姜醒头晕眼花，胃里难受，扑在洗手台前干呕了几下。裴律快被他磨得没脾气了，轻轻地拍着他的背给他顺气，打电话让助理拿了矿泉水来。

姜醒吐够了，裴律伺候他漱口洗脸，身上一重，人已经安稳地闭上了眼睛，一脸乖巧。

真行，横起来没边了，醉了倒是挺能骗人。

裴律只得让助理订楼上的房间，将人带上去。

姜醒乱动，裴律没好气地警告："安分一点。"

姜醒睡得很沉，不冷冷看人的时候显得很乖，还有点读书人的呆气。

裴律看了一会儿，跟自己说，都是假象。

姜醒只是看起来这样。

将人放在床上，脱了鞋子，用湿毛巾给他擦脸。姜醒哼哼着去拉他的手，睡得死力气却不小，口中念念有词："有机酸摩尔……"

裴律贴近去听，姜醒在梦中也很勤奋："为，为什么滴定突跃了？"

裴律失笑，无奈地按了按眉心。

当真是刻苦，连梦里都在做实验。

床上的人在梦中和实验失败的自己较劲，双手臂在空中乱舞："为，为什……么？"

裴律按下他乱挥的手，塞进被子里，拿他没办法，低声解答："因为进入了弱碱性范围。"

"你加入酚酞就好了。"

姜醒安静了一会儿，裴律不知道人家已经在梦中进入了下一个实验，刚给他掖好被子要站起来，他又捶床，气势汹汹："我，我导导电啊！！"

他伸出一根手指，赌气道："一，一百万伏！"语气好骄傲。

"……"裴律大开眼界，要不是看他紧紧闭合的双眼，都要怀疑姜醒是不是真的睡着了。

"那你可真厉害。"裴律幽幽讽刺道。

姜醒眼闭着，蔫了几秒，眉头紧皱："为什么不通电啊？"

裴律身心俱疲，按住他，再一次把人塞回被子里："通什么电，不给通。"

"坏了坏了。"姜醒还挺着急。

裴律表情一言难尽，觉得自己跟个醉鬼在这一本正经地讨论实验也挺神经的，但还是像个搬砖的苦工一样耐着性子问："你要干什么？"

"是要测酸碱盐溶液的导电性吗？"

姜醒动了动腿，还踢了裴律一脚。

"……"这真的不是故意的吗？

即便对方是在做梦，裴律也不舍得敷衍他，坐在床边像给小孩子讲睡前故事一样，耐心给他背了一段专业必修教材内容。

"它溶解会放热，要等到完全沉淀……"手机再次振动，助理打电话来催，下面的酒局差不多了，他自然是要亲自送老爷子回到下榻的酒店的。

可是床上的姜醒那么乖顺，信赖地听着他讲课，裴律知道这种乖顺是假的，信赖是假的，讲故事也是假的，姜醒根本听不到。

所以他看着对方，不甘心，但好像也没什么办法。

裴律窗帘拉上，留了一盏灯，空调调好，又到了半杯水搁在床头，拉门离开。

第三章 思维共振

葛老爷子没过几天就又受邀出国了，那夜宴席之后姜醒便没再怎么见过裴律，一个是裴律忙，峰会盛事在即，他被邀请作为专家学者代表出席，需要准备议案。

另一个原因是姜醒的刻意躲避，那天晚上他喝醉了，不记得发生过什么，但也能猜出是裴律给他开了个休息的房间。

不然还有谁会这么好心管他，他在实验室里的人缘他自己清楚。

也不知道自己当时有没有发酒疯。

姜醒心不在焉地搅拌试剂。

躲着裴律无非是不想承认对方的恩惠。

裴律的确非常细心体贴，他那天半夜醒来发现身上清清爽爽，嗓子像被火烧一样，伸手就能拿到床头的水。

姜醒愣在床头，身体轻松，心情沉重。

事实证明，裴律这种人很可怕，看不出他的目的，你都不知道这人究竟想干什么，轻轻松松就能扰人心神，令人心烦意乱。

也许裴律只是顺手，出于修养，举手之劳，可在姜醒这种边界感极强的人心里自己已经欠下一个巨大的人情。

"社恐"是最怕欠人情债的。

因为不想还。

还有更重要一层原因是，好像他一旦承认了这个，就没办法再像之前那样理直气壮地给对方冷脸冷眼，质问他为什么要包庇纵容叶逸。

拿人手短，吃人嘴软。

他甚至都想直接冲上去告诉裴律，你不用对我这么好，别瞎费工夫，老子可不是一个一点小恩小惠就能收买的人！！

可是，姜醒又自认为思路很清晰地分析，一码归一码。

无论对方学雷锋做了多少好人好事，包庇抄袭都是事实，怎么能因为这些自己并不需要的照顾就一笔勾销呢？

他姜醒又没有求着裴律照顾自己嘛。

而且如果裴律是为了力保叶逸那个草包才做的这些表面功夫，那只会让他觉得更恶心。

实验室里最近的气氛明显有些躁动，按部就班的平静之下隐隐暗涌深流。

茶余饭后的热点话题自然是即将举行的亚峰科技论坛，本次峰会规格很高，能够参会将成为个人履历上很漂亮的一笔。在这个竞争激烈的部门，明面上不说，但谁都暗自铆足了劲儿。

姜醒去接水，经过办公室，门没有关紧，方旭抚慰叶逸的声音透过门缝传出来："没什么可担心的，阿律不带你去还能选谁。"

"研三的忙着申博和毕论，研二那几个身上都有单独项目，忙得要死，根本走不开，肯定连议案都没时间好好准备。

"再说，你最近的汇报都完成得不错，你再把你的那几个议案发给我，我找人帮你润润色。晚上一块儿吃饭的时候我给阿律说，放心。"

叶逸笑，说谢谢旭哥，马上又有些为难道："可是……还有那个人，我怕……"

方旭根本不可能让裴律单独带着姜醒出行，他拍拍叶逸正色道："一书呆子也值得你怕成这样，别瞎想，姜醒那个人是有点底子，但也不至于。"

"裴律那么心高气傲、雷厉风行的一个人，哪里受得了姜醒这么木讷死板不会来事的助手，他一直就最烦人恃才傲物假清高，有点本事就觉得自己顶破天了。姜醒除了死读书还会什么，带出去那不得闹大笑话。"

叶逸为防万一，还是决定先给方旭透个底："可是姜醒学年专业绩点高了我很多……最近好像还在研究峰会相关主题的实验推演，裴哥那天例会还说他数据很齐，我就怕……"

方旭一脸"这你就不懂了吧"，他在实验室当副手也有好几年了："裴律是管理人，手下总要有几个做实事的人，也就看他数据做得还行，又愿意整天待在实验室里还有点用罢了。不过他要再这么闹下去，迟早得走人，又不是找不到比他更会弄数据的。"

叶逸实在不放心，方旭夸下海口："至于按绩点抽人的标准，主任就随便一说，到时候饭局上喝高了他自己都不记得自己说过什么。"

"到底谁更合适去、实际带谁去，还不是你裴哥说了算，我待会儿就跟他说去……"

后面两人又说了些什么姜醒听不清。

左边实验台应该是有人在用发射性仪器设备，发出沉闷钝重的声响，有点像他迟缓的心跳声。

姜醒以前觉得S所的学术风气虽然不算特别公正透明，但各方面也还算是个不错的平台，起步很高，视野开阔，福利优渥，能学到最先进前沿的专业知识，是个不错的栖身之地。

可是现在眼睁睁地看着属于自己的机会一次又一次被人夺走，他却一筹莫展，愤怒麻木，心灰意冷。

他的创造不被尊重、他的付出和价值不被认可，他的抱负和理想也不可能实现。

在别人眼里，他只是一个不知疲惫创造利润的廉价劳动力，只是因为还有点价值，所以才没有被狼狈地赶出去。

心情很低落，回去的路上，他心不在焉地撞上了人，抬头一看，原来是刚才那两人的一丘之貉。

姜醒木木地说了句对不起，低头闷声往前走，事到如今，他都已经不想再和这些人争辩什么了。

"怎么了？"裴律注意到他的不对劲，轻轻拉住他的手臂。姜醒条件反射一缩，瞪了他一眼，什么都没说就闷声走了。

那一眼，竟有些恶狠狠的意味，像只被抢食后恼怒的猫。

裴律面上没什么表情地站在空旷的走廊里，觉得今天的冷气开得太足，热乎乎一颗心冷不丁被猫狠狠踹了一脚，又挠了几道鲜血淋漓的痕。

他没有想到他们再一次见面是这样的情形，他以为经过老爷子生日那天晚上之后，就算姜醒还是不喜欢他这个人，也至少能抹去一两分固有的偏见和敌意。

只是他单方面以为而已。

一腔热忱之心换来了更浓烈的厌烦与反感。

他好像怎么做都不对，一点好都讨不到。

姜醒的情绪像夏天将落未落的雨，不知道什么时候会下，捉摸不定，偶尔响起一阵雷声，但你得一整天都带着伞。

裴律站在原地，沉默地看窗外日薄西山和大片晚霞，心里浮上从未有过的无能为力和无可奈何。

要不算了，他想，他已经为一开始那点好奇和艳羡逾越了太多，其实可以止损的。

其实可以的，只要他想。

晚上的应酬，原本憋了一肚子话的方旭感受到裴律那生人勿近的低压气场，也只敢略略问一句："峰会的议程定下来了，阿律你想好带谁去了没？"

裴律心不在焉："我自己有数。"还是忍不住拿出手机看信息。

方旭正准备推荐叶逸，还没开口，正在翻信息的裴律忽然扬起手比了一个制止的动作，语速很快地命令："你先别跟我说话。"

方旭吓一跳，裴律看手机的脸色不太好看，他提起一口气问："出，出什么事了？"

裴律少有的冷漠："没什么事。"

方旭表情一言难尽，心知今晚怎么都不是开口的好时机，留到对方心情缓冲下来的时候再说也不迟。

裴律盯着Caco聊天室里弹出的信息，削薄的唇抿得极紧。

姜醒在里面问大家沿海有没有好的实验室推荐，条件也不用太好，过得去的就可以。

论坛里的其他人都知道他今年考进了顶尖的实验室，纷纷开玩笑说你都进过了S所，哪里还待得住别的小庙。

姜醒说自己是认真的，地点不在大学城这边的也可以，如果大家有好的推荐和介绍可以私聊他，非常感谢。

裴律在对话框写了又删，删了又写，"为什么要走"还是没有发出去，他只要一说话，姜醒就会记起来他还在这个群里，那他以后就不会再在里面想说什么就说什么了。

他不想姜醒最后一片自由的园地和唯一一个倾诉的树洞也被剥夺。

过了几秒，终于有人帮裴律问了。

"S所是多少人的梦想啊，那里不好吗？为什么要跳出来？"

姜醒也写了又删，删了又写，就在大家都以为他不会回答的时候，界面里跳出了几行字。

"它有它的好，但是不适合我。

"我在这里每天都很不开心。

"想找找看有没有一个适合我的地方，条件不用很好也可以。"

S所更适合方旭叶逸和裴律那样生来就站在金字塔尖的人，因为资源和机会都不是给像他这种潜心做学问的人准备的。

寒门学子，寒窗苦读，也不是真的就能一跃龙门。跃过龙门也还有学术霸权和学术霸凌的天堑。

裴律看着手机，沉默，过得……很不好吗？

这里每天都让他不快乐？

这其中会不会也有几分他的原因呢？

屏幕暗下去又被裴律马上按亮，生怕错过任何一丝信息。

聊天室里几个女孩子跳出来安慰他，说惹醒崽不开心的都是坏蛋，反正国内一流的实验室又不只是他们一家，不想待就不待，他开心最重要。

还有人@经常和姜醒斗嘴的那个外国男生Mike，让他推荐几个国外的一流所。

这个点Mike那边应该是凌晨，但他还是立刻跳出来信誓旦旦地保证，要是姜醒愿意过去，凭他的关系保证能推荐他去最好的实验室。

姜醒挫败沮丧的心终于遇到一捧缓缓淌过的温水，虽然只是隔着无线电流的安慰和天南地北的关怀，但他们的一字一句都让他愿意相信，学术圈不只有肮脏的权势交易和投机取巧的恶性竞争，还有温暖的鼓励和真心的友谊。

裴律看着姜醒在群里真诚地一一回复了大家，说今天他心情不太好，要早点休息，就下线了。

裴律看他的头像暗下来也退出了论坛。

他什么都不能说，什么都不能问，什么都做不了，因为姜醒是那样地抗拒他。

他能说服谈判桌上的合作方，能征服国际会议上与他打对垒的竞争对手，但是对这个固执倔强的姜醒就束手无策。

又想起下午遇到慌慌张张的少年，眼尾是不是有一点红？黄昏的光线太朦胧，他不确定。

不知道是发生了多么难过的事，冷冷清清一张脸，哀怨的眼神，连下巴线条都倔得要命，脊背挺得很直，像夏天里的一株绿植，又像被狂风刮落的一片花瓣。

原本想几天后再公布的事情，算是给他一个惊喜。

裴律此刻又觉得不应该，也不能再等。

夏日夜晚闷热，宿舍窗外有布谷鸟叫，但开了空调，姜醒沉沉睡了很长一觉，并不轻松安稳，心里那块石头在梦中依旧压得他透不过气。

直到中午醒来，脑子还是昏昏沉沉，没有去实验室的状态和心情，姜醒打开手机点外卖，马上跳出一条实验室大群里@所有人的信息。

信息内容是指定姜醒作为裴律的一助，一起参加论坛峰会。

发布时间是今天早上八点，发布人是群主裴律。

下面贴了一系列选核的标准，以及姜醒的绩点和数据可采基数。

漂亮的成绩确实一骑绝尘，无人可置喙，于是下面刷起了一片或真或假的恭喜和羡慕嫉妒恨的声音，还有人让裴老大和姜醒带特产回来。

姜醒抱着被子在床上发蒙。

为什么……又换成了自己？

方旭不是力荐力保叶逸那个草包吗？

还是说在学务主任那里没有通过？

可是那个大腹便便的秃头学务主任是出了名的糊涂人。

总不可能……总不可能这是裴律本人的意思吧？

姜醒烦躁地抓了抓蓬乱的头发，退出大群的界面，一条好友请求弹出来。

名字是Pei，头像是一只晶莹纯净的广口实验瓶子，请求备注：我是裴律，出行的议程和注意事项需要和你私下沟通。

请求好友通过的时间也是早上八点。

……好早。

姜醒看了看表，现在都快下午一点了。

姜醒倒吸一口气，要命，裴律会不会以为他在摆谱啊？

还有，自己昨天下午从办公室跑回来的时候是不是……还推了他一把？

姜醒抖了抖肩膀，赶紧点了同意。

不知道是否应该主动先发点什么，姜醒趴在床上心情复杂地点了个外卖，一边等一边注意手机的动静，直到最后一只虾饺吃完，手机终于亮起来。

"你好姜醒，峰会的行程和议题在文档里，有什么不明白和需要帮助的随时和我联系。"

姜醒打开文档，峰会论坛在港屿举行，为期四天，需要一系列个人身份信息制作严格的参会资格凭证。

姜醒在对话框里打下"收到",又删除。

盯着手表,过了十分钟才回复。

"收到。"

接着把身份证号码和学位证号码等发过去。

最后一个"谢谢"打出来,想了想,删掉,又打上。

三个来回之后,终于发送出去。

论坛规格很高,裴律挑选的议题繁复冗杂,超出姜醒目前所涉猎的范围和深度,需要他花大量时间去吃透文献和摸熟操作实程。

姜醒丝毫不敢懈怠,原定用来维权的复刻实验只能先搁置一旁。

周日下午的飞机,到了机场姜醒才发现裴律只带了一个他在GU办公的秘书,据说今年的峰会随从人员入场资格也卡得异常严格。

"行李这么少?"裴律人高腿长,单手拖着铂金拉杆箱朝他走来,机场咖啡厅橙黄色的灯光打在直挺的鼻梁上。额前的黑发耷拉下来,不戴领带不穿西装褪去那层严肃威严,看起来非常年轻,活像为躲媒体和狗仔而午后隐秘回国的大明星,让不少机场的旅客侧目。

太过招摇,不够朴实,姜醒心中暗自评价。他还是觉得裴律平时的便装比较顺眼。

姜醒在实验室熬夜的时候见过很多次,裴律穿白大褂,端着马克杯出来等水,姜醒灵敏的鼻子嗅到那是一款在需要做实验的人中非常有名的咖啡——熬夜神器。

裴律看起来对在实验室熬夜非常有经验,那些时刻,他会觉得裴律离他很近。

"嗯,我不用托运。"姜醒只有一个书包和一个十六寸的正方形小行李箱。

港屿是浅湾的一座岛屿，航班不多，从S市过去需要经停，大概晚上才会到达。

裴律像是知道他心中所想，上了飞机也没有主动跟他搭话，直接打开笔记本电脑工作，姜醒也一副"请勿打扰"的姿态看起论文，困了就关上头顶的灯开始睡觉。

再睁开眼窗外已是一片火烧云。

姜醒惊觉自己睡着后不知什么时候身体歪着，挨到了裴律的那头。自己身上还多了一张薄薄的毯子。

"醒了？"裴律似乎一直保持着他睡前的姿势，电脑上的文档个数从原来的个位数即将变成三位数。

姜醒像一只受惊的松鼠般立直上身，端端正正坐好，擦擦嘴边，确认自己没流下口水。

"不好意思。"姜醒声音很僵，但又带了一点哑，让他显得很无害。

也不知道自己睡了多久，这人的肩膀不酸吗？从登机之后一直工作到现在，姿势都不用变动一下？

姜醒心情复杂，算起来裴律也没比他年长多少，可是人家已经在国外完成了博士的学位，还掌管着GU那么大一个集团，这次峰会也是特邀的专家委员会成员。

难怪几个所里眼高于顶的师姐都对他热乎得很。

自己到这个年纪会不会有这个成就，姜醒一向对自己的专业素养很自信，但现在看明显差距很大。

"没关系，"裴律终于放下手上的工作，给他递去一只纸杯，"红茶可以吗？"

姜醒有些丧气："谢谢。"他对他在乎的方面一向是顶要强的。

这种没精打采在裴律眼里是一种敷衍，他忽然对这种故意为之的生硬客套和刻意的疏远感到疲倦，却又别无他法，只能淡淡地"嗯"一声。

感受到对方的情绪明显低落下去，姜醒有些不知所措地挠了挠后脑勺，小声地继续着这个不尴不尬的话题："上次去吃饭也是。"

他总算是说出了一句"谢谢。"

这句"谢谢"他憋了很久。虽然他真正谢的并不是这个。

他谢的是这次裴律能够挑选他一同参加峰会，那天他听到方旭和叶逸的对话沮丧了很久，但不知道其中关节是否出了差错，竟然柳暗花明，名额最终还是落到了他的头上。

不过姜醒可以保证这是一个明智的选择，他将会证明他就是最适合的人选。

其他方面不一定，但只要是涉及专业方面，姜醒都很自信。

裴律继续完善讲稿，直至将一整个长句打完才停下来，转过头，很轻很静地看着他的眼睛："什么？"

姜醒也不想把这种事拿上台面上说，而且说出来未免显得自作多情，于是继续打幌子："老师生日那天晚上我喝醉了，应该是你帮我开了房间。"

他又说了一次"谢谢"。

裴律分辨不出他是否真心道谢，毕竟在那之后他们第一次遇到的时候，对方还无缘无故冲他发过一回脾气。

他饮了一小口咖啡，平静道："没事，我答应过老师要照顾你的。"

姜醒想起那天晚上醉得不省人事，他对自己的醉相和睡姿没有太大的自信，讪讪地摸着鼻子问："我醉了之后应该没有发什么酒疯吧？"

裴律心里不高兴，也不想让别人高兴，淡淡地扫他一眼，直接说："有。"

姜醒果然紧张起来："怎，怎么了？"

裴律放下手上的工作，靠着座椅，挑了挑眉毛说："你在梦里非要问我有机酸摩尔质量的测定。"

姜醒不信："怎么可能？"他倒也没有好学刻苦到如斯地步，梦里还在学习，也太夸张了。

"不可能？"裴律看他罕见的生动表情，心情回升了几分，继续不遗余力地打击他，"我给你说完滴定突跃之后，你还拉着我不让我走，非得让我给你背一段专修课文。"

姜醒眼睛瞪得很大，面上终于渐渐升起一层淡淡的粉，手指揽紧毯子的一角，看得出来很尴尬。

裴律很享受他这种无措与尴尬，嘴角微不可察地弯了弯，很快又拉平，板着脸，语调平平地喊他的名字："姜醒。"

"啊？"姜醒巴巴抬起眼睛。

"摩尔质量，必修上册第四十七章。

"第二课时。

"上课没有认真听吗？"

裴律的语气和表情仿佛这是一章难度和初中化学知识一样的内容。

姜醒这个人别的都好说，但在某些方面又特别要面子，尤其不能忍受别人在专业能力上的质疑。

学业不精是对他最大的否定。

只好气呼呼地憋出一句："……我下次会认真听！"

"嗯，"裴律打一棒子给个甜枣，将飞机餐的小蛋糕挪到他面前，"吃吧。"

姜醒喜欢吃甜食，而且睡了一觉醒来很饿，刚刚已经把自己的那份三下五除二地解决掉，他喉咙滚动了两下，颇为矜持道："不用了，你自己吃吧。"

裴律的目光回到讲稿上："我不爱吃甜的，别浪费了。"

"哦，"姜醒眨了眨眼，就像蝴蝶高兴了会扇几下翅膀，他面色平静地拿起小勺子，"那谢谢。"

裴律瞥了眼他，说："不谢，是你帮我的忙。"

峰会行程安排得很满，第二天早上开幕式之后直接进入各个议题的讨论。

一切顺利，直到下午换展厅的时候发现镜像连接与裴律秘书准备的文档格式对不上。

黎升也是第一次跟着上司出席这么隆重的会议，缺少各种文件格式都准备一份的经验，急得满头大汗："裴总，还是连不上。"

裴律脸上不见一丝慌乱之色，按住他的肩膀让他镇定下来，沉稳的声音清晰有力："现在马上转换格式需要多少时间？"

黎升滚动鼠标大致扫了一眼："有好几个G，不是单一语言至少需要两个小时。"

裴律摇摇头："没有这个时间了。"

"大部分的内容我都记得，可以现场发挥，但是涉及具体的实验数据，你帮我找出来，和姜醒一起，能补多少是多少。"

姜醒利落地打开电脑输入了几组数据，犹豫半晌，还是问了出口："一定要你原来测试的实验数据群组吗？"

裴律瞬间领会他的意思，眉毛一挑："你想现场给我创建数据？"

姜醒看着他眨眨眼，也不怕他觉得自己自大："几千万字节里找一百多组数据太费时间了，如果你愿意相信我的话，用你的录播仪连上我的电脑，你在台上发言的时间我就可以现场组建数据，直接显现在屏幕上。"

他保证："我一定会稍微走在你的前头，给你充分的时间组织发言，这样效率会高很多。"

但风险也会成倍提高。

这相当于一次现场直播，台上台下没有经过排演，没有经过实验就得出数据和结论，这是要有对各种类型的实验都熟烂于心、了如指掌的功力才能做到的。

做过上千个实验，才能对相应的基数组群脱口而出。

更重要的是双方的默契和配合，没有长年的合作和深度了解，几乎不可能契合节奏步调。

裴律没有犹豫，说好。

同时让秘书继续转换格式，做好两手准备。

这次峰会到场的有国内各个高校的精英、圈子里的各位大牛，更重要的是，还有一些国外的业界代表，他们身上承载的不仅仅是自己的荣誉，更有学校的责任和祖国的形象。

这是一场不能有任何失误的战斗。

会议开始，场内静谧，只有长枪短炮咔嚓咔嚓的声音。

姜醒刚刚大胆提议的时候一点都不紧张，真正开始的时候才觉得没有想象中的那么简单。

即便他早已对各大类型的实验基数滚瓜烂熟，但着手组建数据更看重的是反应，要配合裴律的发言思路，他讲到哪儿，姜醒就必须立马调动脑内数据库将数据输出，直接呈现在大荧屏上。

写的人远远比说的人更耗费脑力心力，因为发言人可以将化学反应过程一笔带过，而书写者要将过程的节点、变化、推演、最终方程配平以书面形式完整表达。

这一场会议，考验的不是裴律，是姜醒。

好在裴律天生就有一种控场能力和气势，聚光灯自头顶打在他身上，光彩夺目，他姿态从容拿过话筒，语速不急不缓，令人安心。

姜醒开始熟悉他的节奏，两人四目相对，不需要说什么就知道对方要干什么。

全情投入可以忘记很多东西，台上台下仿佛只剩下他们两个人，目光交汇，彼此配合，于万千人中又仿佛于无人处，进行一场高速运转、出奇默契、酣畅淋漓的思维对撞。

有那么一个瞬间，姜醒甚至感受到了他与对方思维共振的频率。

理性、严谨下包裹着蠢蠢欲动的热血、战栗，交织汇聚成另一种维度的头脑高潮。

一切都渐入佳境。

裴律在万人瞩目的灯光下，握着话筒，他已经很久没有过这种"分担"和"并肩作战"的体悟和心情。

当一个人越来越能够独当一面，遇到事情能找一个商量的人就会变成一件很奢侈的事。

姜醒让他觉得安心和轻松，好像这个棘手的难题不再只压在自己一个人身上，有个人走过来说，我帮你一起扛着，于是，他也能偷偷上岸去呼吸一口新鲜的、没有负担的空气。

分享一个棘手的秘密，分担一个沉重艰巨的难题，需要全然的默契和相互匹配的专业水准。

姜醒就是这个人。

他是裴律的数据库，裴律的计算机，裴律的笔，裴律的眼睛、耳朵和裴律的另一个大脑。

仿佛命定如此，无须磨合演练。

发言进行到尾声，掌声雷动，裴律直直朝台下望去，对上姜醒熬红的眼睛，眸中有陡亮的星辰闪烁。

不管多么灯光璀璨的讲台，也不管现在台下坐着多少领导专家，穿过座无虚席的会场，电视台、网站记者，摄像机，闪光灯，他直直望过去，舞台上只有姜醒那双清明透亮的眼睛。

他们穿过鼓掌的人群和闪耀的灯光对视。

考验和折磨总算是告一段落，姜醒有些虚脱，坐在台侧的席位上默默喝茶，补充水分。

一只骨节分明的手覆落他的肩膀，姜醒抬起头，对上一双深邃的黑眼睛，反射着灯光显得格外温柔，如同落满星辰的暗湖。

裴律说："做得很好。"嗓子因为发言时长过长，有些低沉沙哑。

姜醒张了张口，有些快乐又有些心酸地低下头。

他在这个充满自豪和热血上头的时刻终于愿意承认，大概自己是很早以前就想得到这句肯定的。

但凡读了这个专业，有谁会不景仰这个人呢？

因为一直得不到这份认可，所以他介意、较劲，他别扭，尖锐又暴躁，因为自己从来都不是被裴律偏袒的那一个，对方一直都执着地护着那个手段卑劣的草包。

而自己又不得不折服在这个人渊博的学识和理性的睿智里。

所以这句迟来的表扬如今听起来就格外地令人感触与心情复杂。

姜醒心里不甘，强哽着，声音很轻地"嗯"了一声，偏过头去，不想让对方窥见他此刻可能有些酸涩的眼眶。

裴律不解，这样一个圆满的时刻依旧不能令姜醒开心一分吗？

姜醒想要什么呢？

裴律按在姜醒单薄肩头的手稍稍用了一点力，企图增加一些分量。

姜醒心情复杂，介意他对叶逸的偏袒和私心，身体下意识地稍稍偏让，对方落在肩头的手直直滑落。

依旧是闪躲和排斥的姿态。

裴律愕然，满腔灼热血液回归平息，乌黑的瞳仁涌上一丝漫无目的的疲惫。

明明方才他们还近在咫尺，如今距离又一下子拉远。

离开场馆，裴律被提示去签字以及拿后两天的议程书，姜醒安静地站在门侧，一边等他一边发呆。

"小醒？"

姜醒迟钝半拍地回过头来，摘掉眼镜后视线模糊，眯了眯眼睛才看清一张带笑的脸。

是以前参加一个比赛认识的男生。

这个圈子说大不大说小不小，各种会议碰上是很正常的事。但是名字是记不起来了，只能客套点点头。

男生似乎也很习惯他的坏记性，自来熟地笑说："刚刚那场演示是你做台下数据导入吧，很厉害。"

姜醒体内社恐因子发出警告，赶紧说："是主讲人厉害。"

男生也不在意他的冷淡，哈哈一笑："你们S所的都厉害，怎么样？能在裴总的团队做事，都不知道有多少人羡慕你。"

姜醒对他这不知真情假意的恭维敬谢不敏："是吗？"

他觉得有点讽刺。

羡慕？羡慕他连自己的成果都保护不了吗？

男生说是啊，又问："怎么样？跟着裴总应该能学到很多吧？听说他对下属都很大方。"

姜醒终于抬起头来认真地看了面前这个人一眼，他现在总算是听出来了，醉翁之意不在酒，自己不过是别人想攀上裴律的桥梁，想了几秒，说："只是老板，平时不怎么有交集。"

男生不信，惊呼："怎么会？看你们刚刚的配合演示，平时应该经常一起合作才对。"

姜醒撩了下眼皮，坚持否认："真的不熟。"

男生有些不满："嘁，干吗呢，苟富贵勿相忘，好资源要大家一起分享嘛。"

"是这样，今晚我们所那边有个酒局，王洋他们也来，他们都还记得你呢，叫上你boss，一起过来放松一下，交个朋友，怎么样？"

姜醒扯了扯书包带子，不耐烦道："我晚上没有空，上司的行程我更做不了主，你自己去约他吧。"

男生还要游说他，不知道在他们身后站了多久的裴律眉眼冷厉，眼神不善地斜斜落过来。

"姜醒，走了。"

"……哦。"

姜醒无端打了个冷战，腹诽：这个人走路都没声的吗？

助理黎升在前排开车，后排的两人一路无话回到酒店。

路上裴律打开车窗，天空是宝石蓝，鸥鸟飞过，有湿润海风涌进来，姜醒咳了两声，裴律又关上。

也不再像去的时候那样提醒他多喝水了。

这些天的相处裴律就在姜醒那里换回了"真的不熟"四个字，他自己也觉得挺没趣的。

姜醒这个人是从来毫不掩饰想要和他撇清关系的。

裴律看对方好像也一副闷闷不乐的样子，像一只呆头呆脑的松鼠，心里也不好受，还是主动开口邀请了他晚上一起吃饭。

虽然他觉得很大可能，姜醒并不想跟他一起吃饭。

裴律在会议之前私下让秘书预定好了港屿最负盛名的海塔音乐餐厅，那是座仿灯塔造型的地标性海上建筑，全景观落地窗让人仿佛置于湛蓝海的平面之上。

姜醒犹疑的瞬间，裴律的手机响起来，两人对视了两秒，裴律当着他的面接听起来。

车厢安静狭小，以至于叶逸那声"裴师兄"能无比清晰地传进他的耳朵，姜醒连等他讲完电话的这一小会儿时间都不愿意给，一边打开车门一边客套婉拒："不用了，我今晚还有事，自己解决就可以。"

裴律一怔，一边迅速拿开电话，一边拉住他："等一下，你要做什么，我让秘书送你去。"

姜醒现在完全从刚刚会场那种热血沸腾的氛围中跳了出来，特别清醒，他想起了自己那尚未被讨回公道的实验成果，他也格外庆幸自己这样的清醒，语气非常冷淡回绝："不用麻烦，我自己可以。"

裴律沉下脸，表情在车灯的阴影里晦暗不明，只看得出眉心紧蹙："你自己可以？你连手机里的地图都用不好，你确定你可以？"

裴律平时涵养很好，疏离但有礼，很少会用这种带了讽刺的语气说话。

姜醒猛然抬起头，被这一把火点着，语气更冷了："地图用不了我就打车，不劳烦裴先生。"

一个包庇小偷的强盗，有什么资格看不起他？

姜醒愤愤地关上车门离开。

裴律再也顾不上电话里叶逸还跟他说着一些鸡毛蒜皮的小事，气得一把将手机砸到座位里。

这是第几次了？

几乎是每一次。

每当有什么契机让他和姜醒走近一点点，又马上出现一股拉力将他们分隔，这股横亘在他们之间的气团一直存在，模糊不清，但破坏力巨大。

像路线飘忽的暴风眼，埋伏在看似平静的海面的每一朵浪花里，不知何时就要掀起风暴。

裴律伸手去够，只抓到一团模糊的雾气。

雾气背后的姜醒，满腔怨愤。

后排安静得恐怖，黎升坐在前排屏住呼吸不敢发声。

姜醒心里莫名难过，和裴律一起共事时有很多灵光一闪的奇妙瞬间让他着迷、欢欣、热血沸腾。不用多言一语的默契和旗鼓相当的对谈，都让他在热爱的领域里重新找寻到坚定和归属。

如果裴律不是方旭叶逸那样品行不端的人，大概会是一个非常值得信赖的良师益友。

因为那些闪着光芒的瞬间，几乎让他忘记了自己还身陷囹圄，求助无门。

对方恰恰就是拦住他跑向光明的那只手。

姜醒觉得讽刺，就像被困在一场战役里，以为自己终于找到了志同道合并肩作战的战友，其实只是站在对立面给你设圈套的敌人。

适时的友好和亲切，也不过是因为这一段路利益相同。

姜醒生裴律的气，也生自己的气，连晚饭也不打算再吃，在港屿的免税区晕头转向。

刚刚打车，由于他不懂路也不懂话术，后知后觉被司机绕路多花了一百大洋，目前处于极度沮丧、欲哭无泪的状态。

如果可以，他更愿意窝在气温舒适沙发柔软的豪华客房里阅读最新的专业期刊，再把今天会议听到的一些前沿论点整理出来做好笔记，那将是一个多么惬意的夜晚。

但自己发了脾气甩车而去，不想逛也要硬着头皮逛完，他磕磕绊绊，对照杨夕给他发来的代购清单填充购物篮，又给父母买了网上推荐的手表和保养品。

回来的时候拦不到的士，在陌生城市去找公共交通对路痴来说是绝不可能的选项，姜醒像个老年人一样磕磕绊绊打开打车软件，前面排队32人，姜醒两眼一黑。

他划到裴律的联系方式，想到对方嘲笑他找不到路的阴阳怪气，又果断划过去。

好不容易等到司机接单，回程遇到堵车，到达酒店那一刻，姜醒僵硬的肩膀终于松懈下来，下车的速度仿佛身后有人追杀，他发誓以后再不要一个人跑出去，简直是酷刑。

裴律一个人去了灯塔餐厅，点好的菜品上来一大桌，没怎么动筷子又走了，回到酒店一进门就看到了杵在前台的姜醒。

青年换了质地柔软的连帽家居服，脚上踩着酒店纯棉的一次性拖鞋，乌黑的短发上沾着没擦干净的水珠，玉白色的耳郭若隐若现。

貌似是在和前台客服着急地询问些什么。

裴律心里的气还没消下去，面无表情地往电梯方向径直走去，告诫自己不要回头不要回头别再多管闲事，这个人没心没肺，也不会对你的善意和帮助有所感念，说不定还会触怒他。

但也只不过是一眼，裴律就又开始在心里和自己拉锯。

姜醒微微垂下头毫无防备的神情一下子刺进了他的眼帘，像一只大雨里被丢弃在纸盒里可怜巴巴的奶猫。

目光是涣散的，因为近视永远聚不起焦来，非常茫然无助，垂头丧气的模样，全身的攻击性都被收敛，在明晃晃的灯光之下竟生出一种柔软温和的假象。

裴律当然知道那是假象。

应该没有人比他更清楚了。

这个人要强得很，倔强得很，凶得要命。

但此刻，好像只要谁走过去伸出手，他就会一句话不说跟着那个人走。

裴律脚步一顿，还是调转了方向，仿佛几个小时前那场争吵不存在，克制地问："怎么了？"

姜醒吓了一跳，转过身眯了一下失焦的眼睛，才大约认出来是裴律。他吵架向来要强，想到自己以这副匆忙狼狈的模样出现在几个小时前的吵架对象面前，茫然苍白的脸色立马浮起一层局促的潮红。

裴律面色冰冷地看着他，一颗百般计较的心莫名软了下来。

姜醒瘪了瘪嘴，干巴巴地对他撒谎："没事。"

裴律凝他一眼，不再与他废话，直接问前台："我是他的负责人，什么事你跟我说。"

前台看姜醒也就差不多高中生的样子，马上就对明显更沉稳可靠的裴律说明了情况。

主办方给他们订的都是单人套房，姜醒房间的电路板短路，电和热水都供应不上，酒店所有的房间都是一个月前就预定满的，暂时没有空余的房间可以换。

男人英俊冷肃的面容在灯光下显得很有压迫感，眼角微微下垂："那附近呢？有没有空余的酒店？"

前台员工心跳脸红，婉转告知："峰会期间，附近的酒店都是爆满，三环以外也许有空房的可能。"

姜醒眼睛里最后的希望也被扑灭，他在房间里洗澡洗到一半，身上的沐浴露可能都没完全冲干净，黏腻难受。

裴律看在眼里，对前台说了谢谢，姜醒拖着拖鞋跟在他身后。

眼里的光散着，像一只不知道往哪儿飞的萤火虫，也只有这种茫茫然失神的样子让他显得没那么难以接近，甚至有点呆。

裴律一边打开手机找合适的酒店，一边条理清晰地做出安排："待会儿你把行李收拾到我的房间，我再出去找一个酒店，明天开车过来接你一起去会场。"

姜醒张了张口，不知道是为自己的斤斤计较感到羞愧，还是因为对方如此心胸宽广、不计前嫌伸出援手而动容，喉咙里半天才有了声音："不、不用，我搬出去。"

他今晚才吼了裴律，拉不下脸，也确实羞愧。

裴律置若罔闻，继续在网上找地理位置合适的酒店，连头都没抬，淡声解释："明天八点的会议，七点半签到，要起很早，如果我再从这里绕过去接你回这边，一定堵车，浪费时间。"

他没说的是，姜醒自理能力和方向感太差，搬出去会不适应。

姜醒想反驳，电梯叮一声开了。

裴律语气不容置疑，有条不紊地嘱咐："你现在先去把行……"

他雷厉风行，杀伐果断，姜醒根本插不上话。

裴律衣袖一顿，很短暂，力气也小，怯怯的。

是姜醒情急之下拉了他一把。

裴律僵住，停下脚步，眸中波光转深，回过头不动声色问他："怎么了？"

姜醒总算能说句话，眼神飘忽不定，语调倒是古井无波："我不是赌气，你明早那几个演示非常耗费精力，必须有足够的休息。"那个实验他做过，并不轻松。

裴律自嘲地一笑，姜醒是怕他明天丢脸，他恶劣捉弄似的半开玩笑："那怎么办？你又不愿意跟我住一个房间。"

姜醒为难地皱了下眉，似乎是真的在考虑这个玩笑的可行性，然后说："没不愿意。"

明天裴律任务很重，必须养精蓄锐，而他只是一个辅助人员，有什么资格让老板来回奔波。

他不想欠裴律的，每多接收一分来自裴律的帮助和善意，就觉得自己更低了一分，他难受。

反正是套房，空间不小。

如果裴律坚持不愿意让自己搬出去，那这点牺牲他可以忍受。

姜醒看对方眼神幽深，表情莫测，迟迟不肯答应，急忙道："我在地上打个地铺就可以。"

"不会占用太多空间。"

裴律仍然是一言不发地盯着他看，那锐利的眼神像一张密集的网将他整个人包围。

姜醒不明所以："你，我，我保证不吵到你。"

他居然还说："如果你需要，我还可以帮你复习一下口条。"

裴律："……"

姜醒等了一会儿等不到他的回答，想想还是算了，换作是他，大概也不会想和刚跟自己大吵一架的人同居一室。

太诡异了。

姜醒手指丧气地滑落，不料裴律顺势将他拉近半步，问道："你确定要跟我住一个房间？"

姜醒点头，很尊重他似的："看你。"

裴律深吸一口气，放开他，拿出门卡开门，抬了抬下巴："进去吧，你睡床，我打地铺。"

姜醒连忙摇头，他一个借住的哪有脸鸠占鹊巢让主人睡地上？

他再不通人情世故也觉得极不妥，没有出差在外员工睡床，领导睡地上的。

姜醒可能是有点惶恐，眼睛瞪得圆圆的。裴律压下眼中浮起的很淡的笑意，板着脸，冷静从容，态度强硬地催促："行就行，不行我就出去订酒店。"

姜醒实在不想受他恩惠，像一只受了欺负的猫儿，敢怒不敢言，眼中流动的光幽幽转着，为难的，哀怨的。

裴律懒得理他，一言不发地将人拉进了房间，"啪"一声关上门。

第四章 别在垃圾堆里找朋友

姜醒在新的房间里重新冲了个澡，带着一身潮湿雾气走出来。

裴律的目光在他还滴着水珠的头发上停留了片刻，又收回，神情自若地将吹风筒递到他手边。

姜醒洗过澡后就像一只洗干净的苹果，散发着清爽的气息。

他抬起湿漉漉的眼，讷讷地说谢谢。

显得很不自在。

裴律移开目光，低而轻地"嗯"了一声。

气氛突然莫名尴尬，又无端蒸腾出些许和谐，仿佛经过刚才的一顿无厘头的拉扯，几个小时前在车上的剑拔弩张被一击即散。

姜醒心不在焉地胡乱吹了两下就要放下，裴律轻声道："还没干，再吹一会儿。"

姜醒被热风吹得有点蒙："哦。"

他又吹了一会儿，关停吹风机，仰起头对裴律说："干了。"

他没戴眼镜，眼神给人一种很能骗人的信赖。

那样子好像在等裴律的判断和首肯，如果裴律说还没干，他就真的会拿起吹风筒继续吹似的。

裴律觉得自己毫无原则，总是轻而易举地被对方这种无意识的假象欺骗、取悦，将一个透明的食盒放到他面前："试试。"

"什么？"姜醒疑惑打开，光线模糊，低下头凑近去才能看清，是两只小熊形状的虾酱芝士车仔包，香气馥郁。

姜醒眨眨眼，下午气得晚饭都没有心情吃，出行不顺、房间电路坏掉让人筋疲力尽，现在才觉得自己饿了。

他有点不太确信地问："给我啊？"

裴律看他现在倒是完全没有一点嚣张跋扈的模样，淡淡地"嗯"了一声。

早就留意到他嗜甜，这客点心是餐厅最有名的甜品，若是姜醒没机会尝一尝，裴律觉得自己大概会遗憾很久，所以即便吵了架，也还是买了两客回来。

姜醒犹豫了一下，算了，还是吃吧，人也不能太跟自己过不去，他抬起头假惺惺地同房间的主人客气："你不吃吗？"

裴律将一杯柠檬泡水递到他手边，问："好吃吗？"

姜醒鼓着腮点头。

裴律就说："喜欢我们明天还可以去。"

姜醒拿着叉子的手微微一顿，抬起头不解地望着他。

裴律神情自然："吃吧，我去洗澡。"

姜醒一个人盘腿坐在沙发上吃东西，灯光温暖，衬着窗外浓重夜色显得温馨。

洗浴间断断续续传出流水声，心底忽而再次涌起低潮的情绪，他不禁再一次假设，如果，如果裴律不是叶逸的同伙——

就好了。

对方个人魅力实在是很强大，即便是对他这个临时的合作伙伴，又或者可以说是助手、下级、泛泛之交的师弟，都非常周到体贴。

如果没有那些事，他们也许会成为偶尔能说上话的朋友或者默契的工作搭档。

姜醒有些不得其解，经过这段不算很长时间的相处，他总觉得裴律的气质人品和胸怀气度与方旭叶逸那一类人有很大的区别。

从言行举止上，从为人处世上，甚至从价值观念上都很不同，可是给自己再次判了死刑的，也的确是这个人。

迷雾重重的疑惑哽在心头，手里的车仔包也没有一开始那样美味。

裴律从洗浴间出来，居然看到姜醒伏在案前埋头——写作业。

"……"

很厚的文献论著，几个英文注释被他用红笔画出来，姜醒因为没戴眼镜，头凑得很低，海风从窗的缝隙挤进来，吹动他额前已经干了的发丝。

有点傻，也有点乖。

"非均相催化剂。"裴律嗓音带着一股洇过水汽的慵懒。

姜醒觉得身边的空气变得湿润了一些，带着很淡的香气，一抬眼就看到穿着黑色丝绒睡袍的男人，水汽沾湿的黑发耷拉在额前，被灯光打下浅浅灰影。

姜醒语调平平地对裴律说了谢谢。

独处还是有些不自在，没有继续阅读的状态，姜醒躲到洗手间里刷牙，被浴室里层层浓重的潮湿热气紧紧包裹。

他磨磨蹭蹭从里面挪出来，对方正在把被子从柜子里拿出准备铺地上。

姜醒手脚有点僵硬，越过他，上了床。

想到对方在和他吵了那么凶的一架之后还是给他买了点心，又收留自己，他实在有点做不出再让裴律打地铺这种事。

即便他不喜欢裴律，也不得不承认对方的心胸气度和周到体贴，换作是他，他可能直接不管对方死活，爱去哪儿住去哪儿住了。

"那个……"

裴律回头，床上探头探脑的人露出一双黑白分明的眼睛。

姜醒没想那么多，下定决心后就直接说了："这床挺大的，你要不要上来睡？"

裴律看了他几秒，走过去，问："你习惯睡哪边？"他其实没真的想睡床上，这是试探，也是吓唬。

谁知姜醒真的挪开了，拍拍外边的位置，还挺客气："那让你睡外边。"

他不喜欢和人一起睡，从前的室友碰到他的床他都有点介意，但是如果是裴律好像他又没有很排斥。

姜醒发现自己总是需要提醒才能记起他应该、必须讨厌裴律这件事情，一不小心就会忘记。

他对自己感到有点失望，他认为自己对裴律的对立情绪应该再浓烈鲜明一点，才对得起他被盗窃的学术果实和坎坷无望的维权之路，而不是裴律跟他多说几句话，他的恨意就不经意被削弱、消散，这只能证明他不坚定，抵挡不住裴律的个人魅力和糖衣炮弹。

这样不好。

但是现在，大局为重。

裴律静了两秒，抿唇，问："你是认真的还是客气？"

姜醒很奇怪地看着他："我才不客套。"

看裴律迟迟不动，他也懒得再多说，直接掀开被角，提醒道："快点吧，明天还要起很早。"

裴律垂下眼睫："好。"

本还想整理一下明天会议用到的材料，可现在无论如何拒绝不了这份邀请。

床的另一边柔软塌陷，两人各占一边，距离不远不近，姜醒拿被子盖住了脸，只留出一双眼，他听见裴律问："要不要留灯？"

姜醒声音小小的："不用。"

"那我关了，睡吧，晚安。"

姜醒就没再应他。

海上的月亮又圆又亮，透过窗帘的缝隙映照幽幽的淡光，与海面的灯塔遥遥呼应。

港屿的夜晚繁华又宁静，静谧中有懒散的海浪拍岸和大船呜呜鸣笛。

姜醒毫无困意，他不太习惯睡觉身边有人，在被子底下小心地打开手机，想去论坛跟大家请教一下这两天跟裴律相处时种种陌生诡异的感觉。

黑暗中忽然传来裴律的声音，像岛边轻轻拍岸的水声："睡不着？"

姜醒马上屏住呼吸，将屏幕熄灭："是不是吵到你了？"

明天裴律还有繁重的任务，必须保证充足的睡眠。

裴律感受身边的一团小山包迅速地平下去，姜醒敏捷得像一只受惊的动物，迅速摆好睡姿，绷直手脚，唯恐惊扰到自己。

裴律不回答他的问题，双手抱在脑后，很低地叫他的名字："姜醒。"

"嗯？"

"不困的话，我们聊聊天吧。"

裴律的语气听起来很随意，却让他觉得像在商谈什么重要的公事，姜醒有点害怕，但声音放得很平："聊什么？"

裴律知道他紧张了，即便声音这样冷静。

黑夜中所有感觉都被放大，裴律听见自己胸腔里的心跳急促有力，他深吸一口气，低声问："是不是……很讨厌我？"

姜醒觉得自己没听清楚："什，什么？"

裴律为什么突然要在这么相安无事的氛围里放这种炸弹？

黑暗中，裴律好像轻声笑了一下，笑他的慌乱，但到了后面，唇角的笑意变得苦涩："怎么这么吃惊？"

他穷追不舍，语气却带着点纵容："你是觉得我会看不出来吗？"

姜醒的排斥和不耐是不加掩饰的，这么明显，想要看不出来真的很难。

并不是什么责怪的语气，但裴律这么理直气壮和理所当然的质问还是让姜醒感到生气，像被玩弄，他冷下声音："看出来就看出来。"摆脸就是给人看的，"我还怕你看不出来呢！"

裴律："……"

"怎么？你做了这么卑劣的事情，还怕人讨厌啊？"

为什么还有脸理直气壮地这么问。

卑劣？裴律皱眉，转过身面对他："我做了什么事？"

他做的一切事情里，唯一有些不好意思直言袒露的，恐怕就只是某些时刻对姜醒产生的一些好奇、艳羡，相逢恨晚的亲近感和势均力敌的敬佩尊重。

姜醒见他毫无反省和悔过的自知，气笑："你做了什么你自己不知道吗？"

裴律偏偏说："我不知道，你告诉我。"他在黑暗中找寻到了姜醒的眼睛，表情认真又诚恳。

姜醒感到匪夷所思，又隐隐觉得哪里不对，黑夜给了他发泄的勇气，想起这些天种种不公的待遇，压抑委屈倾泻而出。姜醒忍不住张口大声控诉他："你不是已经驳回我的申请了吗？我的证据是有哪一条不清楚不明白？"

他忍了很久了，已经忍无可忍："叶逸那个蠢货连推演的原理都弄不明白就盗用我的数据，抄袭我的观点，你和方旭合伙包庇他打压我，还不卑劣吗？"

"你知不知道那组数据我做了多久，我天天熬在实验室不吃不喝不睡觉。"他说得自己都有点想哭，但他不哭，他要骂死裴律。

"你一封驳回，我就得再一次重新启动申诉程序，实验样本失效了我就得再把这个实验原原本本做一遍！

"凭什么？你们凭什么盗窃、糟蹋、无视别人的心血，别人的东西你们想用就用，想拿就拿，这样跟强盗、刽子手有什么区别？我不但讨厌你，我还恶心你，看不起你！

"你们！

"不过我是绝对不会就这么算了的。裴律，我告诉你，我绝不会算了。"

姜醒越说越来气，又恶狠狠地，断断续续说了几个讨厌，每一个都像一副沉重的枷锁套在裴律身上。

自己私下猜想是一回事，亲耳听到又是另一回事，心脏仿若被一只亲手捡回来的猫伸出尖利的爪子狠狠挠穿，裴律顾不得一颗心被抓得血迹斑驳，此刻有更重要的事情等待确认。

裴律冷静但温和地对姜醒说："你先闭上眼。"

姜醒再睁开眼时，床头的落地夜灯已经被对方打开，满室柔和的光亮。

裴律一颗心失重般坠落，表情严肃："盗用什么数据，还有什么驳回，我不知道，能不能给我从头到尾清楚地说一说？"

姜醒怔愣住，躺在床上惊讶地仰起头，眼角还因为情绪过于激动而红着。

过了几秒，他也利索地爬起来，睡衣的连衣帽半耷拉在脑后，压不住他特立独行翘起的几根头发。

连那几根头发都好像很愤怒。

姜醒一点都不相信对方的鬼话，甚至有马上走人的想法："你在装什么傻？！"

裴律按住他，表情异常严肃："没有装傻，关于你刚刚说的事情，能给我详细说一下吗？"

姜醒半讽刺半愤怒地将事情一五一十还原，房间里一片静谧。

裴律面容阴沉冷肃，眉心蹙起，这一片小小的空间被乌云沉沉的低气压笼罩。

姜醒搓了搓睡衣衣角，对方看起来是真的不知情，他犹疑着质疑："可是，最后的驳回申请书确实是你签发的，有公章，也有你的主管章，还有你的电子签名，现在还在我的邮箱里，你要看吗？"

裴律接过他的手机，一颗心在漆黑的渊洞里飞快下坠，又像是被人掘住最脆弱的地方。

原来竟是这样，对方一直的排斥和莫名的冷漠有了解。

姜醒在实验室里所有的不得志和不快乐也终于有了答案。

裴律眉目锋利，眼神冷峭，手指按着青筋暴跳的额头一言不发，过了好一会儿，才哑着声音开口："我……对不起，"他深吸一口气，"我不知道，那段时间我还在办上任的交接手续，所里的事情是方旭暂代。"

"你说的鉴抄申请和证据我也没有收到。"

裴律几近无望地解释着，他大概了解姜醒的脾性，因为骨子里要强所以睚眦必报，他想补救，却不知道对方愿不愿意给他这个机会。

姜醒眼睛里暗潮涌动，语气里竟然有了那么一丝低声下气的意味："我不会推卸责任，姜醒，我向你道歉，这件事虽然不是我本意，但就是我的失职与疏忽，我轻信于人，给你造成的损失和伤害我一定会悉数补偿。"

姜醒愣住，似乎是没想过洗刷冤屈的道路会这样平坦畅通，警惕道："你都还没有看过我的证据，不怕我骗你吗？"

裴律骨节分明的手按在他的肩头，拍了拍："我相信你。"

姜醒明明是在理的一方，原本趾高气扬地端坐在道德高地上，此刻却有些不自在，偏过脑袋支吾着埋怨："可是叶逸的报告都报送上去了。"

"没关系，"裴律俊朗的脸虽然沉着，但表情很郑重诚恳，隐藏着一丝狠厉，"这件事之后就交给我，可以吗？"

裴律的眼睛深得像夜里的暗河，认真诚恳，低声恳求："给我这个将功折罪的机会，我会给你一个满意的答复。"

姜醒低着头沉默，之前被暗算过太多次，不知道该不该信他们这一类人，承诺说出口容易，实现起来却有诸多困难。

S所虽然在GU这个大集团的旗下，可是方家、叶家与裴氏，是几代世交和坚不可摧的合作伙伴，连姜醒这种一心只读圣贤书的人都有所耳闻，再来还有方旭、叶逸与他从小长大的情谊。

就算裴律一心秉公无私，或者因为受到蒙蔽和欺骗愤怒生气，但又能做到哪一步？

总不会为一个无甚交情的下属与多年好友彻底决裂吧？

姜醒无法安心放下防备，一字一句地明言拒绝道："不好。"

他坦白直接，拒绝的话不留情面："我是不敢相信你的。"

裴律僵了一瞬，表情在昏暗幽沉的灯光下看不真切，眉峰拧起，仔细看蕴含着一丝受伤的神色。

姜醒挪远半分，硬着头皮扬起下巴，有种虚张声势的刻意，一板一眼、非常正式地告知他："我已经向学委会提交再审申诉了，证据链也在重新准备。"

实验证据，尤其是生化实验，里面含有活本和保质期短暂的检验体，证据有效期非常短暂，每一次提交都需要重新准备材料。

"虽然时间可能会久一点，但我是绝对不会放弃的。"姜醒非常坚定地再三重申，务必要裴律感受到他的决心。

裴律喉咙艰难地滚动，下颌与锁骨在灯光下泛着冷意，半晌才道："好，我知道现在要你完全相信我也不可能，我会证明我的诚意，你的东西最后一定会回到你手里，我保证。"

姜醒心里终于涌上一点安全感，这两个月夜不能寐的愁苦和希望渺茫的焦虑被抚平了几分，可更让他欣慰和高兴的事情好像是——裴律和他们并不是一伙的。

非常奇怪地，确认这件事情比他维权终于有了门路还令人雀跃。

原本紧绷的神经松懈下来，姜醒心中愤愤，故意踢了一下被子，出声讽刺："裴律，你挑朋友的眼光真不怎么样。"

裴律一怔，非但没有恼怒，心里反而蹿起一种奇异的情绪，仿若一股肆意随性的热风打破了假装平静的海面。

姜醒对他从来都是疏离淡漠的，能避则避，躲不开就冷脸以对，再不然就是公事公办，几乎不曾有过真实情绪的外露，他将自己裹得严严实实，不让裴律窥见一丝一毫。

而现在，至少是在心理上放松了戒备，才会有这样脱口而出的埋怨。

裴律低头，手握成拳，抵在唇边咳了一声，显得几分忧愁与落魄："嗯，是我识人不清，一直在国外，回来已经没有什么朋友了，所以才被人所骗。"

姜醒的表情有些一言难尽，但对方都这样了，自己也不好再揪着他的疏忽不放，但嘴上还是要说上一会儿，教育他："宁缺毋滥你懂不懂。"

没有朋友，一个人孤独，也比从垃圾堆里捡朋友强。

他姜醒也没什么朋友嘛，还不是活得好好的。

"嗯，你说得对，"裴律挺受教的，"那……可以请你当我的朋友吗？"

姜醒瞪着眼，整个人冒着一股直白的傻气："我为什么要做你的朋友？"

裴律说："择善从之。"

年轻的男人神色忧郁，嘴边泛起苦笑，声音很低，语速也缓："你今天忽然告诉我这件事，我好像……还是免不了有点伤心，我在国内认识的人不多，没想到他们……"

啊这……姜醒露出同情的眼神，和平时那个强大冷静、游刃有余的裴律不同，面前的这一个有些脆弱，他为难地犹豫几秒，但还是慎重地说："我需要考虑一下。"

裴律说好，和他探究的目光在空中交会几秒，又很自然地问："你的证据准备得怎么样？"

说到这个，姜醒的脸上露出几分窘迫："现在才到数据重刻阶段，还需要挺长时间的。"

裴律了解复刻实验推演的难度："都是你自己在做？"

"大部分是，不过，杨夕没课的时候会帮我整理一下数据。"

"谁？"

姜醒用一种"还好有她"的语气介绍道："我的一个同乡，虽然不是我们专业的，但是她很细心，也很有耐心，帮了我很大的忙。"

裴律垂下眼帘，若有所思："哦。"

姜醒提醒他："你见过的，不过你应该不记得了，上次在操场和我走在一块儿的那个女生。"

裴律点点头，他记得。

当时姜醒对他们几个师兄爱答不理的，对身边那个女生倒是温柔体贴，又是帮着拿书又是撑伞。他犹豫了几秒，还是淡声问："只是同乡？"

姜醒听出言外之意，瞪大眼睛，像高中生被人误传绯闻似的连忙澄清："人家有男朋友！"

"哦，"裴律状似随口问起，"那你呢？"

"什么？"

"你喜欢什么类型的女生？"

姜醒一愣，笑了："裴律，你怎么这么八卦？"

"不方便说？"

姜醒觉得很诡异，明明刚刚的话题还不是这个。

他揉了揉眼睛，耸耸肩："我不知道啊。"

裴律不太满意这个答案，不打算放过他："什么叫不知道？"

姜醒的表情一言难尽，裴律看起来如冰山精英，私底下竟然这么八卦，他都快要被磨得没脾气了，又有点尴尬，脚趾都蜷缩起来，用一种"求求你别问了"的腔调道："我又没交过女朋友，也没喜欢过什么人，真的不知道啦。"

他本来就读书早，年纪小，一直觉得这些事离自己还远。

裴律看起来信了，嘱咐他："那以后别麻烦你老乡了。"

"嗯？"

裴律用他的原话提醒："人家有男朋友。"

姜醒想说她男朋友自己也认识，对方人很好不会介意。裴律看穿他似的，把话截在前头："介不介意是人家的事，避不避嫌是你的事。"

姜醒想了想，觉得他说得有道理。

可是以后他就要一个人面对这项艰巨浩大的工程了，不知道要猴年马月才能完成，他失落地答应："我知道了。"

姜醒这副模样很能骗人，裴律温声说："以后我来帮你复刻实验，好不好？"

姜醒茫茫然地"啊"了一声，眼睛有点疑惑又有点亮。

裴律自夸自荐地循循诱导："比起你同乡，我是科班出身，在实验室见面时间也多，我对于你，比她有用得多。"

姜醒眨眨眼，裴律说自己只是"科班出身"实在是自谦了，他是知道裴律的专业能力的，和他联手，肯定事半功倍。

可是裴律这种日理万机的大忙人，时间行程都是按分秒计算的，为什么要加入他这么枯燥无聊的实验？

裴律没听见他答应，继续游说："这件事我有很大的责任，学管委那边我来负责疏通，你的实验我也要参与，你就当给我一个机会让我戴罪立功行不行？"

姜醒提醒他："复刻实验很麻烦的，又无聊。"

裴律目光幽深，他当然知道这种实验会有多无聊："没关系，就当巩固操作手法。"

姜醒还是没有轻易答应。

裴律说："还是你怕我也盗窃你的数据？"

姜醒果然是经不住激的，瞪圆眼："你可不要以小人之心度君子之腹。加入了你就不要后悔，我的实验不准半途撤人。"

"我绝不后悔。"

姜醒被他那种悠远的、很深的眼神弄得有些怔愣、不解，只是一起合作实验而已，为什么这么郑重。

裴律很淡地弯了下唇角，姜醒直白地看着他，目光澄澈清明，不含一丝杂质，他忽然问："裴律，你会不会觉得我很功利？"

这个问题很突兀，但他一直想知道是他的问题还是别人的问题。

他也没有人可以问。

姜醒知道但凡认识他的人多少都会这么觉得。

他把被角揪出一圈绒毛，也不怕直接向裴律袒露："就……我和叶逸是一个小组，但是我不把自己的数据拿出来，是不是……很小气，很……斤斤计较？"所以这次对方干脆将整个报告都拿走。

裴律皱起眉，沉声严肃道："不会，你怎么会这么想？"

姜醒低下头，垂着的脑袋像一只蔫了的柿子："实验室里很多人就觉得我是小题大做，锱铢必较。"

那天他去茶水间打水，几个同门在闲聊，说到他铁公鸡，木讷、刻薄又不知礼数，他一走进去，那几个人就不说话了。

纵然姜醒并不是个多么神经纤细敏感的人，但大概也知道自己在别人眼中是个"奇葩"的存在，他一直活在大家平和表面下的非议里。

他倒不太伤心在意，有充实的课业和丰富的阅读也并不觉得多么孤独，但还是觉得有些委屈，明明做错事情的不是他。

裴律语气坚定，含着安慰："数据署名是要负责任的，是谁的就是谁的，我不认为爱惜维护自己的成果有什么错。"

姜醒两手一摊，像在跟他说，也像在告诫自己："无所谓了，随他们怎么说，我的东西我是一定要拿回来的。"

他又自言自语，冷哼着嘟囔了一句什么。

声音很小，字句也黏连含糊，不仔细听根本听不出在哼什么。因为这句话本来就不是说给裴律听的，是姜醒的自我确认和自我肯定。

但裴律还是听见了。

裴律垂下眉眼，犹豫了几秒，还是温声问出来："叔叔怎么了？"

姜醒都快倒头睡了，没想到裴律这么仔细，自我保护机制让他下意识否认："什么怎么了？"

裴律笃定："你说——"

姜醒都想去捂他的嘴了："我没有！"

"姜醒。"裴律轻声叫了声他的名字，语气无奈。

姜醒对上他的眼睛，有人问他了，你看，有人问他了。

姜醒在心里跟自己呐喊。

这么多年，终于有人问他一句。

可以告诉他吗？和这个人说一说安全吗？

毕竟明明半个小时前他们还站在对立面。

可是刚刚裴律邀请了自己做他的朋友。

姜醒也搞不清楚自己到底是想说还是不想说，姜醒向来不善交际，几乎没有倾诉的习惯，也没有倾诉的对象，即便杨夕和他来自同一个地方，他也没有和她说过多少家里的事情。

他更喜欢冷眼面对生活的风暴和暗潮，好像他不去多分一丝心思面对，困难就会因为他的轻视减少一分难度，他便得以在这种自我麻痹中偷得一条退路。

姜醒就由它们在心中枯朽沉寂，时间过去，不知道秘密和往事究竟是长成了骄傲的玫瑰还是腐朽的淤泥。

真的会有人想知道吗？想知道这些事，想了解他这个人？

一切都枯燥无聊，无趣至极。

可是裴律不太一样，姜醒不知道哪里不一样，所以不太自信地向对方再次确认道："你是真的想知道吗？"

裴律揪住他好不容易愿意伸出来的一点触角，无比确定道："我想知道。"

他从一开始就好奇。

姜醒的迟钝温暾，姜醒的要强别扭……

不过，他还是补充道："如果你真心愿意告诉我的话。"

姜醒很心动，但他是个很有原则的人，思考了一会儿，还是说："现在还不能让你知道。"

裴律刚刚成为他的朋友，考察期都没过。

裴律点点头，表示理解，说："那就休息吧，等以后你想告诉我了再说。"

姜醒看到他没有介意，松了一口气，表情又有点一言难尽："哦。"

裴律有点想笑。过了挺长一段时间，裴律觉得姜醒应该已经睡着了，起身关了灯，就听到被子下的人问："裴律，你是不是真的很想知道啊？"

不然为什么还没睡着，感觉他要是不说，裴律今晚都没办法睡觉了。

裴律失笑，说："可能是这样。"

姜醒轻轻"啧"了一声，拿他没办法的语气："那你开一点点灯吧。"

之前满怀的倾诉欲，可真要说起来又因表达能力贫瘠掣肘，觉得事事乏善可陈。

"就……我爸爸以前也被他的朋友抄袭……"

姜醒的父母十几年前也曾是他们那个小城受人尊敬的大学教授，学术伉俪，温和开明，在书香门第长大的姜醒自小最崇拜父亲姜煜。

他成绩优异，父亲每次家长会都站在讲台上作为家长代表发言，谈吐风度俘获一众老师家长，甚至班里女同学的尊敬崇拜。

这是一个令人艳羡的美满家庭，直到姜煜的多年好友、同系的另一个教授胡宇抄袭盗用了姜煜的学术成果并反咬一口，受人爱戴的青年学者一夜之间被钉在了抄袭的耻辱柱上。

姜煜为翻案四处奔波，可那个年代，证据意识和证明手段远没有现在这样完善，发表时间几乎就是最大的佐证。

困难重重，姜煜夫妻却从未有过放弃的念头，从系办公室到鉴定所到法院，处处碰壁，屡败屡战。

直到年幼的姜醒被查出心脏出了问题，需要动一个大手术，手术费用对于这样一个朴素清苦的教职工家庭是一笔天文数字。

姜醒的情况越发恶化，手术迫在眉睫，姜煜在阳台上抽了一夜的烟，第二天就瞒着妻子接受了胡宇的私下和解，拿了钱让孩子做了手术，却永远无法再为自己正名。

科学家、知识分子也要为五斗米折腰，这很残酷，但是现实。

姜醒的身体日渐康复，可往后的生活却与之前天翻地覆，他不再是书香门第的天之骄子，他是令人不齿的抄袭者的儿子。

学校里的风言风语从未间断，教职工宿舍大院的冷嘲热讽令人窒息，那个年代，大家的工作生活连在一起，周围的邻居、交往的朋友几乎都是姜煜的同僚，文人清高，最不齿抄袭，看向他们一家的眼神充满怜悯、鄙视或痛恨。

无关紧要的路人义愤填膺得仿佛自己才是被姜煜抄袭了成果的受害者。

姜醒再考第一名时，迎接他的不是老师赞赏的目光和同学们羡慕的眼神，而是对他是否作弊的质疑。

"大的抄人家论文，小的也能抄别人答案嘛。"

小小的姜醒当时还不懂得欲加之罪何患无辞，他只是疑惑，第二名比他低了几十分，他抄谁的？

他也不再是品学兼优、众星捧月的神童天才，不再是别人家长口中要自家孩子学习的三好学生，而是避之不及的瘟神。

"上梁不正下梁歪，少跟他儿子来往，这人啊笨不要紧，但是心一旦坏了，神仙都救不回来。"

被排斥、被孤立的经历造就了现在这个锱铢必较的姜醒，恶毒的话语和嘲讽的眼神接收得太多，他就自动进入了一种麻木的状态，直到心情真的再难有曲折起伏。

"其实我倒是真的不太在意他们怎么想，说什么，这些人只是把自己生活里的不如意借机撒到我身上罢了，反正我总有一天是要离开的。"

所以在填志愿的时候他毫不犹豫地填了千里之外的S大，并且没有以后再回去发展的计划。

姜醒抱着膝头目光无神，对着裴律茫然地眨眨眼睛，显得很不解，想要一个答案："我只是觉得我爸爸妈妈很辛苦，我不在意了，不知道他们还在不在意。"

他像一只弱小的动物抱腿蜷缩，头越来越低，很惭愧地捂住脸，闷声闷气道："裴律，你知道吗？我小时候特别不懂事，我同学在背后议论我，我就去质问我爸爸为什么不追究到底，事实明明不是这样的。

"我哭着问，为什么他不坚持，为什么他不勇敢一点，不更坚决一点，明明就不是他的错，不是我们全家的错，真正抄袭的人成了英雄，被抄袭的人成了人人喊打的过街老鼠。

"我说我们家变成现在这样全都是他的懦弱和妥协、纵容，我还说我宁愿他当时没有收那笔钱治我的病，我也不愿意像现在这样抬不起头来。

"我爸爸当时都说不出话来，只是跟我说了一句对不起，我妈妈知道以后狠狠骂了我一顿，那个失望的眼神我可能一辈子都不会忘记。那么多话里我就记住了一句，她说，这个世界上有比事实和真相更重要的东西。"

姜醒的声音在空寂的房间里显得很薄而轻盈，包含痛苦的颤抖："你说，我在当时怎么能那么说呢，我爸爸一定特别难过，可是后来我都没有去跟他道歉。"

"我说不出口。"姜醒很犟的，小小的姜醒就已经很犟很犟了。

"但他们就那样原谅了我，什么也不说地原谅了我。

"他们还原谅了很多人，但陷害、污蔑他们的人还是过得很好，平步青云，官位显赫。

"你说世界上怎么会有这种事呢？

"事情过去这么久了，我都不知道我爸爸妈妈是真的跨过去了没有，我总觉得他们还没有，但也可能是，大家都放下了，只有我一个人还没有跨过去。"

所以姜醒对抄袭格外敏感、厌恶，执着得不近人情，在上初中的时候就逼得一个抄他参赛作文的同学在广播室当着全校念道歉信。

姜醒情绪有些激动，可语气又很平静，自己一个人在那儿叨念，不需要回应，只是紧抓被角的指尖泛白。

裴律晃了晃他肩膀，让他从不安定的情绪泥淖中抽离出来。

"姜醒。

"姜醒。

"没事了。

"乖。

"没事了。"

第五章 私人图书馆

裴律安慰地拍拍他僵硬的肩头。

看他第一次放心地露出自己的真实情绪，倔强要强，天真决绝，还有被他压抑了很多年的炽热纯稚。裴律闭上眼睛，一秒，又睁开，他好像没办法再对这个人前段时间的冷漠迟钝、没心没肺苛责，也不想再计较他们之间进退主动的得失。

他一点都不介意了。

因为姜醒从前被硬生生地填塞过太多的冷漠与恶意，早就很难接收善意的信号。

但姜醒是个非常执着的人，安静勇敢地追求心里坚守的东西，并极为小心地捍卫，葆有它的纯粹。

这很难得。

裴律想，之后的平反正名之路，都有他，虽然未必能为对方灰暗冰冷的回忆和过往填补多少，但他希望姜醒的未来前程光明，坦途似锦。

裴律的陪伴很安静，却很有分量，像他这个人一样，静默却包容。

姜醒的情绪渐渐平复，又觉有些新奇。

他从未接收到过来自朋友的倾听与宽慰，他平时跟人的接触很少，没什么朋友，杨夕是女生，又有男朋友，他们的关系更多是君子之交淡如水。

姜醒从小到大几乎没有拥有过一段血缘之外深刻的情感和关系，所以对这样的交心亲近有点陌生。

裴律人真好，竟然愿意倾听、安慰和陪伴他，姜醒眨眨眼，心里有点感动地想，虽然他什么都没有说，但这个人在这里对姜醒就是一种安慰、鼓励。

两人安静下来，呼吸的起伏与窗外海浪的起伏渐渐贴合，什么也没有再说。过了许久，裴律感受到他的困意，轻声问："想睡觉了是不是？"

姜醒迷迷糊糊道："嗯。"

裴律拉开被子："睡吧，晚安。"

姜醒就真的沉沉地睡过去了。

第二天是裴律先醒过来的，窗外潮汐拍岸。

也许是因为昨夜心里放下了一块沉重的石头，姜醒的睡姿放松。裴律很小心地爬起来，心道这人会不会忘了昨晚他们的言谈和交心。

毕竟这人过河拆桥的前科太多，有时候又没心没肺的。

幸好没有。

姜醒迷迷糊糊地醒来，看到一张帅气的脸，愣了一秒，反应过来又松懈下来，含糊地喃道："律啊。"

他还记得他们昨天晚上已经说好要做朋友了，裴律还获得了倾听他心事的资格。

裴律心中的后怕褪去，失笑，也学他："醒啊。"

姜醒耷拉着眼，有气无力："早啊。"

"该起来了。"

姜醒闭着眼，一脸"嗯嗯嗯好好好"的表情，两腿一夹被子，又翻过身去睡了。

"……"

裴律发现，褪去那层故作冷漠的外衣，姜醒其实是个心思再简单不过的人，直白、坦荡、易懂，对愿意亲近的人尤其大胆，什么话都能说出口。

比如，他会在裴律系领带的时候，举着牙刷直愣愣地盯着他。

裴律问："怎么了？"

姜醒咬着满嘴薄荷味儿的泡沫，眼神坦荡、表情认真地夸赞："裴律，其实你挺帅的。"

"……"裴律手腕一转，温莎结打错了，但语气仍沉稳，"谢谢。"

姜醒摆摆手，意思是不用谢，毫无心理负担地趿着白色棉质拖鞋到洗浴间里漱口去了。

裴律几乎是不太能立刻习惯这个崭新的姜醒。

有点乖的，剥开那层防备的外衣又冒着一种莽撞的傻气。

这个人几乎没有什么要求，物欲也很低，就默默地跟在你身后，像阳光之下的影子，灰蒙蒙的余温触手可及。

每当他探究的目光落到他身上时，姜醒澄澈干净的眼睛就会直直对上来，好像在问，请问有什么事吗。

早餐自助，姜醒拿着托盘跟在裴律身后，因为没戴眼镜，总要弯下腰凑近了才能分辨食物。

裴律看不下去，拉住他，指着一盘糕点："这是黄金糕，要不要？"

姜醒点点头："好。"

裴律顺手也给他夹了一块，往前走："试试这个？这边的流沙包很有名。"

姜醒自觉地把餐盘往前伸："好的。"

裴律盯了他两秒，没忍住得寸进尺："主食吃艇仔粥。"

姜醒："嗯嗯。"

裴律扬了扬下巴："你想吃什么再去取一些。"

姜醒看着五花八门的菜肴，歪着头问："你觉得什么好吃？"那种自然熟稔的语气，好像裴律说什么好吃他就会马上去尝试。

裴律停下来，餐厅灯光落在他削直的肩膀上，黑色眼眸浓得如同化开了的一摊墨。

姜醒也跟着停下来，疑惑地微微瞪大眼睛，问："怎么了？"

又来了。

裴律摇摇头。

没有怎么了，只是忽然觉得一种被依赖和信任的充盈感如惊涛骇浪般席卷心头。

明明只是那么细微、根本什么都不代表的一件事而已。

裴律平静地说："红豆马蹄糕也不错，你那么喜欢吃甜的。"

姜醒不好意思地笑了一下，马上就去取了一小盘马蹄糕放到两人之间。

裴律将第一块夹进他的碗里。

上次在葛石过寿的宴席上他就发现姜醒不挑食，他真的很不挑，让吃什么就吃什么。

裴律想，好像除了在专业上姜醒会严格挑剔和有一种死磕到底的倔强，其他时候，他都很随意，没什么要求，也乐于听从别人的意见。

只要是善意的。

他不知道姜醒在面对别的朋友时是不是也这样，但他打算从这一刻开始，努力成为姜醒朋友中最重要、不可或缺的一个。努力将这种乖顺变成他一个人的专属。

姜醒这个人，只要他准许你跨进了他所认可的"朋友"的范畴，他的柔软和乖顺就会在不经意间充分展现在每个瞬间、每个方面。

裴律越发察觉姜醒这个人在私人生活里迟钝温暾的一面，与在公事和专业上的敏感利落简直判若两人。

他神奇地无碍地在两个频道之间自如切换。

崭新的姜醒还有一个让他不能马上适应的习惯——爱夸人。

不是客套恭维的那种夸法，他非常诚恳、直白，两只乌黑的眼睛直直看着你，表情认真，有时候带着少许讶异，有时含着亮晶晶的光，不知道是不是崇拜，或者更多的是新奇。

并且他的注意力往往集中在寻常人察觉不到的地方。

早上看到裴律拿出新的剃须水，他就挂着毛巾凑过来，语气认真地评价："你好像很会归置行李。"

裴律拉拉链的手顿了一下，抬头对上他那双真诚的眼睛，皱了下眉，都不知道该说什么。

是不是要回一句"那你的行李我来收？"

幸好姜醒的夸赞是不需要回馈的，好像只是他走在路上无意间遇到一朵美丽的花，随口夸了一句，他就自己走开了，并不放在心上，也不需要被夸的人放在心上。

他夸他的，花开花的。

比如在餐厅吃早餐，盐焗鹌鹑蛋很小很难剥，姜醒总是无法将完整地将蛋壳与那层薄膜分离。

"裴律，"他很是艳羡地举着勺子感叹，"你的鹌鹑蛋剥得这么漂亮，那氧膜标本一定也做得很好！"

裴律侧目淡淡地看了他的盘子一眼，慢条斯理地将自己剥好的几个白蛋放到他面前。姜醒一愣，回过神来，解释："欸？我不是这个意……"

裴律低头："吃吧，快迟到了。"

姜醒努努嘴，他发誓自己真的没有要裴律给他剥鹌鹑蛋的意思噢。

裴律垂眼，漫不经心地用湿餐巾擦拭手指。

这个人，可真是有意思，要么对你冷淡之极，连脸和名字都记不清，可一旦准许你踏进他设置的范围后，便好像眼睛和心都装在你身上似的。

也许是以前都没什么人和他讲话聊天，憋得太久，姜醒有时候居然还挺话痨。

"裴律，你倒车蛮厉害的。"

"裴律，你这种看地图的能力是天生的吗？我觉得它其实设计得很不科学。"

"……"你其实是觉得所有路标和公交指示牌都不科学吧。

裴律在会场演示完高难度的实验，他又走下展示台第一时间凑上来说："裴律，我觉得你刚刚在台上论述的观点很新颖，剖析论证的方法也独特，是刚才所有委员的发言里最站得住脚的。"

裴律沉默。

他面对裴律的沉默，甚至很窘然地摸摸鼻子，笑了一下。这个笑容又轻又短，如同挥着薄翼的蜻蜓，飞快就消逝在夏日夜晚的水面。

他夸完别人又开始很认真地听汇报，当他的优等生去了，留裴律一个人心不在焉。

散会后有外国的议员邀请裴律共进晚餐，裴律用英文委婉回绝，带姜醒去了那天他独自去的海上灯塔餐厅。

开了一天会，两人都有些累，没有过多交谈。

餐厅临海，外面的露天停车场在放电影，是枝裕和的《海街日记》，镰仓夏天的海，秋刀鱼、青梅酒和暮色中的庭院烟火。

姜醒坐高脚凳上，两条腿垂不到地，就这么在空中摇摇晃晃，这是他在非常放心放松的环境中才会有的姿势。

裴律问姜醒想吃什么，姜醒像扔烫手山芋一样把菜单推回给他："我不会点菜。"以前父母觉得他的社交能力太差，和朋友或亲戚出去吃饭总是让他来负责点餐。

他做得一塌糊涂，谁忌口什么、偏好什么、分量多少、荤素搭配对他来说比超纲的实验还难，有时候还有老人和小朋友，同时还要应付点菜侍应生的推荐。

他非常排斥这个环节，久而久之便宁愿在家吃泡面也不愿意和亲戚出去吃饭，在家的时候没少被父母说毫无社交。

裴律做这些就轻而易举游刃有余，对菜品和酒品也很有研究，很容易就获取别人的信服与尊敬，他由衷地羡慕。

裴律已经不想再听姜醒不带特殊含义地夸他，便道："你不用学会这些。"

对方所展现出来的温顺退让他忍不住一再试探干预。

如果对方不加反抗，那么他就会不加迟疑地得寸进尺、"变本加厉"，他想做姜醒更交心的友人，想做姜醒志同道合的知己。

走之前，裴律又给他点了两个那天晚上的车仔包打包。

姜醒迟疑着制止："吃得很饱了。"

裴律一意孤行，继续吩咐侍应生，点完单才抬起头来回应他："没事，拿回去放冰箱，想吃再吃。"

姜醒当然是马上又没有了意见，心里还有一点破戒的高兴。

大概所有父母是老师的小孩童年都很循规蹈矩，一日三餐按部就班，可是在裴律身边，他的生活里忽然拥有了甜蜜的下午茶和可以放肆的夜宵。

裴律的手机一直在响，这次峰会来了很多同行，要约他，裴律躲不过，对方不但是以前的同学，还是未来少不了要打交道的合作伙伴。他初回国，看似背景雄厚，其实如履薄冰。

明明也才不过两三天，裴律已经不太习惯独自行动，问他想不想去，姜醒不想耽误裴律的交际，就说去。

地点是港屿盛名的天堂游园，灯光迷离的吧台，巨大落地窗外远远可以眺望夜海平面上光芒熹微的灯塔，海边华丽的房子里装着一群装扮精致、荷尔蒙过剩的贪玩男女。

裴律不过是出去接了个助理的电话，回到就看到一个男人拿着一杯紫红的酒和姜醒说话。

明明一脸茫然疑惑，姜醒偏偏还能牛头不对马嘴地跟人继续聊下去，也许是交到了裴律这个人生中的第一个好朋友，姜醒对自己的社交能力有了一点不太符合实际的期待。

拿酒的男人迟迟不走，裴律眉目骤然冷肃，大步走过去，用足十分力气钳住男人的肩，将他一把拽开，完完全全挡在姜醒面前，压低声音问："请问有什么事？"

男人只是无聊想找个人一起喝喝酒聊聊天，看姜醒是和朋友一起来的，便耸耸肩离开去了舞池。

姜醒从裴律背后探出个脑袋，刚好看到男人的背影，没察觉裴律脸上的阴郁和危险，还睁大眼睛与他分享方才的奇遇："怎么走了？你跟他说了什么？"

裴律面色不虞地审视他。

姜醒自顾自道："这人一上来就跟我聊天，说了半天也没说清楚。"他还评判那人普通话好像不是很好，有些语句不很通顺。

裴律额角青筋怒起，语气冷淡："姜醒，你警惕性是不是太低了？在这些地方不要随便跟陌生人讲话。"

姜醒茫然："可是他挺友好的，大家来到这里不就是交朋友嘛，唱唱歌跳跳舞，放松一下。"

裴律表情一言难尽，半晌才吐出一句："交什么乱七八糟的朋友，你还是个学生。"语气很像个刻板的教导主任。

姜醒的表情更一言难尽，看着裴律皱起的眉，仿佛想到症结所在，表情严肃认真地质问："裴律，你该不会是——"

裴律不知道他要说什么，心被他拖长的语气吊起来。

"你该不会是20世纪的老古董吧？"

"……"

姜醒看他面色复杂，一言不发，更笃定自己的想法，也认真起来，教育道："你一留学回来的博士后还这么僵化迂腐？这不好吧。"

他本科时的辅导员就三令五申大学生不能去灯红酒绿的地方，什么身份干什么事。

姜醒虽然性格内敛还社恐，但天生带了些反叛因子，而且家庭教育又很包容开放："这种地方我上中学的时候我爸就带我来过了。"

裴律："？"

叛逆期的姜醒很尖锐，姜煜偶尔会带不想待在学校、翘掉晚自习的姜醒去一些清吧或是看地下演出。

有西北的民族乐队，来我国旅行的南美歌手，落魄驻场的小提琴艺术生……霓虹闪烁，人间百态。

姜醒想起他父亲的话："多看一看别人的人生，你就不会只拘泥在自己的世界了，每一种文化都值得我们去感受。"

姜醒一板一眼道："你格局要开放一些，我们搞科研的，要海纳百川，包容并济。"

被"教育"的裴律思绪凌乱，一时之间竟不知道该说什么。

姜醒见他都不说话，觉得这是一种不认同他观点而消极抵抗的表现，较真地质问道："裴律，你觉得我说得不对吗？"

裴律不知道该说什么。

姜醒又说了："我爸还说，所有的工作都是为了生活，自己的生活、别人的生活、人类的生活，所以要劳逸结合，张弛有度，我建议你多了解一下酒吧文化，不要带着偏见和刻板印象，偶尔来一次就好好放松一下，不要这么端着嘛。"

裴律哭笑不得，姜醒觉得自己有理，也无所畏惧地扬起下巴与他对峙，很像他在专业课上和别人出现不同观点时那种被激起的好胜。

裴律："……"

姜醒见得他一脸不受教的模样，觉得他冥顽不灵，索性从高脚转椅上蹦下来，直接绕到他面前，当面对他说："你不是在国外念书念了好多年吗？怎么这么保守古板，连我爸妈都懂的道理你都不懂？"

裴律"哦"了一声，开始好奇起姜醒的家庭来，是怎样的父母能养出如此充满矛盾感的小孩。

姜醒觉得他好敷衍："你光'哦'就完了？"

裴律轻咳一声，沉吟道："唔……我不该这么刻板，我会好好反省。"

姜醒终于愿意放过他，注意力很快又被调酒师新炸出来的黄油葡萄莫吉托深水炸弹吸引，原本挤在舞池里跳舞的男男女女都拥过来围观调酒秀。

姜醒兴致勃勃："裴律，这像不像氢化后的pyu雾化蒸汽？"

裴律哑然，没想到他在这样骚动嘈杂的花花世界中还能想着这些，失笑："颜色像，但是浓度低得多，密度的载量和流态质感远不相同。"

刚刚还一脸严肃教育他的姜醒这会儿又眼睛亮晶晶地夸他了，说一定是对各类元素在不同介质中的状态都了如指掌才能立马就判断出来。

"……"

回到酒店已经半夜十二点多，姜醒坚持要把今天的会议记录整理完毕，裴律只好先去洗浴。

被手机振动的嗡嗡声音打断思绪，姜醒目光舍不得离开电脑屏幕上错综复杂的化学元素，不太耐烦地腾出一只手接起来。

"喂？你好。"

另一头的叶逸不可置信地把手机从耳边拿下来，反复确认是否拨错了联系人。

姜醒盯着自己笔记本电脑的屏幕，没有听到电话里传来声音，只好重复道："喂？哪位？"

叶逸眼神沉下来。

并没有拨错。

午夜十二点，裴律的手机里传来了姜醒的声音。

他马上厉声质问："你为什么这个时候在裴哥的房间里？"

姜醒在键盘上飞舞的手指一顿，将手机从耳边拿开看了一眼。

哦，拿错了。

不是他的手机。

他无意未经同意乱接裴律的电话，但也绝不忍受叶逸这种趾高气扬的审问，他语气有点使坏："他现在洗澡，你待会儿再打电话过来吧。"

那种轻描淡写与气定神闲落在对方耳里如同炫耀，叶逸气急败坏，情绪失控地蓦然提高音量，语气尖刻："我问你为什么这个时候会在他房间？！"

恐惧和惊慌像两条细长的小蛇曲曲弯弯缠绕住叶逸的心脏。

昨天无意间听到梁番和方旭提到，裴律毫无缘由地，突然压下了几个叶氏和方氏的合作项目，没有任何解释，并且在他们共同的群里也没有再说过一句话。

谁@他都没有出声。

叶逸心里隐隐升起不好的预感，他憋了一天还是忍不住拨出这个电话。

姜醒冷笑一声，轻飘飘道："那你问他啊。"

"你还没有资格让我向你汇报吧？"

叶逸呼吸不受控制地急促起来："你跟他说了什么？"

姜醒顿时了然，无师自通般地察出对方的七寸，一旦有了底牌，语气宛如猫逗老鼠，带着点恶劣的笑意："你心虚什么？"他声音压得很低，如鬼魅幽魂，"叶逸，你越害怕，我便越高兴。"

叶逸脊背发凉，被戳中了痛点，立马跳脚："姜醒，你得意什么！！你以为告到裴律那里事情就能回旋吗？你算个什么东西，我跟他从小一起长大，我比你了解他。他现在刚回国，手下还没什么能用的人，也就是看你还算本分，但你觉得这能抵得过我跟他从小到大的情分吗？"

姜醒一晚上的好心情丝毫都不剩了，知道这个叶逸最爱挑拨离间，故意激怒自己，他冷笑："是吗，这段我录音了，你自己和他说去吧。"

那边惊恐道："你！……"

姜醒懒得再和他废话，直接挂了，烦躁地将手机扔在床上。

扔完了才想起那并不是自己的手机，又不情不愿地去拿回来放到原位。

裴律披着浴衣走出来时没听到像前两日的夸赞，姜醒神情专注，电脑屏幕的光无声地反射在他白净的面颊上。

他走到对方面前看了一下，还是没有反应，只好曲指反手敲了敲桌面，提醒："先去洗澡。"

姜醒很敷衍地"嗯"了一声，眼睛和身体丝毫没有挪动半分的打算。

裴律也不催他，泡了一杯温牛奶放到他面前："解酒。"

姜醒没抬头，不太感兴趣地说了声"谢谢"，但久久不动。

裴律敏感地察觉到不对劲，仿佛这几天黏在他身上的亲近目光又开始冷却疏离。

几道新的复杂方程从姜醒飞舞的指尖而出，他目不转睛，随口道："哦对了，刚刚有人给你打电话，我接错了，抱歉。"

"没事，"裴律问，"谁？"

姜醒又不说话了，沉浸在他的快乐老家——化学元素世界。

裴律看了他一眼，拿起手机，不知道叶逸这个时候还打电话过来有什么事，问道："你们说了什么？"

高大的身形在桌前覆下沉沉的阴影，光线被阻挡，姜醒有些不悦地皱了皱眉，将电脑往靠近台灯的方向挪了几厘米。

"没说什么。"

他抬了抬鼻梁上的细框眼镜，继续埋头编辑元素公式。

声音里的敷衍太过明显，裴律挑眉，指着通话界面质疑："没说什么聊了七分四十六秒？"

不知触动了姜醒的哪一根筋，他把手上的笔一放："你自己打回去问他啊。"他又不是传话筒。

姜醒呼地站起来去收拾洗浴用品。

裴律一愣，拉住他："你生气了？"

姜醒就像一株典型的绿色藓类植物，安静时呼吸低浅，毫无攻击力，是角落里一抹夕阳斜照的灰色影子。一旦尖利起来，就变成羊齿蕨类，布满叶缘的齿口在你皮肤上割开细细密密的口子。

但是他生长得很好，色泽清新，茂盛顽强，即便长在角落，你也会想走过去看一看。

姜醒挣开，蹲在行李箱边收拾衣服，一脸无所谓："没有啊。"

裴律走过去，在他身边蹲下："姜醒。"

姜醒不得不停下，抬起头："干吗？"

裴律眉眼深邃，认真地问："你是不是讨厌我了？"语气有点受伤。

姜醒反应过来，忽然觉得自己无理取闹，他也知道不是裴律的错，但他情绪管理这一门课还未毕业，受了气还是忍不住迁怒。

难怪自己没朋友，姜醒懊恼地抹了把脸。

沉默了一会儿，他低着头，别别扭扭直言："不讨厌你，我讨厌叶逸。"

裴律见他软化，唇角涌上一点笑意，低声道："嗯，我也不喜欢。"

姜醒惊讶地抬起头，似是不相信裴律也会讲出这样直白的话。

他是君子，口不言过，背不议人，滴水不漏，无论公私场合都不曾明言流露过自己的喜恶，也从不议论别人的是非。

姜醒心中忽然有一丝解气，一旦有人站在自己这一边，就变得有恃无恐起来，索性像小学生一样在背后讲别人的坏话，皱起眉头埋怨："他是不是有病啊，又蠢又坏，成绩那么差，长得也……"

最后一句话还是止住了，他虽然很生气，也看不起叶逸，但是不能用相貌攻击别人。

裴律觉得他嘴巴毒得可爱，掀起唇附和："对啊，又不是什么人都能像你一样，生来就有一颗聪明的脑子的，还长得这么好。"

姜醒知道他是在调侃自己，有些面红，瞪他一眼，硬着头皮继续嘲讽："你们整天和他玩在一块儿，也不怕被传染，丢了脑子掉了智商。"

"我以后不和他玩，"裴律目光诚挚，"那你肯带我玩吗？我也想跟脑子好智商高的人一块儿玩。"

姜醒不自在地拿了衣服站起来，有些落荒而逃："我去洗澡。"

裴律施施然给他让出一条道："去吧，出来把牛奶喝了。"

姜醒洗澡出来躺下，试探地想去看看裴律，刚刚他的语气和态度很不好，也不知道裴律会不会介意。

他笨拙又尖锐，后悔和歉意又说不出口，脾气坏性格差，谁会受得了？

没开灯的夜里隐约能看见裴律沉静的面容，闭着眼，睡得平静安稳。

他有些失落地退回原地，忽然，一个压低的声音在午夜的寂静里格外清晰："不睡觉偷偷看我做什么？"

姜醒立马撑起上半身："我还以为你睡着了！"

裴律在一片浓稠的漆黑里无声地弯了弯嘴角，故意道："是准备睡着了，但是梦到一只路边的小猫，他围着我转来转去看了半天也不吭声，我就想醒过来问问他想干什么。"

姜醒恼怒道："我没有啊！"

裴律："我没有说那只小猫叫姜醒。"

"……"

姜醒抿了一下嘴唇："那个，今晚冲你发脾气是我不对，你生气了吗？"

裴律凝视他："生气没有。"

姜醒放下心，又忽然听见他说："伤心倒是有点。"

"……"

裴律双手枕在脑后，幽幽地叹气："我的朋友好像不太相信我。"

姜醒不知道该说什么。

裴律又宽慰他："逗你的，睡吧。"

姜醒沉默了一会儿，重新回到被子里，声音闷闷的："裴律，对不起，晚安。"

第二天的闭幕仪式宣布为期四天的峰会正式结束。

乘坐夜航回到S市，港屿湿润的海风与潮声随万米高空逐渐模糊。

午夜的机场依旧灯火通明，拿了行李，裴律放秘书先走，自己取了车送姜醒回S大的宿舍，姜醒担心他疲劳驾驶，提过自己的行李箱拒绝："不用麻烦，我打的，很方便。"

走在前面的裴律脚步一顿，回头看过去，英气的长眉微不可察地皱了一皱。

还坐在飞机上的时候心里就开始有隐隐的担忧，在港屿人生地不熟，姜醒尚且能与他交往自如，对他信赖有加，这几日的朝夕相处促使两个人友谊升温。

一旦回到熟悉的环境，姜醒拿回自己生活的主导权后，裴律不再是他唯一的依靠，一切还能像在那个闲散浪漫的岛屿上一样吗？

　　或是这座城市不好的回忆，又会让他封闭逃跑。

　　毕竟这个人翻脸不认人的速度，他见识过。

　　这几天的学术交流宛如一个乌托邦的梦境，闪烁着晶莹朦胧的光彩，但不知道什么时候就会碎。

　　午夜的穿堂风掀起裴律长风衣的一角，他握紧车门的把手，长指收拢，眼睫垂覆。

　　无论如何，他都不接受他们之间回到原点。

　　他们之间的友谊只能有进无退。

　　"裴律？"姜醒在他面前晃了晃手，很利落地告别，"我走了，再见。"

　　裴律拉过他的拉杆行李箱："太晚了，我送你。"

　　其实他在S大博苑也有宿舍，但他还有别的事必须回公司。

　　姜醒在外面放肆野了四天，重新呼吸到熟悉的空气，多少有点意识到自己这几日有些过于依赖这个人了。

　　这不太好。

　　第一次交朋友就这么想黏着对方，不太好。岛屿生活就像一个崭新的游戏副本，他意外闯进，没有经验，只能依靠级别高的战友，现在退出了游戏，就应该恢复自己的节奏。

　　随时随地与另一个人分享乐趣分担难题，那不是他一贯的生活习惯。

　　在外地出差时无依无靠说得过去，回到原来的轨迹后，力所能及的事还是不要麻烦别人，再说裴律本就不是什么闲人，回来之后肯定也有很多自己的公事私事。

　　但眼下裴律姿态强硬，径直拉开副驾驶的车门等他上车，再一次坚持："我送你。"

姜醒只好猫起腰钻进去。

一路晚灯霓虹，姜醒眯了会儿就到了宿舍楼下。

"嗯？你怎么不叫醒我？"

空调的温度和音响的声量都被调过，裴律应该是等他好一会儿了。

"没事。"裴律打开车顶的橙黄色环灯，双手随意搭在方向盘上等他缓过神来。

姜醒打着哈欠下车拿了行李，弯下腰隔着车窗，揉着惺忪的眼睛跟他说谢谢。

裴律背靠在车座上，与他对视。

昏黄的路灯从车窗射进来，半边侧脸在光影里看不真切，只剪出一个线条锋利的轮廓。

"再见，姜醒。"他轻声说。

看着对方脚步松快，越走越远，心里有种说不出的滋味。

某一瞬间，烟瘾仿若海潮般涌上来，摸了一把口袋，什么也没有。

可就在那个单薄清瘦的背影即将融进夜色的花木杂影里时，忽然停了下来。

姜醒在他目不转睛的注视里，转过身，又一步一步走了回来。

他踏过一片斑驳摇曳的树影，绕过车头，敲了敲裴律这一边的车窗。

裴律闻声打开，等着他开口。

姜醒弯下腰，头顶着皎洁月光，目光关切，轻声问："裴律，你是不是……心情不好啊？"

他刚刚睡得混沌，没有察觉，下了车回想才越来越觉得不对劲，裴律说再见时的神色，低落得像港屿傍晚海上的暮色。

裴律有些讶异，毕竟他对姜醒在情绪感知上的心有灵犀从来不抱任何期待。

锐利的眉目柔和了一些，甚至还浮上一丝意外之喜的暖意："我没事。"

偏偏姜醒今晚感知情绪的那根弦格外灵敏，他在裴律不动声色的目光里踟蹰了一会儿，不负期望地开口道："我好像有点饿了，你要不要和我一起去吃点东西？"

裴律定定看了他两秒，面色比刚才柔和了很多："上车。"

于是姜醒又把他的行李放回了后备厢，两人去了一家离大学城不远的鱼肉云吞店。

裴律担忧的事情没有发生，回到S市，姜醒一开始确实没有主动联络过裴律，但是他回微信的速度和数量与之前天差地别。

这几天裴律都要留在公司里处理出差时堆积下来的工作，几乎不出现在实验室。但他们的交流没有减少，姜醒甚至已经开始对他放心大胆地使用各种表情包。

姜醒真的很爱天线宝宝，想象着对方一脸冷静内心毫无波动地发出这些卡通人物，裴律的心会轻轻飘起来一点，这是他最近在堆积如山的工作里唯一的休息。

姜醒也不是没有主动找过他，但一般都是哪篇小众的文献找不到，哪个公式的推演无法配平，哪个论著观点的注释存有疑问时……

诸如此类，数不胜数。

裴律苦笑，又觉甘之如饴，即便在忙或是开会，也会尽心尽力为他答疑解惑。

裴律是个好老师，文字说不明白就拍照，照片说不清楚就语音，语音解释不了就通话，偶尔也有答辩前的几个夜晚，他们视频通话直到手机发烫。

　　姜醒迷恋与裴律的交流，他不一定赞同对方的所有观点，可是每一次交谈、争论都让他获得新的东西，受益匪浅。

　　这个男人就像他的智能图书馆，一座他不想让人发觉的宝藏，越往深里面挖掘他越惊叹，从别人的浩瀚看到自己的浅薄与渺小。

　　他从小就幻想自己能拥有一座图书馆，现在他有裴律，裴律就是他万能的、专属的、随问随应的私人图书馆。

第六章 松树而非病梅

和裴律当朋友是一种什么样的体验，大概就是"裴律在手，天下我有"。

姜醒甚至不太敢相信自己第一次交朋友就如此成功。

裴律能给予他的时间精力和的关注超乎姜醒的想象，他一边觉得感激不尽，又一边奋勇直追，更加刻苦提升学业，他很想对裴律有所回馈，人与人之间的交往是双向的，希望裴律在与他的交流中也得到一定的收获和启发，至少不要觉得是浪费时间。

这几乎形成了一种相辅相成的动力，一直推着他向前。

裴律让他震撼，也让他充盈和富足，不但是专业学识上，还有其他更多的他说不清楚的方面。

有时候他们从下午就开始视频，裴律在办公桌前能透过屏幕看到S大校园里的绚烂晚霞，一直到窗外的背景变成夏夜的新月与朗星。

助理偶尔会拿文件进来给裴律批示，姜醒忽然从汹涌的求知欲里惊醒，举着笔呆呆凑近屏幕问："裴律，你现在是不是有事要忙？"他好像打扰太久了。

裴律看着他白皙秀气的脸突然放大，表情呆滞显得整个人傻乎乎，唇角弯了一下，暗中比了个手势让助理出去，对着屏幕道："不是什么重要的事，你继续说，硝酸钠中和，然后呢？"

"噢，然后我想试一试提取高锰酸钾做介质……"姜醒说到一半就渐渐停下了。

裴律："然后呢？"

姜醒忽然说："今天的领带好看。"

裴律一愣："什么？"

其实不是，姜醒想说的不是这个，是话到嘴边又被他改了。

他想问裴律你很忙吗？为什么还不回来？还要忙多久？大概什么时候回来？

姜醒对他摇摇头，伸出手指，触到屏幕里就是裴律领带的地方，很轻地点了点，那里面有一个虚拟的裴律。

裴律也伸出手，学着他点了点屏幕。

这是一个很幼稚甚至有点诡异的举动，可是姜醒做了，裴律就也陪他。

两个人沉默对视，过了一会儿，裴律说："姜醒。"

"嗯？"

"开心一点。"

姜醒都没有应。

裴律说："我很快就回来。"

姜醒就笑了。

裴律逼迫自己用一种助理都觉得有点匪夷所思的工作强度和效率完成了公司事务。

再次出现在实验室那天，姜醒正蹲在器材室地上找器皿。

裴律许久不来，在实验室众人的一片招呼中开出一条路走过去。

碱式滴定管、梨形分液漏斗、平底烧瓶……姜醒按照昨天晚上整理出来的清单一个个清点。

忽然，一双锃亮的皮鞋出现在分门别类的实验器皿旁，顺着修长笔直的西装裤管往上看，白衬衫修勒出线条窄瘦的腰身、宽阔削直的肩膀，往上是英俊的脸。

姜醒手上还拎着一支移液管，惊喜地眨眼睛，道："你怎么来了？"

裴律居高临下，静静看了他一会儿，声音很轻很低："来看看你。"

"你的事忙完了吗？"姜醒蹲久了脑袋缺血，没能一下子站起来。

裴律俯身，把人拉起："差不多，在找什么？"

"布置了新作业，"姜醒展示了一下怀里的器材，"冷凝管和坩埚钳都被抢完了。"

他已经打算自己上网买器材完成这个实验任务。

裴律接过一半他怀中抱着的五花八门的试验瓶："跟我来。"

姜醒跟在他身后经过曲曲绕绕的走廊走到一间实验室前，裴律刷了三重密码，密码门才打开。

姜醒乌黑的瞳孔一缩。

早就听说裴律的私人专属实验室是花重金设计的，保密度和安全性极高，同时安装了智能口令和搜索引擎，硬件设备达到国际5S的标准。

越先进敏锐的器材就会得出越精准稳定的数据，事半功倍。

在这里做实验一定感受绝佳，相当于给游戏玩家配备了顶尖的装备。

姜醒爱不释手地东摸摸电子光仪，西碰碰铂金温皿，小心翼翼问："我进这里没关系吗？"

GU集团价值最高的商业秘密和技术秘密几乎都从这里诞生，何况还有很多裴律个人的专项研发成果和技术专利。

裴律换下西装，套上白大褂，姜醒眼睛一眨不眨，觉得陌生，又有些新奇。

裴律平时都是西装革履，优雅矜贵，让人想起觥筹交错中一盏熠熠生辉的华灯，每个人都争相靠近，却触不到、摸不清发光的光源，又像是万众瞩目的星辰，惹人仰颈，却距离遥远。

走进实验室里的裴律是严谨精准的钟表，矜贵冷静的眉眼让人想起中世纪古典的楼阁撞钟，一分一厘，尺度严格。

裴律将试验瓶按性能形状布列在实验台上："没关系，以后缺什么就来这里找我。"

"今天先将就用我的，过几天我叫人给你加一套基本器材在我的位置旁边。"

姜醒立刻目光炯炯地看着他，不敢置信。

裴律不觉得这是什么大事，提议道："还有你的复刻实验，也一起来这里做吧。"

关于抄袭事件，他似乎比姜醒更上心，催促说："我最近抽出空来，我们要赶进度。"这实验讲究连贯性，也许这样他这段时间可以天天跟姜醒一起去三食堂。

姜醒张了张嘴，讷讷地不知说什么好，他是个很知恩图报的人。

"我，我一定会好好做实验的。"争取给实验室创造出更多效益。

裴律一愣，失笑："好。"

两人断断续续地，开始一起做实验一起去图书馆。

和姜醒待在一起的感觉很好，整理数据、查资料或者只是聊天，都充满乐趣，是每日游走于各色应酬和各类谈判桌的裴律最后的精神港湾。

只有停泊在这里，才是他最靠近理学之光的时刻。

裴律经常看姜醒做实验看得着迷，其实他曾经看过很多人做实验，以前在国外当导师的助教要指导学生，或是受邀作国际竞赛的评委，点评选手。

但姜醒依旧每天给他惊喜，他在一些细节上的处理上大胆又细致，神情的虔诚和专注甚至让人感受到一种温柔，让浮躁的看客动容沉静。

也只有这种时候，名利场和生意场才会离他很远。

姜醒身上古典的、浓郁的书卷气和读书人的呆气像一场细密又厚重的雨，抚平他惶惶匆匆的浮躁与焦虑。

在姜醒手里，数据、仪器和时间，都是流动的，有了生命，与做实验的人互动、交锋，最后变得温驯，冰冷冷的理科实验也沾染上柔和的人文温度。

大多数人在实验中只为求得一组数据，一个结论。

姜醒不是，他是让实验去印证他自己，答案早已经在他心中经过重复千万次的演算，他不盲目，先把自己的结论立在前头，大胆求证。

让实验按照他设定的轨迹为自己论证。

他不在实验中求解，他控制实验。

裴律靠着琉璃实验台，双手撑在身后，看姜醒熟悉自己的实验台，他拿起一根滴管，手骨纤细，指节修长，晶莹透明的玻璃瓶子衬得皮肤雪白。

裴律面无表情，看了片刻他的操作才把视线移开，勉强听到对方问："我的溶液比例已经设到顶值，为什么还不反应放热？"

裴律走过去，低头摆弄了一下迟迟达不到沸点的熔器皿："凝结物和试剂反应的时间只有千分之一秒，磷化物已经挥发在空气中变得潮湿，不能放热。"

姜醒一点就通："那我提前把溶液倒下去试试。"

依然没有成功。

千分之一成功概率的实验，卡点很重要，试剂捣入的路径也很关键。

姜醒试了几次抓不住平衡点，迟疑地看向裴律。

裴律只好走得更近，他在面对实验台和谈判桌时都具有一种与生俱来的气场："镊子。"

姜醒选了一把中号镊子，刚要递给他，就感到身旁覆上了一片温热。

裴律走近，低头，带他搅拌试剂，裴律比他高一些，姜醒半偏头只能看到他线条利落的下颌线，姜醒有一丝僵硬，却没有推开的意思。

作为一个社恐，这是他第一次与人有这样近的社交距离，

窗外蛋黄般橘黄色的夕阳穿过裴律削平流畅的肩线，流进姜醒迷茫的眼睛。

裴律微弯下腰，低声提醒："专心一点。"

姜醒没办法专心，是注意力自己不听话，不自觉就跑了。

裴律是一个霸道的操控者，操控实验、操控姜醒、操控环绕在他们周围的气流和氛围。

他像施魔法一样让放热反应的千分之一的成功概率在他手上变成百分之百的必然。

姜醒觉得发生放热反应的不是溶液，是他本人。

他快要融化了——为裴律的精湛手法惊叹，也为自己的学业不精羞愧。

还未看清反应的始末，身旁的那片温热就已抽离，裴律几乎是在发生反应的瞬间就退回到一个安全的距离，叮嘱他："记住这个时间和速度。"

姜醒看着已经成功生起火焰的器皿，若有所思。

裴律一边收拾流理台不慎撒出的粉末，一边问："会了吗？"

姜醒会了，又没完全会，想再看一遍，所以摇了头。

裴律淡淡凝他半晌，对方眼睛黑而明亮，于是他再次靠过来，食指轻快地敲了敲烧瓶，瓶壁发出清脆的"叮叮"两声。

"我再教一遍？"

姜醒点了头。

后来他们又开始着手进行姜醒作为申诉证据的复刻实验，裴律明明没有跟他实战合作过，却好像对他的实验思路、操作手法习惯都很了解，所以两个人联手事半功倍。

姜醒一开始有些惊讶，但转念一想又觉得这是大神的兼容。

姜醒在课业上的虚心和刻苦打破了裴律之前对他稍许清高桀骜的印象，他迟钝的不知避嫌也让裴律有些无法招架抵挡，却又品出一点无措的心意。

出于对人情世故的不敏感，姜醒始终坦荡，这份不知者无畏的坦然让姜醒在大多数人际交往中，少了现代人身上那种无谓的顾虑和试探，显现出罕见的爽利和洒脱。

所以他有话直说，对裴律的崇拜和依赖也坦荡又磊落。

裴律不是每天都来，更多时候还是姜醒自己面对复杂烦琐的数据、实验室里效率低下的课题搭档，独自避开高峰期前往食堂。

从前他对孤独非常迟钝无感，无牵无挂，独来独往，不觉得自己需要陪伴，但与裴律成为朋友之后，才慢慢体会到一点挂念和牵绊。

他只是有时候会想，为什么裴律不能像别人的同学、室友一样，他们每天一起上课一起做实验一起去食堂，但他马上又想，因为对方是裴律。

裴律留给他的时间和精力已经是裴律非常努力从忙碌事务中抽挤出来的，他要珍惜，做人不能太贪得无厌。

不过有个好消息是最近方旭叶逸被学院"抓壮丁"去给本科生编教材了。他以为是因为对方平时的选修绩点排在倒数，其实是学院来要人裴律拟的名单，但也确实是按绩点排名拟的。

他们近期都不会出现实验室，于是姜醒觉得整栋实验大楼的空气都为之一新，每天都神清气爽，连同一课题组的师姐交给他的数据分析错误连连也没有阴阳怪气，只是平静地塞回去叫人重做。

还有个好消息是裴律说晚上可以来学校和他一起吃饭。

裴律回国后就一直很忙，食堂卡还没去充，几大食堂也没有逛过，姜醒自告奋勇说带他去熟悉。

裴律应该是从哪个正式场合直接过来的，身上还穿着浅灰色西装，打着领带，他询问姜醒："你晚上还有事吗？没有的话我先回宿舍换一套衣服。"

虽然姜醒没有明确和他说过，但裴律直觉姜醒应该是更喜欢普通装束的自己，那些时刻姜醒会下意识跟自己更亲近，也更放松，甚至是亲近和大胆。

他觉得自己累了一天，应该获得被姜醒这样对待的特权。

姜醒收拾书包的手停了下来，抬眼试探地看了一下裴律，裴律的脸还是英俊的，很柔和地回望他，眉毛头发漆黑，一丝不苟。

但他就是从那些淡然从容里读到了一些裴律刻意敛起来的疲惫和

厌倦。

裴律应该是很累了，那种累和他熬实验的累不太一样，他熬完一个实验会回血，会兴奋。

裴律的累会把人耗空、消磨，让人失去灵魂，变得麻木。

这样一想就很可怕，姜醒觉得裴律有点可怜，因为裴律本人好像也很不喜欢那些。

裴律在穿着白大褂和他讨论专业和合作实验的时候会快乐很多。

姜醒想起他之前有一次和穿得很正式的裴律走在校园里，有很多人纷纷看过来，姜醒很讨厌被注目的感觉，他低着头逃避那些目光，小声说："你在学校里也穿成这样啊？"

姜醒觉得自己当时完全没有责怪的意思，语气也很平常。

裴律当场就愣了一下，看着姜醒加快的脚步，好像就要飞快逃离他这个发光体一样。

姜醒现在回想起来，裴律当时脸上的表情可能是无措，在国际峰会和谈判桌上都没有紧张的裴律，在姜醒面前竟然会觉得穿正装是一件不好的事而无措。

后来裴律就没怎么再穿着正装和姜醒走在校园里了，去见姜醒都会先换衣服。

裴律穿着很休闲的装束，和姜醒像最平常的两个大学同学，一起走在会漏下日光碎影的梧桐林荫下。

裴律觉得卸下那套西装的枷锁，他又能重新感受到校园的气息和生活的柔软了，在姜醒身边。

从前姜醒屏蔽了很多外界的信息感受不到，现在他意识到了，就会觉得愧疚。

博苑在硕士生宿舍附近，到实验室走路大概二十五分钟，再走去三食堂就过了饭点。

裴律累了一天，没吃晚饭，不应该让他为了照顾姜醒那点不足为人道的矫情和并不是完全不可克服的社恐，再专门折回宿舍一趟换个衣服。

　　姜醒靠近裴律一点，打量了一下，说："不用换了吧，我们直接去吃饭。"

　　"可是，你不是不——"

　　姜醒突然说："我觉得你穿西装很帅。"

　　眼睛微微睁大的，很真心的样子。

　　"……"

　　姜醒推着他的后背往门外走："走吧，你不饿吗？我很饿了。"

　　他决定，以后裴律方便穿什么就穿什么，不管身上穿的是什么，他都是裴律，姜醒都愿意走在他身边。

　　直到快走到食堂裴律还有些不解，姜醒的社恐缓解了吗？

　　窗口前排队的学生都不像以往那样神情放松，脚步要快许多。

　　姜醒掏出学生卡，对裴律低声说："他们明天考第一门。"

　　他被抽去监考，今晚又是多少本科生开始拼命复习企图创造奇迹的无眠夜。

　　裴律感受到了他的得意，也放松地弯了嘴角，很浅很淡，微不可察："你复习好了？"研院考试也快要开始了。

　　姜醒没有要炫耀的意思，语气稀松平常："我不需要复习。"

　　"……"裴律好脾气地附和，"是。"

　　姜醒像个选妃的皇帝在窗口徘徊："你想吃什么？"

　　裴律说："白菜馅饼。"

　　姜醒奇怪地看他一眼："白菜馅饼早餐才有。"

　　"噢，"裴律好像有点失望，姜醒根本没去想裴律这种不来食堂的人是怎么知道白菜馅饼的，但他乐于助人，"我每天都会去吃，可以给你带。"

裴律看着他，很放松地说："好。"心里却有微妙的欣喜，也不太明白为什么现在自己不需要变装也能享受到姜醒的亲近了。

两个人挑了煲仔饭、淮山排骨汤和芥蓝炒牛肉，坐窗边的位置。

操场上有体育生打篮球发出咚咚咚的回音。

天边一片火烧云，阳光渲染的云霞橙黄、桐紫和瑰粉变幻无穷无尽，一直延伸到人头顶上，好像跳起来一伸手就能触碰这些色彩浓烈的云絮，蝉声从碧绿茂密的枝叶里透出，黄昏的风是金色的，温热湿润。

从这个窗户看出去的风景和裴律从公司顶层办公室巨大的落地窗俯瞰的景色完全不一样。

校园黄昏和车水马龙差别大得让他感官分裂，不过裴律的生活确实被姜醒以一己之力分割成两个世界。

一个是从前那个还在加州实验室埋头做实验一天可以说不到十句话但心里很充实的他，一个是现在不动声色周旋于谈判桌侃侃而谈一转脸面色麻木的他。

姜醒是一种柔软的慰藉和依托，被他暗中寄予期望，让他看看自己未尽的事情别人能走多远。

不过也可能，姜醒是一种创造力，唤醒、重塑一个新的他，一个会和朋友在学校草丛边喂野猫、半夜去学校旁的夜市吃夜宵的裴律。

姜醒把落地风扇对着裴律，风呼呼地吹过来，他心情很好地说："吃吧，待会儿我还要再去买一根绿色心情。"

裴律点点头，说："我也要吃绿色心情。"

姜醒也点点头，反应过来对方说了什么又猛然抬起头，瞪大眼睛。

裴律不管他，一边低着头夹芥蓝一边昐咐："你请我吃。"

裴律忽然觉得自己虽然才回国不久，但商人那套揣摩人心的逐利权术学得很快，不过才刚察觉今天姜醒对穿得很正式的自己也很宽容友好，就开始得寸进尺。

姜醒想象了一下从来不吃零食的裴律即将身着这套名贵西装与他一人叼着一根冰棍走在校园中的画面，沉默了几秒，还是很纵容地说："好的，我请你吃。"

超市的茶包促销活动还没结束，裴律不知想起什么，在试喝台前驻足了几秒，姜醒凑过来说："荔枝红茶的好喝。"

于是裴律拿了一包。

几个女生凑在冰柜前犹豫拿和路雪还是梦龙，姜醒便先绕到日用品区，拿了一瓶原来用的沐浴露，裴律突然问："这个好用吗？"

姜醒点点头，说："不会太香。"

裴律把目光从他雪白的手臂上挪开，点点头："我的快用完了。"就拿了一瓶一模一样的。

那几个女孩子选好了离开，姜醒走过去拿绿色心情，被一个金眸的交换生女同学搭讪，裴律招呼姜醒过来排队，他突然想起了论坛聊天室里那个无论姜醒说什么都捧场的Mike。

姜醒浑然不觉，和他一边从食堂回宿舍一边讨论这周的新期刊，经过求真大道的时候，有园林工人正在修剪花木，地上零落了一层厚厚的花瓣和碧色的叶子，姜醒侧头想与裴律说话的时候，刚好看到他抬手捏了捏山根，但只有一秒。

疲惫的神情转瞬即逝，仿佛错觉，他却被对方这个无意间的动作一下击中。

一顿晚餐的慰藉是不够的。

一根绿色心情也远远不够。

洗不掉那种残存，甚至是要渗透进裴律血骨皮肉里的疲倦感。

裴律以为姜醒有话要说，薄唇启开，手机忽然有人来电，只能先接。

姜醒接过他手上的袋子，站在求真大道边上等他讲电话，裴律接公事来电的时候和平时不太一样，还是没有过多的表情，目光中蕴含锋芒，语气决断，眼尾带着一点他看不懂的冷漠和麻木。

求真大道上学生来来往往，背着书包，手中捧着很厚的课本，女生们穿着各色的裙子，刚洗过的长发还披在肩上，男生们拍着篮球大笑冲向球场。

但这一切都和裴律没有关系，他被一个电话关在另外一个世界了。

姜醒站在这两个世界的边界，没有往前走也没有后退，静静站在原地等裴律，只要他一转头就能看到。

夏日的天色暗得再迟，天边落霞也即将消失，绚丽饱满的云絮只剩淡淡光晕，挽不住的哀意，修剪树木的电锯发出钝重的声响，遮盖一片蝉鸣蛙声。

一束茂密碧绿的枝丫掉落在姜醒身侧，他惊了一下，往裴律身旁挪，裴律下意识为他挡了一下。

姜醒回身抬头望，是一棵松树，很高，树干笔直挺拔，针叶葱郁，因为这里是校车站点，所以学生们等车的时候都在它底下躲太阳。

不知怎么的，姜醒忽然觉得身旁的裴律很像它。

沉默、克制、疏朗，君子之风，予人庇护。

校园里这么多青翠好看的树木，梧桐、玉兰、银杏，但他还是最喜欢松树，他经常在这棵树下吃着雪糕等校车。

但现在，这棵松树正在被修剪，园林工人拿着他的大剪子毫不客气地咔嚓咔嚓，他又下意识往裴律身边缩半步，手臂碰到对方的，不禁想到了初中语文课本上学的一篇古文。

龚自珍的《病梅馆记》，当时还是必背课文。

"有以文人画士孤癖之隐明告鬻梅者，斫其正，养其旁条，删其密，夭其稚枝，锄其直，遏其生气，以求重价，而江浙之梅皆病。文人画士之祸之烈至此哉！"

他记忆力很好，还能一字不差地背出当年考试古文阅读理解的正确答案：本文是以梅喻人，以它的苍劲、坚忍、俊俏、雅洁的特性来比喻人的坚贞、高洁的品格。从文章内涵来看，托物言志，以梅议政，对封建统治的腐朽、黑暗以及庸俗现象作了无情的揭露和批判，是对追求个性解放和要求变革的进步思想的真切反映。

但姜醒觉得，裴律是松树，而非病梅，没有人能肆意修剪他，世俗的规则和压力也不能。

虽然裴律这个人很内敛，平时连微笑都是克制的，很浅很淡，几乎不让人察觉，但他的脊背永远挺得很直，是一棵在风雨里也很让人有安全感的树。

裴律讲完电话发现姜醒又在发呆，用手背碰了碰他。

姜醒回过神来，对他很柔和地笑一笑："打完了？"

裴律怔了一下，姜醒没有攻击力的笑是很柔顺漂亮的，但他不太明白自己是为什么获得了这个笑容。他说："抱歉，让你等太久。"

"不用抱歉啊。"

天已经完全暗下来，路灯亮起，晚上第一节选修大课的铃声响起，路上已经没有什么人，远处教学楼的白炽灯光也在明德湖面上倒映出明丽的波光。

姜醒不让他把自己手上的袋子拿回去，只是说："裴律，我们下次去吃二食堂吧。"

裴律打量他，不知道自己怎么接了个电话就直接得到下一张和对方共进晚餐的餐票，马上又觉得刚刚被公司高管在电话里报告的那些在技术上投机取巧、弄虚作假的提议激起的怒气和心烦散去了很多。

离开的时候他看见姜醒在地上挑挑拣拣，拾起一束松针。

"想做个标本。"姜醒觉得自己挑到了最好看的一束，色泽碧绿饱满，针叶优美流畅，气味清淡悠远，他很喜欢，"在网上看到了很多新的做标本的方法，试一试。"

这样就感觉是裴律这个如同这棵松树一样可靠，但是很忙，不能把很多时间分给他的朋友，一直陪在他身边一样。

裴律吃过一次三食堂之后，就常常想念那里的味道。那个洒满余晖的窗口，黄昏的操场，和那一台很老旧，但是会送来清新凉风的摇摆落地风扇，和承诺请他吃绿色心情的姜醒。

所以裴律很拼命，争取不让那些生意场的事彻底困住他，困住他的时间，也困住他的情感和灵魂。

即便再忙也挤出空去实验室，有时是检阅各个项目组的进程，更多时候是看姜醒完成他证据清单上的复刻实验。

进展还算顺利，基本的环节都抓紧时间完成了，但有好几组样本需要固定的时长才能孵化，只能等时长足够再采集数据。

下楼时候姜醒的耳机线钩到了裴律的袖口。

裴律顶着来来往往的目光耐心解开，问他为什么不用无线耳机。

姜醒义正词严道："用那个我总会觉得自己好像没有戴耳机，就会反复确认有没有外放。"

裴律点点头，耳朵上一凉，姜醒动作熟稔地把他刚刚亲手解开的那一只耳机塞到他的耳朵里。

"BBC换了一个荷兰籍的主播，"姜醒打开手机给他看，"这期是一只羽鲸的纪录片，我觉得挺有意思的。"

　　这是他们最近的习惯。

　　姜醒有一点点网瘾，不严重，美其名曰课业需要，在很多个裴律被应酬、谈判、方案和资金链等一系列压力弄得头痛欲裂的时候，是姜醒的单个耳机让他稍微抽离了出来。

　　有时候是巴赫的几章乐曲，有时候是关于大高加索山脉积雪的消融速度的专题讲座，或是某不知名行星轨道对南太平洋潮汐的影响等这些离他们生活千万里的事物，让他得以在纷繁俗务间呼吸上一口氧气。

　　姜醒是裴律休憩的岛屿，这里有彩色的雨花石和金色的阳光，有它独特的自然规律，供予裴律氧气和难得的愉悦。

　　姜醒可以在非工作时间出现在裴律的办公室，这是裴律给他的特权。

　　刚开始还很矜持地觉得这样好像不是很好，可到后来出入自如的也是他。

　　裴律的助理从公司到实验室来送材料就见过很多次老板在办公，这位小师弟在沙发上看论文或是看课外书。

　　很有那么点岁月静好的意思。

　　助理不敢说也不敢问，每次都以最快的速度退出这气氛诡异的实验室。

　　一开始姜醒还没有这个胆子，但裴律强调过很多次，语气认真，不似客套，他也就觉得这份随意不算逾矩。

　　毕竟，他是真的每天都有很多事要找裴律，很多话很多想法想要跟裴律说。

　　线上交流有时间精力成本，也不如当面表达得畅快。

他在现实中那么不爱说话的一个人，不知从什么时候开始，在裴律身上获得了表达的欲望。

有时候他说着说着，也会觉得自己话太多，但被裴律专注温热的目光包围，忽然又觉得自己像一颗获得了生命的星体，虽是乏善可陈的生活，却有种要从黯淡中冉冉升起的感觉。

很多时候，分享欲就是"友谊""倾诉"和"默契"的具象化。

姜醒享用了裴律的空间和时间，就很自觉地承担起自己力所能及的事情。

每天把对方的实验器材亲自清洗一遍，无论裴律那天来不来；在裴律疲于各色应酬之后还要审核数据时，把他拉到沙发上休息，说定了闹钟过半个小时一定叫他；在裴律发烧却没有空去医院的时候跑到校医室买冲剂。

裴律是一个很能忍的人，他的辛苦是被光鲜亮丽的外表包装得严严实实的，要姜醒自己去发现。姜醒捏着细口瓶的瓶颈，觉得有些难受，觉得自己应该再细心一点，呵护这位他来之不易的朋友。

裴律身边环绕着那么多人，只有姜醒模糊地感受到，那些压力像他实验时用的亚酸流质，密度大、不融和、抗力强。

无声无息，不动声色，却盘根错节，满满实实，固化、严密、沉厚，风和阳光透不进来。

他还没有完全懂得如何成为一个合格的友人，但他愿意为了裴律去学习。

周三是姜醒课最多的一天，从蕴真楼跑到三号教学楼，再跑回去，课后还要完成一个第二天就要交报告的实验。他常用的那台光照设备被一个师姐拿走了——并没有询问过他——姜醒有点不高兴。

去取了一台新的，即便设备是更高级更精进的，对姜醒这种习惯一成不变的人来说也是一种将就。

它很敏锐，姜醒适应了一个下午才稍微顺手一点。

他不知道如果是换成别人，可能要磨合好几天。以前他刚接触操作台的时候，入门老师就说他和实验仪器之间有一种奇妙化学反应，有时候手感是天生的。

但姜醒自我要求严格，他还是觉得效率太低，没有严格按照订下的计划进行。

回到宿舍，匆匆洗澡，换上睡衣，缩进被窝，点开手机看到Caco上有堆积了一百多条未读信息的红色提醒。

这段时间他在现实中收获了裴律这个朋友，打开论坛聊天室的频率便低了很多。

现在看到才想起来，里面正在讨论最新期刊上某大牛发的一篇论文，大家各抒己见，热闹的头脑风暴，姜醒往上翻，也有人问他最近怎么很少出现。

他们讨论的那篇论文姜醒看过——其他消息他接纳得都很滞后，但期刊总是看得很及时——困意消散了一些，组织好语言把自己的观点发出去。

都是老朋友，大家一看他出现，马上问他最近是不是很忙，又关心他上次说要离开S实验室的事准备得怎么样了，有没有找到心仪的下家，并且真的有人给他发了东部沿海其他实验室的资料供他参考。

姜醒最近和裴律厮混在一起，早就忘了这回事，没想到还有人记挂着他曾经的苦闷与不得志，顿时有些愧疚，简单解释了一下近况，群里就继续讨论起原来的论文了。

其中一个留日的女生发表的一个观点引起了姜醒的极大兴趣。

科研民工的论证方法和实验技巧很受门派与环境的影响和限制，很明显地，留日学生的特点是严谨细致，并且基础扎实，能从细节去延伸，短板是保守。姜醒以前竞赛时遇到过一个搭档，连煮个蒸馏水都要再三确认，两人都闷声不吭，进展奇慢。

而大西洋彼岸回来的留学生在一些假设性问题上就非常大胆，可惜心又不够细，手不够低，就常常论证跟不上论点。

姜醒心想，幸好裴律没有这种臭毛病，不然他可能会受不了和他待在同一个实验室里。

这位发言的女生实验功底应该很扎实，也很细致，在一个操作环节上发现了一个小小的时间差。

姜醒几乎是立马想到了一种新的尝试，利用这个时间差来促进反应作用，这点灵感让原本已经调好闹钟准备入睡的姜醒蠢蠢欲动，说不好可以推动他今天停滞了一天的实验进程。

姜醒心里一藏了事就静不下来，很有种冲动，现在就爬起来回到实验室去搞它个通宵。

但又觉得已经换了睡衣再重新爬起来收拾出门很麻烦，窗外好像还传来很轻的雨声，和雨水打在樟木叶子上沙沙的声响。

姜醒在床上扭来扭去，纠结了一会儿，这时候手机响了，是裴律。

居然还是视频。

裴律是很有分寸礼数的人，连电话都很少打。

他接起来，裴律那头光线很暗，还有点晃动，可能是在车里。

"裴律？"姜醒把屏幕拉近一些，以便能看得更清晰。

裴律好像过了几秒才反应过来自己给谁打了电话，声音有点哑："醒醒。"

他装得很好，但姜醒一眼就看穿了："你喝醉了。"

裴律一动不动地盯着他，醉倒不至于，不够清醒是真的："还好。"

姜醒觉得他这样有点陌生，问："你的事情顺利吗？"裴律今天要去谈一个合作。

放到往常裴律就会说顺利，可是在这个下雨的夜晚，他看着一脸关切的姜醒，轻声说："好像不是很顺利。"

姜醒张了张嘴，知道其实说什么安慰的话都不太有用，沉默了一会儿，决定用自己的事去安慰他，说："我今天做实验也不太顺利。"

他一向好强，从不跟别人说这种事，事关尊严，就像一个极在乎成绩的学霸绝不会向别人透露自己考过一次不及格的秘密。

但是，对方是裴律。

如果可以安慰到裴律，那他的要强和好胜也可以退让一点。

床头灯柔和的光线下，姜醒的表情有点蒙，裴律听见他说："不过慢慢整理一下就会顺利的。"

他又说了一些安慰鼓励人的话，都很朴素，裴律却觉得有道理，他说话速度和语气都很缓，但吐词清晰，就给人一种很坚定、理应如此的力量感和真实感。

"你也是。"

姜醒觉得这样松着领带、随意靠在车后排的裴律不像平时那样风度翩翩、游刃有余。

车里的黑暗几乎把他包围了，车窗外偶尔掠过的流光把他漆黑深邃的眉眼照亮一瞬，可是很快又泯灭。

姜醒都来不及看清和抓住。

所以他又说："我会尽快使它顺利的，"

"你放心，不会特别久。"

别人可能会经常听不懂姜醒在说什么，但裴律听懂了。

核心技术和科技创新在他们这一行是谈判桌上最大的筹码和竞争

力，姜醒目前有参与公司的一个基因数列工程，如果成功，就相当拥有一张很厉害的底牌，王炸那种。

姜醒知道这些规则，不懂得表达，但是想为裴律增加底气，给裴律支撑和依靠，不想让裴律背着那么大的压力被人在谈判桌上欺负。

裴律被宽了心，他借着酒意享受姜醒这种莫名而来的责任感，不说好，也不说不好，只是问："你在干什么？"

姜醒如实说："在网上看一些有智慧的人分享一些很智慧的学术观点。"

裴律被他有点奇特的话逗笑，其实他看见了。

论坛里的聊天。

可能就是因为看见了姜醒在网络上的侃侃而谈他才下意识把视频电话打了出去。

姜醒在网络上确实拥有许多好友，天南海北的，学术精英，志同道合，无话不谈。

可他的学术界网友们大概不知道，他们在论坛里那么开朗活跃的小师弟，其实在现实中朋友少得可怜，走得近的也只有裴律一个。

第七章　反向预报

姜醒在视频那头大致说了一下刚刚他们在群里聊到的论文内容，观点鲜明，逻辑清晰。

对方忽然喊他的名字："醒醒。"

姜醒停下来，白皙的脸贴屏幕很近："嗯？"

"你在实验室过得开心吗？"他想起了之前姜醒在群里的诉苦。

姜醒认真想了一下，斟酌措辞，务必力求表达严谨："最近开心的。"

那就是之前不开心。

裴律今晚不想当好人，明知故问："为什么？"

姜醒觉得裴律可能真的是谈判桌上被欺负了要人安慰，因为他清醒的时候不这样。

他就顺着裴律的话说："因为和你做了朋友。"

和裴律做朋友很开心，和裴律去超市很开心，和裴律去轧操场很开心，开心到有了裴律这个朋友，好像再没有其他人愿意当他的朋友，人生也不会有很大的缺憾。

"嗯。"裴律应了一声，像是从胸腔里挤出的一声低笑，好像又没笑，让人分不清，这个男人就连醉了的时候都很克制。

"你把手机拿远一点。"裴律不太习惯他这副又乖又呆的表情。

"嗯？"姜醒不解，"怎么了？"

裴律觉得视频里一团色彩鲜明的模糊影子晃来晃去，有些好笑："你睡衣是维尼熊的吗？"

裴律竟然取笑他！姜醒扯了被子一把将自己盖住，将手机拿远："我妈妈买的。我不认识啊。"

"嗯，"裴律从善如流，"你不认识。"

"你只认识天线宝宝。"

"雨好大。"姜醒看了他一眼，直接转移话题，他希望裴律识相一点配合自己。

雨比刚才下得凶猛了一些，硕大的水珠砸到窗户上，长势繁茂的花叶东倒西歪，偶尔响起惊雷。

外面大雨滔天，屋内絮絮低语。

挂了电话，姜醒却彻底睡不着了。

他现在感到焦灼，被一股无名的责任感驱使着爬起来，换衣服，拿上伞，背上书包冲进绵密雨幕中，前往实验楼去尝试睡前被那位留日女同学激发的假设命题。

他想快一点，快一点出成果。

姜醒庆幸自己拿了外套，裴律没有骗他，夜里真的降了温，他一个人穿梭于空旷寂静的校园，没有月光，路灯熄灭，很黑，沙沙风雨声中只有池塘里不睡的蛙躲在睡莲叶下传出沉沉的呱叫，还有雨滴从硕大叶片上坠落的声音。

一片花瓣飘到脖子上，姜醒吓了一跳，他突然想起入学时听到的关于"保研路"的传说。

姜醒不知道这个学校的师生们是怀着如何的心情称呼这条路的，看他们平时脱口而出，好像与称呼"勤学路""致知路"无异，心里会不会也有一点不忍与悲悯。

彼时姜醒还觉得故事过于离谱荒诞，许是大家茶余饭后以讹传讹。

可在进入实验室见识到方旭叶逸这些无耻之徒的下作后，又觉得传闻兴许是真的，这个令人不可理解的世界就是会发生这些不公、阴暗、令人发指、冤屈无处可申的破事。

只不过它还没落到你头上，你不知道。

现实永远比传闻更恶俗不堪。

实验室是二十四小时开放的，深夜漆黑的教学楼还是令人发寒，空无一人，只余寂寂幽响。

姜醒加快脚步抵达实验室，"咔嗒"一声门响，他在被一片花瓣惊吓到之后又再一次被吓到。

里面居然也出来一个人，他提了一口气，瞪圆眼睛看着四十分钟前跟他打电话的裴律。

裴律在过道上堵住他，身上已经换下视频里那套妥帖的西装，穿得很休闲，两道杠的长裤衬得腿长，白色棉质T恤让人看上去很柔和。姜醒看不出隐在昏暗光线里的logo，但他觉得这样简单干净的裴律，比刚刚视频里那个西装革履的裴律更好看，更有神采。

他在门外探头靠近一点，对方应该是简单洗过澡，气息冷冽清爽，头发已经干得差不多，只有发鬓和耳后根还有细小水珠。

裴律也有点惊讶，不过语气里没有责备，也不计较姜醒骗他说要睡了的事情，只是问："怎么这个点还过来？"

姜醒反手把门关上，声音细细的："睡不着。"

裴律皱了下眉："失眠？"电话里姜醒也没说啊。

姜醒看着他，不知道怎么说："也不是。"

"本来是真的准备睡下了，但是在网上和别人交流之后，又有了点新的想法。

"不试一试我睡不着。"

解释的神情很认真。

"我想把实验快点做完。"

姜醒很坦诚，表情自信："这个实验对项目成果很有用，对你也很有用。"

所以我想快点做完。

"所以你就大半夜的冒着这么大的雨跑出来？"

姜醒不觉得这有什么，新的灵感和他的责任感使人振奋，能帮到裴律他当然义不容辞刻不容缓。他理直气壮地教育对方："你们和别人竞争，拼的就是研发的黄金周期！"

裴律欲言又止，对他这种废寝忘食的做法面露几分不赞成，但最终还是什么都没说，笑了笑，微微偏了身，给他让路，看起来甚至是一个有点像欢迎的姿势。

姜醒问："你呢？喝了酒不需要休息吗？"他一直觉得裴律休息不足，虽然精神不错但是全日无休，一天掰作四十八小时用。身后有一股无形的力在推他，不可松懈半分。

"晚上有个跨国视频会议。"今天的谈判不顺利，国内的交易不完全公开透明，这让裴律看不惯，下定决心另辟蹊径，找之前在加州实验室有过合作的国外同学商谈。

有求于人，就要迁就对方的时差，视频约在午夜三点半。

姜醒听完觉得他很辛苦，但没说出口，只是说："我的实验也要搞好几个小时。"

意思是我可以陪你。

裴律微不可察地勾了嘴角，拿毛巾给他，让他擦干身上的雨水。姜醒弯腰把来时卷起来的裤脚放下，脚踝挂着水珠，在灯光下晃眼。

偌大的实验室里很安静，两人专注地投入到自己的事情，各干各的。

裴律又泡了那种被他们圈内誉为熬夜神器的咖啡，香气浓郁，他给姜醒也泡了一杯。

姜醒说："这个我喝过。"

裴律并不惊讶："我知道。"

姜醒："你怎么知道？"

裴律："看见你喝过。"

五年前，在加州，那个国际竞赛姜醒虽然没有进入决赛，但也每天陪着他们组的队员熬夜培育数据。

裴律看到过姜醒给他们组员泡咖啡，香气很特别，远远传到他的实验室，和一般的速溶咖啡完全不同。

在连续三个晚上之后，裴律也很想走过去讨一杯续命，但马上又想起自己作为对手的身份，甚至可以说是劲敌，这样很像一种不善的挑衅，最终还是作罢。

直到比赛结束那天，他从对方实验间经过，从分类垃圾桶里看到这种咖啡的包装，便从网上买回来，后来成了他的永久回购，在很多个通宵熬数据的夜晚给予他片刻的轻松和清醒，让他想起加州那个蝉鸣永不休的夏天。

下半夜，姜醒率先收工，蹑手蹑脚地从裴律的独立办公室门外探头，裴律放下文件："做完了？"

"嗯，数据统计等明天再做。"他眼睛酸涩，头脑也不甚清醒，抬手就想去揉。

裴律制止："别揉眼睛。"

姜醒用力眨了眨眼，挤出一些泪水，有些无语地抱怨道："我眼镜坏了。"

"怎么弄的？"裴律非常珍惜在被合约条文完全挤占的深夜挤出这些零碎分秒，去听姜醒亲近又认真地跟他抱怨这些零零散散的琐事。

"燃点到了，我很激动，去拿试剂，就把它挥到地上了。"

"那副眼镜很好戴，"虽然他平时不会一直戴着，但是舒适度很高，姜醒颇为惋惜，"它很轻，也有点贵。"

裴律说："那我们再去重新配一副一样的。"裴律知道他不喜欢用新东西，最好什么都和原来一模一样。

姜醒摇摇头："我不记得那家店了，是杨夕找的。"以前他戴黑框眼镜，杨夕说浪费了这张脸，刚好他度数长了需要配新的，杨夕便自告奋勇，为他挑了这款银丝边框的纯钛眼镜，姜醒觉得很轻，就同意了。

裴律沉默了几秒，保证道："那我再帮你找一副，直到你满意。"

姜醒心里那点惋惜又消散了，问他："你还没做完吗？"

"嗯，还要等对方报价过来。"

姜醒点点头，在他身边坐下，掏出一本爱伦·坡的悬疑小说。

裴律自认为是还算专注的人，但现在他没法集中注意力。姜醒应该是来的时候经过了西苑那片花坛，那里的栀子开得很野很疯，姜醒的头发和衣领也沾了一些香气。

他整个人气息都很轻，像一盏不太明亮但光线很暖的灯，让裴律这间办公室不再空旷死寂。

姜醒察觉到了他的目光："你看我干什么？"

裴律反应很快，盯着他手上的红笔："你看小说也做笔记？"是在画好词、好句吗？

"我要把疑点都列出来，推完线索，再看结局。"姜醒颇为骄傲，"这是我在网上看到的方法，很过瘾，而且可以锻炼逻辑推理能力和想象力。"

有时候他觉得自己能比作者设置出更反转惊艳的局。当然，过后反思，很有可能是他的盲目自信。

裴律沉吟，点头称赞："很厉害。"又看了许久，姜醒合上书，站起来走到对方面前。

裴律从报表中抬起头，姜醒煞有介事地把自己定好的间隔闹铃亮给他看："该做眼保健操了。"

"？"

姜醒颇具养生意识，语气很像高中教导主任："长时间坐着或许会导致肩周炎、颈椎病、干眼症，你跟我到走廊眺望一下远处。"

"……好的。"

他们走到长廊上，雨已经彻底停了，空气清冽，风过涛声起伏，花木草叶被夏日丰沛浓密的雨水浸湿，姿容舒展开阔，天边云端甚至漏了点月光。

裴律觉得这场雨很特别，很珍贵，清凉、隐秘，不算美妙，但带着些许温柔。

他认真地跟着姜醒做眼保健操，没有敷衍。

做完第四小节之后，姜醒又让他跟着自己做了几个伸展的动作："你的身体都没有问题吗？"这不符合常理，"我之前做实验和写作业，肩颈会痛。"像被针刺一样。

裴律在国外有健身的习惯，说："暂时还好。"

姜醒不放心地叮嘱："年纪大了还是要注意。"

"……好的。"

姜醒指着一棵靠他们很近的树说："你看，有只小鸟立在那儿。"

裴律轻轻笑了。

姜醒疑惑，问他笑什么。

裴律自己也不知道为什么笑，他只是时常因姜醒的一些看似不合年龄的纯稚与简单而心情愉悦。

他说："嗯，有只小鸟。"

姜醒嗔他一眼，打了个哈欠。裴律说："困了吗？你先回去吧。"

姜醒说不走，要等他。

裴律想让他走，又不想让他走，最后说："那你去我的休息间休息一下。"

很简单的休息室，在隔壁，不大不小。

姜醒同意了，裴律刷卡开门，给他调好室温，姜醒靠床里面躺下，给他留了很充足的位置："如果待会儿你回来看到我占了这边，就直接把我推回来。"他知晓裴律的绅士与体贴，补充："我没有起床气。"

裴律说好，看他闭上眼睛才出去。

第二天姜醒是被操场上"咚咚咚"的篮球声吵醒的，裴律还没醒，不知昨晚是几点过来的。

姜醒觉得裴律睡着的时候像个小孩子，不像大人，很无害，令人心软。

所以他不打算吵醒对方，蹑手蹑脚下床。

但裴律还是在他穿好鞋子准备离开时醒了，眼神迷蒙，不像清醒时那样无懈可击，姜醒又新奇地看了几秒他的脸，说："还很早，你再休息一会儿。"

裴律可能还没有彻底醒过来，所以不说话，只是半合着眼，这个角度，显得他睫毛很长，漆黑。

姜醒觉得很好玩，也觉得对方可能没听懂他说的话，所以半蹲下来，趴在床边扬着脸说："我去买白菜馅饼回来，你起床就可以吃啦。"

语气像跟小孩儿说话，裴律觉得不太可能，应该是自己在做梦，所以又闭上眼睛模模糊糊睡过去。

那场雨把裴律和姜醒的世界浇得更坦诚透明，整个夏日也由此进入丰水期。

S市的雨季由一场又一场形态、气味和声势不一的雨组成，有时候是连绵细雨，黄昏时沉闷燥热，自下而上升腾的暑气让西苑的海棠和栀子都蔫了瓣，蝉声更响。

有时候又急促、痛快，倾盆覆下后又立马日头高照，晶莹水珠挂在松木和桦树枝上闪闪发亮，日光自叶隙漏下斑驳碎金。

期末考试结束，本科生们兴高采烈放暑假，校园立刻空了起来，复习周每天天刚亮就排起长队的图书馆和蕴真楼终于不再人满为患。

前段时间S大学生抢自习位置的盛况还被人拍成了视频上了热搜，海外的朋友们纷纷问姜醒是不是真的这么疯狂，目睹了图书馆大门一开，抢座大军疯狂拥进去的姜醒说有过之而无不及。

硕博生是没有暑假的，尤其是有课题和项目的学生，那就是签了

"卖身契"，除非你愿意等过完假期来的时候发现自己的研究进程被人远远抛在身后，或是再开组会的时候已经听不懂组里成员的发言也插不上话，尴尬地当个摆设，被移出核心。

一名爱在假期旅游的师姐愤愤不平地说这是"内卷"，姜醒认同，但他很喜欢空荡荡的校园，也格外享受在阴雨天待在寂静的实验室，只有仪器和试管发出冰冷声响，那种别人在休息他在有条不紊地努力的感觉让他觉得满足。

但即使姜醒不讨厌甚至有点享受下雨天，他也诚心诚意地祈祷已经连续下了一个礼拜的雨明天停一停。

他有很重要的事情，他需要一个晴天。

只要给他一天的太阳就好。

裴律在应酬的酒局上看到姜醒的三个未接来电的时候心顿了一下，迅速回拨过去。

已经快十二点了，姜醒平时休息还算规律，没有急事不会这个点锲而不舍连打三个，姜醒平时连电话都不爱打。

裴律的心沉下去，担心是发生了什么事。

"裴律！"对方接得很快，听起来是守在手机旁，声音很亮。

裴律先解释："我在外面应酬，刚刚在谈事情没有注意看手机，抱歉。"是被人缠住了，但没必要跟姜醒说这些。

"喝酒了吗？"姜醒觉得那头很吵，要很注意听才能完整捕捉裴律的声音。

"嗯，喝了。"这个得如实说，"不过没醉。"

姜醒刚要说话，电话那头突然传来了一个不太真切的声音："裴总——"

姜醒愣了一下，那声音不大，他可以装作没听到，但也可以问裴律，是不是现在有事在忙。

在他迟疑的瞬间，那头说："你等一下，我去个稍微安静点的地方。"

与姜醒说话的时间很珍贵，不容许有任何其他因素打扰。

裴律皱着眉，但拒绝来敬酒的人时还算克制有礼，都是打工人，他不欲为难。

姜醒似乎有点迷茫，还没想好要不要问，裴律就先说了："是在跟合作商应酬，你别多想。"实际上他觉得姜醒不会多想，姜醒很简单，这对他来说是另一个世界，但该解释的还是要解释。

姜醒对于学术之外一切稍微复杂一点、不易想通的事情从不为难自己，果断放弃，而且裴律值得信任，于是他马上就进入正题——他今晚锲而不舍也要打通裴律电话的原因。

裴律在一片灯红酒绿中听见他说："裴律，生日快乐。"

裴律恍惚了足足几秒，直到电话那头再次响起声音："幸好零点还没过，还有一分钟，被我赶上啦。"

裴律抬起手看腕表，不是他在学校戴的那款学生智能电子表，是一款很名贵的商务表，卡在他漂亮的腕骨上。

明明会所那么吵，但秒针转动的"嘀嗒"声精确无误地传进了他耳中，像那头姜醒很轻柔的呼吸和好听的声音。

在这个混乱、声色犬马、充满烟酒气的夜晚，裴律之前一共接到了六个电话。

四个是助理打来汇报收购方案和核心技术专利申请进程的，一个是父亲打来再三叮嘱他要与这位地位不凡的出口商搞好关系，行事不要太理想主义；最后一个是已经半个多月没有联系的母亲，询问他回国后是否有坚持学习专业知识、做研究，又用英文半抱怨半讽刺了几句裴父只会让裴律变成一个和他一样满身铜臭、利欲熏心的商人。

其中没有任何一个人记得、提起裴律的生日，包括裴律本人，他自己也忙到忘记了，是姜醒锲而不舍地打电话追过来第一个说："裴律，生日快乐。"

裴律很小的时候就不过生日了，父母分居两国，各自忙碌，无人记得。

不过他小时候去参加过别人的生日会，是他双语精英班的同学，很隆重盛大，在家里的草坪烧烤，有一只很神气的边牧，还在私人泳池布置了许多水上项目。

裴律视效率为生命的父母认为过节日和搞庆祝是很浪费时间的蠢事，后来裴律自己也假装不记得生日，因为每到那一天他就会有点担心别人问今天是不是你生日，有没有什么活动，打算怎么过，他无话可答，也不擅长说谎。

再后来，就真的忘了，因为长大后也不觉得生日是件重要的事。

但姜醒成长在一个很传统的书香门第，即便小时候因为一些遭遇受到许多冷眼，但父母都很爱他，不请同学，也会自己在家给他过生日，吃蛋糕、煮长寿面，所以姜醒会在十二点来临的时候很有仪式感地对裴律说一次："生日快乐。"

"谢谢。"裴律的声音比刚才更低了一些，这样才不太容易表露出情绪，即便他本身就已经是个非常内敛的人了，但在有些时候，尤其是对面是姜醒的时候还是需要掩饰一下，姜醒……姜醒太真诚了，也热情。

"不用谢我，"姜醒向来磊落直接，"明天你有其他的安排吗？"

裴律还有点恍惚，不远处爆出一些尖叫和欢呼，但他没有回头，也不好奇，专心对姜醒说："没有其他安排。"

"太好了！那我来安排！"姜醒虽然连路都不会认，但对做计划充满兴趣和野心，像是怕人反悔似的，他立刻打开这周时刻注意着的天气网页，客观分析，"天气预报显示，明天多云转阴雨，中午十一点和下午三点四十会有局部中雨。"

他像在作PPT报告，非常严谨："根据我连续九天对它的数据统计，它大概是一个精准度百分之六十的反向预报，也就是说，明天的实际天气很有可能是微微出太阳，云有点厚，不会太热，你能接受吗？"

裴律不自知地弯了下嘴角，不是因为姜醒擅自给天气预报系统安了"反向预报"和"准确率只有百分之六十"的"罪名"，而是因为姜醒无意暴露出了他确实为陪裴律过生日花了很多心思、筹备了很长时间，至少是一个礼拜以上。

连天气都观察了这么久。

裴律沉吟，拖长了尾调，好像也认真地思考了一番："当然可以。"

姜醒兴致勃勃提出建议："你觉得我们去水族馆怎么样？"他存了一点私心，列举了这种天气去水族馆的诸多好处，裴律通通答应了他。

第二天，裴律在姜醒宿舍楼下等了一会儿没见人影，但是也没有打电话催，姜醒是非常有时间观念的人，如果没有准时出现，那一定是有事缠住了，况且，他自己也非常享受等待对方的时光。

果然，一分钟后，姜醒的电话就打过来了，语气非常着急也非常抱歉，还有一点虽然经过掩饰但还是被裴律听出来了的难以启齿，说自己不是故意迟到，是……是隐形眼镜一直戴不上。

裴律问："我上去帮你？"

"你！快！来！"姜醒面对新事物的捉襟见肘和狂躁不耐暴露无遗，有时候被不喜欢他的人在背后嚼舌根"高分低能"也并不是那么冤枉他。

而裴律非常可靠，裴律一定可以。

姜醒的两人室宿舍只有他一个人住，室友出国交流未归。

裴律进门的时候看到书桌上分别放着笔记本、平板和手机，各自播放着不同的隐形眼镜入门教程。

比起视频里的博主们轻轻松松就把眼镜按进眼眶，姜醒手忙脚乱显得狼狈。

这副隐形眼镜还是那个雨夜眼镜坏了，裴律和姜醒一起非常细致地研究对比了各种牌子的含水量和透氧性才决定购买的，姜醒这样讨厌尝试接受新事物的人完全是因为它的便捷而做了妥协退让。

但此刻姜醒非常懊恼后悔，裴律提醒过他可能会戴不惯，他没禁得住隐形眼镜轻便如无物的诱惑，拒绝了对方的建议，导致他现在眼角泛红，挤出了一些生理泪水。

但那双眼睛又黑又亮，汪汪一潭，裴律心下一紧，怕他弄伤眼睛，表情严肃地俯腰半蹲，像家长制止小孩子一样，沉声道："别揉。"

他安抚着看起来有点着急害怕的姜醒："我看看。"

裴律随意点开了其中一个视频，快速浏览一遍，去洗手，重新靠近半眯着眼一动不敢动的姜醒。

姜醒看不见，但感受到了裴律的气息，像那晚的雨夜，让人平静。

但第一次让异物侵入眼睛还是紧张，他的手指抓皱了衣袖。

大概是因为长年做实验、控制仪器，裴律的手很稳，并且快速领悟了戴隐形的诀窍。

姜醒视线很快恢复清晰，他才发现，自己与裴律离得有些近，但他心里已经把裴律当成很亲近、值得信赖的朋友，所以并没有排斥。

裴律和往常没什么区别，问："怎么样？眼镜合适吗？"

姜醒眨眨眼，不觉得难受，视线也很清晰，笑了一下，对这个试戴结果感到满意："合适。"

裴律点点头，站起来，说："那我们走吧。"

姜醒担忧道："那到时候我要摘下来怎么办？下一次我自己也戴不上。"

裴律沉默了一秒，说："回来的时候我帮你摘，然后再陪你练习几次，直到你学会为止。"

姜醒满意，觉得自己以后可以尽情享受这项时代新科技的成果。

从大学城前往水族馆需要转两趟地铁，一共十八站，暑假人很多，裴律看到姜醒被挤来挤去，稍微给他挡出一片很小的天地。

S市沿海，水族馆是东部远近驰名的水生生物资源保护中心和科学研究基地。"立体菱形海水槽150吨，椭圆形淡水槽94吨。"

跟姜醒出游，不需要导游，他会提前把功课做得很足。

水下光线幽蓝昏暗，天光泄漏，水波粼粼的湛蓝色海水衬得姜醒皮肤更白皙，碎金似的光斑停在他秀气的鼻尖，眼睛幽深似黑珍珠。

他拿着地图，和裴律凑在一起看憨态可掬的魔鬼鱼露出柔软洁白的肚皮，看红麒鲼在碧绿水草穿梭，看珊瑚礁热带鱼群变换队形。

他点了点厚玻璃："海狮对水质的要求比较高，不过水族馆为了节约成本少换水，通常用碳酸盐化合物使酸度维持在最适宜的程度。"说着又回到他自己的知识领域里去了。

裴律很耐心地听着，偶然点头以示赞同。

姜醒比往常兴奋一些，金色的光晕晃在他侧脸，时隐时现，让人觉得他也像一尾美丽神秘的游鱼，在碧色水草中游弋出没，忽远忽近，稍纵即逝。

如一阵风，不可捉摸，裴律看他就要被人流冲散，拍了下他肩膀。

"嗯?"美丽的人鱼疑惑回头。

裴律面不改色:"人太多,别走散了。"

姜醒不认路,比裴律更害怕失散,便紧紧跟在他身旁。

此时场馆里响起了剪辑各种海洋生物声音制成的乐曲,忙着拍照和录vlog的躁动游客们都安静下来

裴律与姜醒并肩站在拥挤人群里,头顶东太平洋的海水,被斑斓的游鱼、游弋的水草和各种庞大的海洋生物包围,仿若置身于洋流之中。

裴律看见对方在波光里慢慢靠近自己,歪着头,小声说:"我觉得海狗的声音最可爱。"

他眼睛又黑又亮,睁大了汪汪一潭,仿佛是在问裴律,你觉得呢?

裴律静而缓地回视他,两秒后附和:"嗯,可爱。"

后来又去体验5D模拟海底世界生态系统,看了海狮花球表演。

姜醒非常专心,饲养员在谢幕时挑两位幸运观众,可以在表演结束后和海狮握手合影,姜醒是幸运儿之一。

他既惊喜又害怕,故作冷静善解人意地邀请裴律:"裴律,你想不想和海狮合影?一起来吧。"

裴律失笑,姜醒就像个有贼心没贼胆的小朋友,怕狗又觉得狗可爱,非要去逗一逗,不然不甘心。

姜醒试探一步倒退两步,扯着嘴角挤出一丝勉强的微笑,连饲养员都忍俊不禁。

最后还是裴律陪着他才敢把手按在海狮光溜溜的黑色脑袋上,摸了又摸。

海狮估计是没见过这么怂的人类，有些无语，出于职业素养举起前肢想与他击个掌，姜醒吓得转脸就逃，但他背后是裴律，被堵住了去路，恨不得躲到人家背后去。

裴律有些歉意地朝两位饲养员点了点头，又低声问姜醒："你还好吗？"

姜醒脸没都抬起，点点头，靠在裴律身边他倒是敢碰人家海狮了，过了会儿，裴律问他："想走了吗？"

姜醒都怕成这样了还不愿意离开，摇摇头。

裴律顿了顿，提议："那我们再跟它合个影？"

姜醒又点点头，裴律推着他走近已经有点不耐烦的小海狮，让摄影师拍了合照。

姜醒自以为很从容淡定地微笑了一下，不知道自己脸上的表情其实有一点僵硬。

出了表演馆姜醒又活过来了，战胜自我与海狮击了掌合了影的他颇为骄傲，神气道："裴律，我觉得刚刚那只海狮好像有点舍不得我。"

裴律挑了挑眉："是吗？"

姜醒有理有据："难道你没有看到，我要离开的时候它跟了两步吗？"

"……这样。"裴律觉得那只海狮是饿了，想去吃肉。

"我可以安排下次再来看它，不过要先看一下我的课程表。"

裴律失笑："这么喜欢海狮啊？"

"啊？"姜醒嘴巴张了张，笑容收了一点，像是想起什么，抿着唇，很低很小声地说，"也不是。"

裴律觉得他情绪不太对，问："怎么了？"

姜醒睁大眼认真地说："我第一次见到真的海狮。"

"我都没有来过水族馆，一直想来看一看来着。"姜醒眼睛微微睁大，像在讲别人的故事，"小时候我爸单位发了我们省海洋馆的门票，不过都是教职工家属，他们都知道我家的事，没有小孩愿意和我走在一起，我不打算去，但是我又怕我爸多想，就自己在外面待了一下午才回家。"

"后来的很多福利活动我也没去。"慢慢就养成了他不再参加集体活动的习惯，主动与集体、团体保持距离，因为知道自己是一个不受欢迎的人。

"不过后来听回来的人讨论海狮和他们击掌的时候，我又有点后悔为什么不去。"

姜醒一直悔不当初："他们讨厌我就讨厌嘛，我可以和海狮玩儿。"

裴律沉默了一会儿，喉咙滚了滚，声音很低，仔细听能听出一点苦涩："那为什么后来也没有再去过？"

姜醒耸耸肩，没当成什么大事般地说："没人陪我去啊。"

他方向感太差，找不到路，如果不是万不得已，他绝不单独出门，也绝不踏出大学城半步。

所以其实今天不是他陪裴律过生日，而是裴律陪他来水族馆。

"以后我陪你。"裴律很轻很缓和地说，"还有什么想玩的吗？我陪你。"

姜醒回忆了一下那个午后的幻想和当年的听闻，说："他们还摸了鲨鱼。"在他面前炫耀许久。

"好，摸。"裴律纵容道。

"捞贝壳。"

"嗯，捞。"

姜醒一拍大腿："还和海豚贴贴。"

"……贴。"

裴律回国未久，不是很习惯这些新奇的网络用语，说起来有一种正儿八经的喜感。

姜醒哈哈大笑，小时候那点遗憾和不甘仿佛都消散了，被裴律一点一点、一件一件填满。

当年小小的姜醒被排斥被孤立，没有勇气坐上那辆前往海洋馆的大巴，如今坚韧勇敢的姜醒有了裴律，陪他去看斑斓的热带鱼群，陪他探索海洋的奥秘，陪他把错过的梦全都找回来。

出馆的时候是黄昏，今日天气与姜醒推测得相差无几，微微出了太阳，云絮很厚。

水族馆外是个人民公园，中央有一片占地面积很大的荷花池，垂柳下有游客在休息，裴律与姜醒靠在栏杆上吃咸蛋黄雪糕。

池塘里的荷花开得繁茂热烈，碧色叶盘、笔直花茎、饱满花瓣白中晕着粉，有蜻蜓立于花蕊，随风轻轻晃动。

有随老人出来散步的小孩儿在旁边背古诗，一首接一首。

"接天莲叶无穷碧，映日荷花别样红。"

"小荷才露尖尖角，早有蜻蜓立上头。"

"菡萏香销翠叶残，西风愁起绿波间。"

由诗到词，背到后来的某一首，姜醒忽然靠近裴律神秘兮兮道："她读错了，那是一个古今异音字，这里不应该念chen，应该念cen，第二声，是美好的意思。"

裴律眼底升起很淡的笑意，他知道姜醒和一般语文都不太好的理工生不太一样，他母亲是大学的中文老师，自小要他熟读古诗文，姜醒书包里甚至放着那种集全必背古诗的小册子，裴律问他说是失眠必备的催眠神器。

裴律逗他："那你要不要去纠正她？"

姜醒很认真地思考这个做法的可行性，一脸纠结，摇了头，又觉得有错不改严重违背科研工作者的底线和原则，所以最后他决定，派裴律去纠正那个还在摇头晃脑背诗的小孩儿。

裴律："……"

姜醒看着那小孩儿一脸委屈巴巴、敢怒不敢言的表情，心里舒坦了，他和裴律是在做好事，为提高祖国花朵的文学素养尽绵薄之力，遂大摇大摆扬长而去。

姜醒很豪气地挥手，发话："今天我请客，想吃什么寿星随便提。"

裴律好笑，默默打开点评软件收藏夹翻出上次姜醒发过来说看起来很好吃的店。

请客的是姜醒，找路的还是寿星。

新民大排档开在岚江边上，S市四面环海，岚江是面向内陆的护城河，也是东部地区唯一一条有海水注入的淡水河。

江面宽阔，水草摇曳，岸边紫荆梧桐一字排开，黄昏时分有那么点"半江瑟瑟半江红"的意思。

这边是老城区，树根底下有人摆摊卖西瓜，青绿深纹，藤打卷儿，拍起来"砰砰砰"脆响，湃过井水后又甜又沙。

还有人卖豆腐花和龟苓膏，搁了冰块儿，浇上蜂蜜，一大勺送进嘴里冰得人抖个激灵。

裴律挑了个酒旗下的座，姜醒不是本地人，指着菜单上一菜名正想问裴律，裴律接起了一个电话。

他们坐得近，所以能听到是叶逸在祝裴律生日快乐，说准备了惊喜，方旭梁番和以前玩得好的朋友都在等他。

姜醒听到这儿就没兴趣了，坐直了，微微拉开他与裴律之间的距离。

　　裴律看了他一眼，他假装没看到。

第八章 科学的目的是人

姜醒不喜欢听叶逸的声音，太娇气，他不舒服，不过大概是因为他和叶逸结了梁子，所以看对方哪儿哪儿不顺眼，他也只是一个普通人，人类的缺点和狭隘他都有，无法免俗，也不想免俗。

他不要当什么心胸开阔的大圣人，他就要做张牙舞爪的维权斗士。

裴律在电话里淡漠回绝了两次，那头应该是锲而不舍再三邀请，裴律最后一次拒绝得很决绝，甚至有点不耐。

他挂了电话看到姜醒正一脸事不关己地喝茶，裴律低头看了看自己空着的杯子，失笑，拿起来往他面前摆，略微板起脸问："我的呢？"

姜醒缓慢地"啊"了一声，挺无辜地说："我不知道你要喝啊。"

裴律语气幽幽，尾调上扬："你不知道？"

姜醒撇了撇嘴，漆黑的眼珠子乱转，没什么底气地小声说："你不是要打电话吗？"

裴律静静看了他几秒，倏然笑了，远处的江面传来汽笛声。

暮色四合，黄昏晚霞绚烂。

裴律把凳子挪过去一点，食指点了点杯沿，说："今天我生日。"

姜醒想了想，很纡尊降贵地给裴律倒茶，茶的热气扑面冲上来，他不适地眨了眨眼，裴律迅速接过他手里的茶壶，问："是不是眼睛不舒服？"

今天是姜醒第一次戴隐形，他查过资料，头几次戴最好一天不超过六小时，白天在水族馆的时候他也问了好几次姜醒有没有觉得眼睛干涩或有异物感，姜醒都说没感觉。

姜醒半眯着眼，裴律仿佛一个和他生活了很久的人，对他的下意识动作习惯早有预判，在他又想抬手揉眼睛的时候先一步利落果断地制止他，让他抬起头，去看他的眼睛。

"你坐在这，我去洗个手，帮你摘眼镜。"

姜醒看不见，没有安全感："那你快点回来。"

裴律拍拍他的肩以示安抚，承诺："很快。"

裴律回忆了一遍视频博主总结的诀窍，很快就成功帮姜醒摘下了眼镜。

失去了清晰视野的姜醒又恢复了原本那副有点迷茫的样子，但可能是由于平时都不戴眼镜，他眼睛还是很明亮，也看不出是近视，倒有点像神思出窍，会在某些时刻显得柔软和稚气。

裴律看他好像很喜欢那道藕蒸排骨，就把菜换到离他稍微近一点的地方，他以为姜醒埋头在吃没有注意，没想到对方发现了，还很没心没肺地笑："这要是在我家，你就要被我妈妈骂了。"

小时候姜煜觉得亏欠孩子良多，姜醒心脏又不好，所以对小孩儿颇为宠爱，好吃的菜都爱放到他面前。

陶诗觉得不行，不能搞特殊，但姜煜屡教不改，陶诗像面对课上最冥顽不灵的学生一样板起脸来把父子俩教育一通。

姜醒可委屈，也不是他要求的搞特殊嘛，想起他母亲肃起眉的神情，后怕地吐了吐舌头，小声跟裴律告状："为什么我也会被骂啊。

"还让我用毛笔抄古诗，锄禾日当午，汗滴禾下土。"

"不过我爸更惨，抄经书。"

裴律很浅地弯了下嘴角，心里默默羡慕姜醒的家庭。

不过大概也只有这样很有原则但又富有爱心智慧的父母才能养出姜醒这样的小孩。

内心富足有底气，外界的风雨无法侵损他的内核，有时候娇软，有时候锋利，是未经污染的璞玉。

他的父母在他小时候的诡谲沉浮中将他保护得很好，但裴律希望，这件事情往后可以也有他的一份。

因为姜醒很珍贵。

这样一颗剔透的美玉蒙尘是非常令人遗憾痛惜的事情，他不想看到，也不允许发生。

所以，他对姜醒说："那在外面不这样，在我这里可以。"

裴律的声音像泛了涟漪的湖水，姜醒想了想，觉得这个特权有点令人心动，就点头答应了。

于是，姜醒八岁在家里被剥夺了的特权，二十岁的时候在裴律这里重新获得。

只是他不曾察觉，其实早在一开始，他就在裴律的世界里拥有了许多只有亲近的朋友才有的特权。

姜醒问裴律："你最近会不会来实验室？"

前段时间他们一起合作了一个实验项目，彼此都付出了很多时间和心力，所以提起它的时候，姜醒格外有感情，像说起自己的孩子："我已经收集完气体了。"

这是他和裴律第一次合作研发，注入了各自的智慧和创造力，要格外上心才可以。

"来。"裴律应得很快，"那剩下的数据我来采。"裴律也非常重视他与姜醒的第一次合作，这是他们智慧的结晶和友谊的见证。

姜醒双手合十做出祈祷的动作，无限憧憬道："那很快就可以试着申请专利了。"

其实在他们专业，申请一个专利没有外行想象中的那样难，高校里只要在课题或在项目组待得久一点的学生都会自己尝试研发创新以提高竞争力，申请流程也都熟悉。

当然申请成功之后，这个技术或者产品后续是否能运营以及产生商业价值那就是另说了。

那是科学与真理之外的事情。

姜醒对裴律的业务能力很放心，裴律有空采集数据，他就不用一直守着，说："那我抓紧时间把期末那篇论文改改。"

他左右看看，确认了一下，才凑近裴律小声说："×刊的编辑前段时间联系我了。"

很低调，但又有点掩饰不住的欣喜和得意，裴律看着突然在自己面前放大的脸，也学他把声音压得低低的，很好奇的样子："噢? 怎么样? "

姜醒老神在在："她问我有没有兴趣发他们的副刊，但是要修改一下。"

刊是核心期刊，如果没有老师带和大牛署名一作，他们的正刊是很难上的，所以作为一个研一学生，能独立登副刊已经很厉害了。

裴律很真心地说："那恭喜你。"

姜醒一副"哎别这样说"的表情摆摆手："还要修改看能不能过稿呢。"又指示道，"你抽空帮我看看。"

裴律很好说话："荣幸。"

天边云絮露出淡淡瑰色，一切都在慢慢变好，一切都充满希望。

回去的时候坐地铁不像来时那么拥挤，裴律把姜醒送到宿舍楼下。

空旷的校园昏暗幽静，西楼苑的白丁香和紫藤开得很盛，蝉声如浪，萤火虫隐在树间叶隙。

有保安持手电筒巡逻，看到两个可疑人影还往这边照。姜醒眯着眼适应了光线，保安熟悉他，没说什么便又走了。

"那我走啦。"

"好。"

"你回去吧。"他朝裴律用力地挥挥手，让他快走。

裴律半张脸隐在夏夜的月光里，对他笑了笑。

过了半分钟，三楼楼道的窗口传来一声试探："裴律——"

"你走了吗？"

"裴律——"

裴律走近一些，仰起头对楼上的说："没有。"

姜醒松一口气，又跶跶跶跑下楼，匆忙中不知道踢倒了谁种在院子里的花，裴律扶了他一把："慢一点，我没走。"

姜醒急匆匆道："忘了给你生日礼物！"

他从书包掏出一本书，一本扉页有点泛黄的《化学基础论》。

姜醒的礼物像他本人一样直白，没有包装，封面朴素，内容饱满，里面甚至有姜醒的注释和笔记。

"这是我在二手书店找到的，"他开始道起这宝典的好处，"《化学基础论》版本很多，但它是林教授注释的，两册合版，很难找，我也只有一本。"

"希望对你有用。"

或许别人会觉得送一本用了很多年的旧书当生日礼物有些敷衍失礼，但裴律不觉得，读书的笔记和注释在某种程度上和一个人的日记一样私密，因为会透露出主人的观点和心情。

而姜醒愿意把他的课业日记送给裴律，这是对裴律的认可和信任。

裴律轻声一笑："谢谢，我很喜欢。"

神经大条的姜醒从来不是个细心的人，但是碰上裴律小心思就层出不穷："还有个小小彩蛋，不过你可以回家再找。"

于是裴律回家之后在书页里找到了一枚书签，是松叶标本。

形状优美，色泽饱满，针叶流畅。

青涩的熟悉的草木气息忽然像流光般闪过他的脑海。

他突然想起那个他们在三食堂吃完晚饭后的夜晚，姜醒在路边等他打电话，园林工人在修剪树木，离开的时候，他笑着说自己挑到了最完美的松叶。

制成这一枚书签。

姜醒把那个夏日黄昏剪裁成有声片段。

那天如被火烧过的晚霞、草木涌起的绿浪、层层叠叠的蝉声、花瓣上惊飞的蜻蜓和绿色心情的甜蜜，都被存进这张绿色载体，通过碱水、松香和塑胶，永远封存，在裴律的记忆中将永久鲜活。

但姜醒不知道的是，裴律记得最清晰的，是那天姜醒看起来非常耐心柔软的眼神。

姜醒这个朋友才是裴律生日许下的愿望和最想拥有的礼物。

暑假的后半段终于不再频繁下雨，姜醒忙于论文修改，他和编辑在某些观点上产生了一些分歧，姜醒很乐意听取别人善意的意见，但又在某些事情上非常固执，不喜外行对自己的一些创新观点指手画脚，×刊甚至换了一个编辑和他交涉，至今，三稿仍未定下。

姜醒请教裴律是不是自己写作思路有问题，裴律说他这样写逻辑很清晰，观点也突出，但可读性相对较弱，容易让人读不下去。

但是对他很有信心："慢慢会找到平衡的。"

姜醒对此的态度是："理科类的论文最好像说明书一样，不必要的辞藻就应该全部删掉。"

"……"

周末，裴律来实验室采集数据，刚走出电梯，就看到姜醒背着书包急急忙忙跑出感应门，他一把拉住对方："去哪儿？"

姜醒定睛一看来人，眼神一亮："师大。"

"我爸妈来了！！"

开学在即，陶诗来S师大开教学研讨会。

虽然当年她因为当初姜煜的事受到影响，一直没有升上教授，但这些年在学校里连续被评为"学生最喜爱的老师"，如今领导班子也换过好几届，有赏识她的领导指派她任教研组组长，带领一些年轻老师到S师大学习交流。

姜煜已不再在一线教学，退居闲职，成为学校里的边缘人物，所以时间很多，也陪同太太过来。

姜醒上一次回家还是过年的时候，得知他们住在S师大附近的酒店，且今天没有行程安排便要赶过去见面。

裴律掏出车钥匙说："走吧，我送你。"

姜醒看他手上拿着材料，道："不用，你忙你的吧，我自己过去就行。"虽然师大偏远，但起码还没出大学城，转个公交也不是太难。

"你不认——"眼看姜醒脸色就要晴转多云，裴律平静地无缝切换改口道，"太阳太大了，我送你。"

姜醒今日心情好，"哼"了一声便没再同他争。

S大到师大，开车过去二十来分钟，裴律大致问了姜醒一些他父母的情况与安排，低头看了看今天身上的衬衫西裤，还好，不算太正式也没有太随意。

"裴律，"姜醒提醒他，"是不是换错道了？"后面的卡宴一直在鸣笛。

裴律不动声色，如往常一般淡定："嗯。"

姜醒好像看出来点什么，笑说："你别紧张，我爸妈对我凶，对别人都很好。"

"……"

这是裴律第一次见朋友的家长，姜醒确实没有骗人。

陶诗很知性文气，穿了简洁的棉麻衫，头发盘起来，清雅得体，大概是做了许多年的中文老师，普通话非常标准。

姜煜帮太太拿着包，撑伞，话不多，有些拘谨。

裴律跟姜醒下车打招呼，为他们开了车门，再把他们给姜醒带的家乡小食放进后备厢。

陶诗和姜煜对裴律印象很好，二人坐在宽敞的车后排相视一眼，都有些疑惑，不太明白从小清冷少言独来独往的儿子怎么会交到这样周到体贴的朋友。

裴律看起来是那种众星捧月的人，和姜醒八竿子打不着。

"小裴，你和醒醒是怎么认识的？"陶诗笑着问。

裴律开着车，从后视镜看着她回答："阿姨，我们在同一个实验室。"

陶诗点点头，说麻烦他了，姜醒朋友不多，她和姜爸爸还是第一次见姜醒的朋友。

"是吗？"裴律看了一眼姜醒，弯起唇。

姜醒回头叫了一声："妈——"尾调拖得很长。

陶诗笑："好，不说了，你交到了好朋友妈妈高兴嘛。"

吃饭的地点是裴律订的，就在大学城里的一家酒楼，裴律照顾两位家长的口味点了菜。

气氛很好，姜醒的话比平时多，姜父考问了他功课，姜醒把现在的进展和接下来的计划大概说了一下，裴律听着就知道姜醒没有把实验成果被窃的事情告诉家长，在实验室里的种种冷遇也没有说过。

他倒没有很意外，是姜醒的风格。

后来姜父又和裴律讨论起专业上的一些问题，姜父也曾是科研民工，研究方向与他们有交叉的部分。

裴律一边与姜父聊天一边剥了芙蓉虾，想给姜醒，忽然想起姜醒说过他母亲不喜欢他搞特殊化的事情，便把虾放到自己碗里。

中途出去接了个电话，准备回包厢的时候，身后忽然有人喊他。

"阿律。"

是梁番。

他和叶逸上学期被学院抽去编教材之后就一直没在实验室出现过，要到新学期开学才回来。

裴律眯起眼，点点头，问："什么事？"

梁番一怔，觉得对方似乎过于冷漠，不过也清楚裴律本来就不是什么热络的性子。

裴律在社交上一直就都是人情礼仪多于交心，从小时候就是他们上赶着找裴律玩儿，撇开背景，来自同龄人的崇拜更多，因为这人自小就什么都是头一份儿，不只学习好，连打游戏都厉害。

但裴律对他们那一圈儿都是可有可无的，不过是顺从家长的意思带大家一起玩。

梁番都习惯了，也没多想，笑着问："和谁来的？"

姜醒的实验还在收尾，要等最后一组数据，裴律按下不耐，道："朋友。"

梁番狐疑地看他，裴律出国这么多年回来除了他们几个发小还能有什么朋友，但他看裴律不想说，便也不强问，只笑道："最近很忙？哥几个怎么叫都不出来，王销他们几个都排着队要约你呢，天天催天天催，我头都大了。"

"嗯，忙，"裴律说，"我朋友在等，先走了。"

"哎——裴哥，"梁番拉住他，问了憋了几天但一直见不到裴律而没来得及问的事，"联合制造那几个项目的审核是怎么回事？我怎么听叶子说被UG停了？"

叶逸做贼心虚，欺上瞒下，他夜半致电裴律被姜醒接听的事儿压根没敢跟方旭梁番提，这两人一直蒙在鼓里。

再退一万步说，他们也根本不把姜醒那点儿鸡毛蒜皮的事儿放眼里，这种事儿他们圈子里多了去了，他们作为天然的得利者早就司空见惯习以为常，就压根没把它当成件大事儿，都过去这么久了便也没往这方面想。

裴律抽出手，静静凝了他一秒，冷静道："没怎么回事，就是按董事会的正常程序走。"

梁番犯嘀咕，心说董事会还不是裴律的一言堂，还要再开口，裴律就说："我还有事，先走了。"

梁番心中隐隐升起怪异和不安的感觉，目光跟着裴律的背影，在对方进门的一瞬瞄到一个模糊但熟悉的身影。

只是他一下子想不出来那个人是谁。

晚餐结束，裴律与姜醒将二位长辈送回酒店，陶诗嘱咐："醒醒把吃的分一些给小裴。"

又对裴律说:"都是阿姨在家里亲手做的,我们那边的特产,醒醒从小爱吃,你也尝尝。"

"这次不知道会见到你,没有准备,下次,下次让醒醒带你来N市玩,阿姨再给你做。"

裴律一向亲缘薄,很少得到过长辈这样真切的关怀,怔了一秒,才微微低头,轻声道:"谢谢阿姨。"

陶诗一笑,拍拍他的肩:"是阿姨谢谢你。"

交流学习结束那天,裴律开车陪姜醒去送别了两位长辈,姜父趁妻子去打电话的时候小声问姜醒钱够不够,也没避着裴律,递给他一张卡,说S市消费高,让他不用担心钱,想吃什么想买什么就买。

姜醒推说不用,他拿全额奖学金,还有几个薪资优厚的项目傍身,实验室的福利待遇也很好。

姜父还是想塞给他。

姜醒赶紧说:"爸,你快收好!别被我妈发现了,你还想抄古诗吗?我可不想了啊。"一副十分怕被连累的样子。

"……"

裴律莞尔,对姜父说:"叔叔放心吧,我会照顾小醒的。"

姜父对裴律印象极好,觉得他年纪轻但沉稳可靠,道:"好,好,你们在外读书要相互帮助。"

八月底,进入最热的时候,一切都像是熟透了,橙黄的、深红的果子被鸟雀啄落,树木绿得能滴出水来。

姜醒跟在国外多年的裴律解释中华词语的生动形象:"看,这就叫'青翠欲滴'。"裴律表示受教。

开学之后,本科生们就渐渐回来了,拖动拉杆箱隆隆作响,清晨的球场开始传来"咚咚、咚咚"的声音。

各个院系相继召开开学典礼。

化院还是硕博一起开，姜醒只挑教研主任讲的本学期的比赛项目和课题听，然后给裴律发信息："交流会你去吗？"

裴律还是坐在他的斜后方，和几个年轻讲师一排。

仿佛又回到了几个月前的那次周一例会，那时候裴律帮姜醒捡了笔，但还没和姜醒说上话。

他回："应该去不了。"最近公司在收购重组，他的很多决策得不到裴义文的支持，发展理念也大相径庭，目前董事会局势不明，他必须留下来盯着。

那头迟迟没有回音，裴律又发："但是你能去，名单已经报上去了。"

姜醒无论是成绩还是绩点都名列前茅，这没什么可说的。

"哦。"姜醒过了好一会儿才回。

裴律勾了下嘴角，问："你希望我去？"

姜醒这次回得很快："没有啊，就问问。"生怕裴律误会他不能独立行走。

裴律很绅士，不拆穿他，只说："带上秋天的衣服，那边温差大。"

交流学习会在首都的A大举办，实验室里去了十几个人，方旭、梁番、叶逸都在列，这已经让姜醒很不爽了，裴律居然还不去，他本来就不高的兴致和期盼又折损了几分。

不过有行政助理统一安排行程，姜醒只要带上眼睛耳朵和脑子跟着大部队就行。

两小时的飞行，坐在姜醒旁边的一个师兄回头跟他们小组成员说了几次话，姜醒完成了一篇论文的提纲。

A大是百年学府，当初姜醒差点也来了这里读书，但姜父帮他很仔细地比较了这个专业各大高校排名，并且S大招生办锲而不舍地打电话来允诺给他非常诱人的就学条件，所以最后还是选了S大。

裴律不在，辈分职位最高的成了方旭，A大派来对接的老师是他以前一起搞竞赛的同学，听起来和裴律也是老熟人。

梁番瞥见站在边缘的姜醒，忽而想起那天在餐厅里产生的疑虑，眼睛转了转便笑道："阿律托我们跟你问好。"

那位年轻人似是有点受宠若惊，他们又旁若无人地聊起曾经与裴律一起去滑雪、烧烤和打篮球的少年趣事，字里行间透露出关系亲近。

姜醒不是很想听这些，但他也不能走得太远，A大很大，不跟着大家就很容易走丢。

安顿好之后，举行了简单的开幕讲话，然后直接进入正题。

有实验操演环节，姜醒最近习惯了和裴律合作，跟别人搭档都觉得不够顺手默契，他想念和裴律一起在实验台前的心照不宣和酣畅痛快，一起攻克疑难，一起承受压力，一起等待丰收，一起见证成果。

但是他又很大度地在心里跟自己说，这是他的问题，不能苛责菜鸟，"曾经沧海难为水"嘛，不如裴律厉害不是他们的错。

毕竟裴律的专业素养能有几个人比得了呢。

裴律这几天好像很忙，回他信息都比平常慢一些。

不过以前也不是没有过这种情况，裴律很忙的时候都不一定能及时看到他的信息。

但这次奇怪的是他自己，不知道是不是因为环境陌生，他格外想念裴律这个朋友。

看到藏书塔上有大雁飞过会想让他也看，吃到别人食堂的烤酱鸭卷会想裴律会不会觉得好吃，A大三图旁边那家咖啡店的生椰拿铁裴律喝过吗。

这种不适感并不是一下子呈现的，裴律的影响像水一样无声地潜入日常的细枝末节中，会随着生活的推进和时间的流逝越加明显。

姜醒也得到了一种生活的厚重感。

从前的姜醒像一块海绵，轻飘飘任由生活搓圆捏扁，很多事情他并不在意，可以适应任何形状，是水让他有了自己的重心和实在感。

从前的他是那么独来独往、埋头研究的一个人，裴律把他变成了一个会向朋友求助、依赖朋友的人。

姜醒说不出他想裴律什么，只是觉得，裴律在就好了。

他想裴律的时候，就是那些，他觉得"裴律在就好了"的时刻。

这些陌生的心理，在一起的时候全然不察，一分开了就无所遁形，姜醒第一次交到好朋友，在论坛聊天室里跟大家诉说并真诚请教如何排遣。

大家倾听了一下少年的烦恼，纷纷冒泡。

"没事，这很正常，我上周刚换了合作了四年的搭档，也觉得超级不习惯，看到什么新期刊论文还是下意识顺手就转发给他了，新搭档真的不行。"

"醒宝你搭档是仙女吧！居然还给你调刻度洗仪器。"即便已经是外人眼中金字塔尖的学术精英吐槽起职场和同事也一样"口吐芬芳"，"我现在这个搭档就是个缺心眼儿，数据跟不上，操作不规范，让他看个时间都能睡着，老子不想跟他一组了，会折寿！！！"

知识分子们纷纷发表自己的高见："你就是太习惯依赖他啦，趁这次外出交流多交些新朋友就好啦。"

实验台上的革命友谊大家都经历过，一同抗压力，一同赶死线，因此共鸣很多："对！我刚评博后换组那会儿，助手换了，我感觉我每次用滴定管前都忘记检查玻璃活塞，五次实验三次漏液，习惯真的好可怕！！"

姜醒发了个天线宝宝点点头的表情包，但心里又疑惑，那他以前和别人搭档也不这样吧？

不过也可能是以前所有的搭档都没有裴律优秀，没有裴律耐心，没有裴律可靠，所以他离开上一个项目组的时候，连成员名字和脸都没记全。

只有裴律是完美的，无可挑剔的。

连续开了六个钟头会议的裴律刚从会议室出来，看着手机屏幕，宽慰地笑了笑，秘书在旁边不知道该不该提醒他，下一个会议即将开始。

还有一个在常青藤联校念书的女生在刷屏号叫："天啊，醒宝，你是上辈子拯救了银河系吧，老天赐给你一个神仙搭档！你们双剑合璧，所向披靡，试验台上的大国竞争和中华崛起就看你们了。"

裴律挑了挑眉，大概知道这个女生为什么能考上常青藤了。

群里这些长年跟数据打交道七情六欲都快要被消磨完了的科研搬砖工突然好奇起来他这位新朋友长什么样，高不高，帅不帅，又问他A大没有帅哥美女。

姜醒缓缓打出一个头顶上带了一滴汗表示无语的天线宝宝，无视众人的好奇，说："我要去集合了，下次聊。"

众人愤怒，纷纷打出惊叹号，不许他走。

姜醒很坏，发了一个拍拍屁股挥挥手的天线宝宝，绿色的那只。

下午的实验姜醒做得有些心不在焉，到了晚上，手机上还是没有新的消息和来电，他就自己打了过去。

裴律的声音有些疲惫，这只是几个连续长会议的间隙，但接到这个电话还是很欣慰，他以为这几天姜醒都不会联系他了。

姜醒从来就不是个憋得住事的人，他想起裴律了就要马上给裴律打电话。

那头过了会儿才接起。

"裴律，你还在公司吗？"

"嗯，"裴律看着落地窗外的夜景出神，"你怎么知道？"

姜醒说："因为你今天一天都没消息。"

裴律无声地勾了嘴角，态度很诚恳地道歉："嗯，是我不对。"

姜醒很大度地说："没有，你不要太累。"

裴律这时候就应该说"别担心，我不累"，但他说的是："姜醒，我确实有点累。"

或许姜醒也不是什么都不懂，所以他不想撒谎了，也不要那些会把他们距离拉远的体面。

裴律开了一天无效会议，各方资本斡旋博弈，他坚持不肯退让的质量底线和标准受到几家董事的联合反对夹击，裴律面对高管提上来的盲目缩限研发资金和生产成本的方案迟迟不肯签字，相互僵持。

裴律甚至感到愤怒，不去从自主创新研发核心技术上创造价值和利益，总是觊觎已经被开发成熟的专利打擦边球做二次改造，其实质也是变相抄袭侵犯知识产权，企图这样攫取暴利，简直可笑。

坐在冷气过足的高级会议室的某些时刻，他深深怀疑自己的坚持和不妥协是正确的吗？有用吗？

这个人心不足蛇吞象的时代，很多人想获得更大的利益，占领更大的市场，不择手段，没有底线，非常疯狂。

姜醒听了个大概，在电话那头叫起来："裴律！裴律！"

"你是对的！裴律！"

裴律垂眸看四十七层楼下的车水马龙，轻声喃问："是吗？"

"是！"姜醒义愤填膺，无比坚定地告诉他，"用创新去解决问题，而不是降低标准！"

即便他不懂商海沉浮里的资本博弈，也知道这个行业的底线在哪里，盲目缩限研发资金和生产成本的后果就是许多工厂出现安全隐患和技术产品的退步。

姜醒想起他看书时看到过的一句话，深以为然："要用发展的办法去解决发展中的问题。"

"旁门左道、以次充好，就是倒退！！

"技术和科学的竞争，初衷和目的都是'人'！"

这是入门的化学哲学课就会教的内容啊。

姜醒好像很气愤，一下子说了很多，一吐为快后才平复一点，最后好像也觉得自己太激动了，收了收语气说："反，反正我是这么觉得的。"

"你没有做错！！"他重复了好几遍。

裴律静了一会儿，很轻地笑了下。

他弄清楚了一件事，就在刚刚姜醒说话的那一分半里想清楚的。

不是姜醒依赖裴律，习惯裴律，是裴律需要姜醒。

裴律需要姜醒当他的钟，当他的绳，当他的岸，当残酷现实里被高高供养起来的理想主义。

把他从犹疑困顿疲惫怠想放弃的边界拉回来，告诉他，他没有错，还有人和他站在一起。

姜醒没听到回应，试探着问："裴律，你还在吗？"

裴律说："在。"

姜醒静了静，又追问："你觉得呢？"他急需对方表态，很担心对方"一失足成千古恨"。

裴律说："我觉得你说得对。"

姜醒松了一口气，苦口婆心："嗯，那你工作上有什么不开心的就和我说，不要憋在心里。"

裴律新奇，觉得姜醒真的是变了，以前那么冷淡、心事重重、话都不多一句的一个人，现在对别人说"你有事就和我说，别憋在心里"。

裴律笑道："好，别说我了，你呢？在A大怎么样。"

姜醒也不能说我觉得别的搭档都不好，老是有事没事会想你和你一起做实验，他就说："方旭他们烦死了。"

"怎么了？"

姜醒不想回忆和复述梁番和叶逸吃饭时故意在他旁边炫耀的那副嘴脸，只是气呼呼地质问裴律："你以前还和他们滑雪？"

"……"

"划船野营打篮球？"

"……"

"哼，"姜醒又开始阴阳怪气哼哼唧唧，"裴律，你挑朋友的眼光真不怎么样！"

"是吗？"裴律却说，"我觉得还挺好的。"

姜醒震惊，大为光火："你说什么？！"

"要不然怎么能和你当朋友。"

"……"

"你看，"裴律细数他的优点，"我朋友深明大义、学业精湛、品学兼——"

"也，也没有这么好啦。"姜醒被夸得面红，瞬间偃旗息鼓，不让他继续说下去。

电话那头好似传来了裴律的一声低笑，很轻很轻，好像又没有。

姜醒不欲显得自己太小气、爱算旧账，便絮絮叨叨说起裴律不在的诸多不便与不惯："我早上戴隐形又没戴进去，搞了半个钟头，差点迟到！！"

"那我们去再配一副框架的，隐形可以偶尔戴。"裴律本来也不赞成姜醒每天都戴隐形。

"嗯，"姜醒蔫蔫的，换一样每天都需要用到的贴身物件实在太难为他，他恨不得什么都一成不变，"那你帮我找，要很轻的那种。"

"好。"

姜醒说起在A大的生活，也能学到一些东西，但他有点想回去了。

裴律从他并不完全的描述中听出来姜醒应该是被方旭手段隐蔽地压制和孤立了，该展现的机会没得到，该引荐结交的人脉也没有，梁番都已经把叶逸推到好几个大牛面前去了，朋友圈里发了合影，许多同行在评论区下吹捧。

姜醒还什么都没有，裴律忽然觉得心里不是滋味。

学术圈和科研行业有自己的交际壁垒，文人清高，不是你有天赋有才华就有机会就可以立足的。

这里甚至比一般圈子更看重引路搭桥的人，要么你有很亲很牛并且有空亲自带你的老师（像葛石虽然地位高名声大，但身兼数职日理万机做不到亲自带学生发论文做课题），要么你有愿意提携你照顾你领着你入交际场的同门师兄师姐。

姜醒自己并不是很在意出风头或是结识人脉这种事，只想默默地出成果，所以肯定也不会像别人一样去交际应酬，他不是圆滑热络的性格，甚至在不熟的人那里还容易被误会成孤傲清高。

裴律不会觉得姜醒这样不好，这是姜醒的纯粹和珍贵之处，但裴律希望能帮到他更多，他值得拥有更宽阔的平台和更优渥的资源去追逐他热爱的科学和真理，站在更高的地方让别人看到他的成果和成就。

裴律说："姜醒，我过去找你好不好？"

"啊？"姜醒的脸在柔和的台灯下有些迷蒙，"可是你不是要忙收购吗？"

"会已经开完了，"裴律看了看后续行程，"别的可以远程办公。"

"可是也快结束了，你飞过来又飞回去太累了。"

"我不累，"他没接到这通电话的时候很累，但是现在通完电话就不累了，而且坐飞机也不会比他今天一天面对一群道貌岸然嘴脸难看的野心家累。

"那你来，"姜醒说，"我，我……就不去接你了。"他不认路，而且裴律有司机。

裴律气笑。

裴律第二天中午就到了，出现在下午的课题研讨辩论会上时大家都很惊讶，但他与A大的科研中心领导和老师们都有学术课业往来，融入得很好，很快就取代方旭等人成为本次交流会的中心。

会议期间，裴律点了好几次姜醒的名字，让他做实验汇报展示，姜醒表现得也很出色，只要涉及他熟悉的专业领域，他便像游鱼归海，如鱼得水，那种强大耀眼的自信和光芒是会从他的一言一行里透出来的，压都压不住。

在探讨辩论环节他还指出、纠正了叶逸一些细节错误，并提出了另外一种证明路径与演化方法。

叶逸的脸霎时白了，会场那么多领导、专家、学生看着，还来了记者，方旭看不下去，为叶逸挽回尊严，辩驳了几句。

姜醒在这种时候非常固执凌厉，他像一株野草，要么你就把他压制得死死的，一点机会、一丝缝隙都不给，但凡有让他得到一个发声的平台，他便不容许科学与真理有一丝灰色地带。

叶逸方旭脸色已经很难看了，姜醒也没有停下来，或者适时地将语气稍微放软放缓一些，那样古井无波风轻云淡的解说更像一种高维度的碾压和藐视，压得人透不过气来。

A大的领导来听了，觉得甚为精彩，赞叹S大学术风气好、竞争意识强，说做研究就应该这样，师出同门也可以相互否定、相互推论、相互进步，因为，真理就是越辩越明的。

第九章 对峙

其实在学术上有不同分歧再正常不过，这并不是什么丢脸的事。

但很明显，方旭叶逸等人不这么认为，他们只觉得姜醒是在蓄意报复，让他们难堪下不来台，在得知裴律已经带姜醒去拜访了几个圈内知名编辑后，更感到惊愕。

他们这行，发刊版面也是一种有限资源，每一年每一期每一月的刊位就这么多，你发了我就没得发，僧多粥少，竞争激烈。

有时候认识、结交审核编辑比你的指导老师还重要，国内的学术环境，人情必不可免，没有办法。

利益当前，矛盾加剧一触即发。

"如果姜醒没有当场指出来，那下不来台、被人做文章的就是S大。"

面对梁番怒气冲冲的质问，裴律异常镇定冷静，嘴唇平静地吐出这些话的时候显得分外薄情。

S大A大虽然常常有学术往来，但同为top3高校，竞争激烈，今日到场的校媒官媒都站对方主场，这样的笑话，免不了一番拉踩。

"并且，我认为姜醒提出第二种路径是在为校争光，我为姜醒感到骄傲。"

梁番愤怒，看裴律这副明着偏袒姜醒的样子心里又陡然升起一丝心虚和慌张，索性也不再猜来猜去，直接摊牌："裴律，你知道了是吧？"

他已经想起来那天在餐厅里他窥到的那个人影是谁。

"知道什么？"裴律点尘不惊，在董事会待得久了，越发不动声色波澜不惊，也越来越没人看得出他在想什么，整个人比原来更高深莫测又气势压人。

梁番猜不准他是不是在为那件事生气，不说话，裴律吊够了他便直接说："知道叶逸拿姜醒的数据去做报告，并写自己是一作吗？还是指你们两个包庇抄袭藐视管理规定，滥用公权清除邮箱记录企图瞒天过海？"

梁番被他过于平静甚至有些温和的语气震慑，他实在不解、也想不通："阿律，你就为这事儿跟我们闹掰？"

"这些天叫你出来不出，电话也推给助理一个没接。还有，那几个联合项目是你叫停的吧？还跟我说什么董事会，就因为这么个事？

"我们认识多少年了？姜醒是你什么人？值得你为他做到这个地步？"

他实在不明白裴律为什么这么执拗认死理，姜醒这事儿说大不大，他这样水准的在高校里一拉一大把，这种事在他们业界内也不算少见，就算他惜才也没必要跟他们闹得这么僵，一点情面都不给。

这段时间他不太好过，他爸知道裴律压下方氏的几个项目后特意让他们几个过来探口风顺便示好。

与其说他是为叶逸着急，不如说是他和方旭生出兔死狐悲的危机感。

家族交情、人情利益，他们做惯了抱团的既得利益者，姜醒的出现是一种强势的闯入，并吸引了他们倚赖者的目光，护叶逸不如说是护着他们自己，护着这个小团体主义盛行的集体和圈层。

　　叶逸心里就更不是滋味儿，叶家比方家更逊一层，离裴家更远，在他能搭上的关系里离裴律最近的只有方旭和梁番。

　　"没必要？"裴律眼神锋利，双手抱在胸前，从容地说着一些令人无地自容的话，"不管是不是姜醒，我的实验室都不容许搞学术霸凌和学术霸权，这事外审答辩的时候我给过你们机会，你们转头就买通助教蒙混过关。"

　　梁番心头一慌，忽然觉得眼前的裴律陌生至极，或许，从很早开始，他们便走向不同的分岔路口，不是一路人了。

　　"邮箱里那封推荐函我不会签。"裴律轻蔑又悲悯的眼神像在看一个丧心病狂无药可救的无耻之徒。

　　不知道是谁的主意，叶逸竟然还拿姜醒那组数据改成了一篇说明性实验报告论文，联系了一个重刊主编，让裴律作序，再以实验室名义推荐。

　　有时候人的贪婪和无耻是没有底线的，梁番觉得裴律陌生，裴律也觉得这些昔日的朋友们陌生。

　　他眼神冷漠中透着悲悯："还有，叶逸的学术信誉等级评定我会写不及格。"

　　梁番被他讽刺不屑的神色刺到，狠狠地皱起眉："裴律，你别太过分了！！"

　　"你是要毁了叶逸吗？

　　"你难道不知道这个成果对叶逸有多重要？对我们的项目有多重要！"

　　叶逸在考证书级别，同时竞争一个行业商业协会的职位，这种中立的公众社会组织对行业的一些定价标准、生产环保基数等相关利益指标有表决权与商议权，自然哪家都想塞自己的人进去，以做出对自家最有利的决策。

叶逸的成果太少，综合分不够，他们这行短时间内出成果太难，得平时静下心来磨，叶父逼得又紧，梁番急切道："阿律，你不要忘了，这几个项目是GU牵头，我们是一荣同荣，一损俱损，叶逸进不了协会，我们的票人头不够，损失最大的是大股东。"

裴家就是最大的股东。

"是吗？"裴律看起来并不在乎，没有告诉对方他早就着手抛出这几个从根基上就烂了的项目。

"毕竟，据我所知，裴叔叔也很关注这个合作项目。"

裴律眯起眼："威胁我？"

裴义文确实三天两头过问这个项目，被裴律糊弄过去了。

"呵，"梁番冷笑一声，"谁敢威胁你裴律，你不看我们从小一起长大的情分，也要看看钱的面子吧。"

话不投机半句多，裴律不想再与他废话，他还要去图书馆接姜醒去食堂吃饭，直接说："推荐函我不会签，这件事也不会就这么算了，还有事，先走一步。"

梁番的声音紧追在后，但比刚才冷静了很多："阿律，你真的要这么做？"

"哪怕不惜跟我们作对，跟裴叔叔作对？跟叶家方家作对？"

裴律回头，缓而静地凝了他几秒："是吗？那便各凭本事。"没再理会他，径直离开。

梁番了解裴律是个什么样的人，看起来不难说话，但决定了的事情没有人能改变，叶逸的事大概是没有回旋余地了。

裴义文的电话来得很快。

裴律："爸。"

"原来你眼里还有我这个爸，"裴义文声音低沉，是久居上位者的不怒自威，"裴律，你想干什么？"

前几日的会议记录看得他大为光火，晚上的饭局又被几位认识多年长期合作的老友明笑暗讽，年轻人的矛盾他不管，但动摇到合作根基和家族交情他就不得不出面。

"不想干什么，"裴律一边热牛奶一边说，"激浊扬清，拨乱反正罢了。"

姜醒从浴室出来，房里不见裴律人影，阳台传出来断断续续的声音。

裴义文冷笑："拨乱拨到两家几十年的情面变成现在这样儿？你知不知道现在外面都怎么传的？大家都夸我有个好儿子。"

"是吗，谬赞。"

裴义文气得一哽，暴怒道："裴律！！你给我正经一点，我们几家合作根基深厚，同荣俱损，利益盘根错节，你就这样把方旭叶逸推出去，裴氏能独善其身吗？他们几个要是出了这种事，且不说你方叔叶伯伯要找我算账，对项目的进展和公司的形象有多大影响你不知道？"

"同荣俱损？怕是同流合污吧？"天边滚起沉闷的雷声，好似快要下雨，夜间的风把男人满不在乎的声音吹得更加冷冽，裴律漫不经心淡淡讥讽道："明知道有那么大风险那就更应该把裴氏择出来。"

裴义文正欲破口大骂，被裴律淡定截断："爸，现在早就不是你们以前那个时代了。"

"盗窃知识产权后患无穷，裴氏没必要因为面子情分这些无聊的东西跟着蹚这种污水，我给过他们机会，是他们一再为难无辜的人。

实验中心不是给他们搞学术霸凌的一言堂,这样下去早晚被拖垮。"没有严格的管理制度和创新机制的科研机构是死水一潭,将会留不住人才,失去生命力。

他散漫的语调显得镇定自若胸有成竹:"你没看过那组实验数据和报告吧?我建议您认真评估它的价值,叶家方家的融资算什么,光是它就抵十个项目,你等着看吧。"恐怕就是姜醒本人都不知道他自己做出来的东西商业价值有多大。

"理想主义!无稽之谈!"裴父怒斥裴律的冥顽不灵,"裴律,别真以为我现在不能拿你怎么样了,你别跟你妈一样冥顽不灵,自视清高,"裴父语气不带温度提了一句:"那孩子姓姜是吧?听说他的学籍和选送论文还拘在学委会手上。"

裴律原本有一搭没一搭点在栏杆上的手指停了下来,脊背直立,声音低沉森然,一字一句道:"你想怎么样?"

电话那头的人嗤笑一声,知道裴律的软肋在哪儿就好办了,不再谈论这个话题,只是道:"行了,多大点事,我就当你一时想岔了,你知道以后应该怎么做。"

裴律从阳台回来,姜醒在喝牛奶,头发还没擦干,他试探着问:"裴律,是不是出什么事了?"

裴律语气懒懒的,稀松平常:"能出什么事。"

姜醒转过头来看他,眼睛微眯,黑白分明。

今天去参观的时候裴律背着他出去接了很多个电话,但表情都很自然镇定,他看不出什么。

裴律拿毛巾盖住他的头,也盖住他了他的眼睛:"喝完早点休息,明天带你去拜访唐院士。"

裴律飞过来之前就给唐润宁发了邮件,问他在不在,说想带姜醒过来拜访探望，很快得到了回复。

姜醒一把将头上的毛巾扯下，眼睛睁得更大："唐院士？唐润宁院士？"他激动起来，"你怎么不早说？！"

裴律把他按回去，姜醒自己激动了一会儿，大口喝了一口牛奶，又不安分地转回来，有些担心地问："你说唐院士还记得我吗？"

姜醒只是听过他讲座的万千学生中的一个而已，没什么特别的。

裴律垂眸："明天你自己问他。"

姜醒"哦"，又絮絮叨叨地自言自语一会儿，裴律忽然开口："姜醒。"

"啊？"

"那次讲座，你有看见我吗？"我就在台上，一直看着第三排的你。

姜醒停下来了，与他对视两秒，眼珠子转了一下，站起来很镇定地说："我要去列好明天要请教唐院士的问题清单。"

裴律气笑，放过他，拿上自己的外套就离开了。

姜醒整理好一天的笔记和明天见到唐院士要说的话，缩进被窝打开论坛，周末大家都在，在聊最近一位业界大牛的情妇丑闻，八卦是人类的本质和本能，高精尖人才也不能免俗。

但姜醒头像一亮大家就不管那个出轨的大牛了，纷纷来拱他，两天前某小孩儿话说到一半又溜了的仇大家都还记着，怀着一颗颗慈父慈母的心关切慰问："醒崽，你还OK？"

姜醒神清气爽："OKOK，非常OK。"

众人疑惑："咋地突然如此OK？"

姜醒神秘兮兮，过了几分钟才回"我搭档飞过来找我了"。裴律来了之后一切都变得好起来。

姜醒开始滔滔不绝地说起裴律来了之后他实验做得多么得心应

手，汇报展示得多么流畅圆满，就连方旭梁番都不敢再随意给他安排本来不属于他的场务工作和打印的杂活。

众人无视了他以一己之力对抗A大学子力挽狂澜的英勇事迹，只关心神仙队友帅不帅，有多帅，缺不缺女朋友，

姜醒只当大家在开玩笑，正想在群里回"帅，很帅，无"，裴律的消息就跳了出来。

"还没睡？"

姜醒手一抖，碰到了视频通话邀请，对方拒绝了。

"……"姜醒着急解释，"我按错的。"

"嗯。"

看起来就很敷衍，不像是信了的样子，姜醒又发了一遍："真是按错的。"

裴律："快点睡觉，明天早起。"

"哦。"姜醒又觉得有点不对劲，"你怎么知道我没睡？"裴律道："你有什么我不知道？"

熬夜被抓包，姜醒一紧张，手机一丢，强迫自己闭上眼睛。

裴律确实了解姜醒，晚上不愿意睡，早上又不想起，裴律去敲门的时候姜醒眼睛还睁不开，磨磨蹭蹭换了好几套衣服，昨天晚上选的，但迟迟定不下来。

"这套可以吗？"

"会不会不太正式？"

"还是穿正装好了。"

裴律看他跟自己出去游玩都没有那么在意纠结过，故意按了一把他花了半小时精心吹过的头发："哪套都行。"姜醒穿什么不好看？

姜醒一把跳起来，捂着自己的头，大喊："你干啥？！"

裴律正在帮他收拾书包，抬眉淡淡睨过去。

姜醒又低声嘟囔："别弄乱我的发型！！！"

"……"

早上还有个会议，下午才去看唐老，裴律先带姜醒去吃早餐，姜醒来了快一周了还没弄清楚A大食堂怎么走。

在A大食堂大门与方旭叶逸几人狭路相逢，大家都顿了一下。

对方人多，更显势众，裴律与姜醒在一块儿，无声对峙，仿佛一场隐形的较量。

叶逸看向裴律的眼神很可怜，委屈又无辜，他刚一动想走过来，裴律就推着姜醒的肩膀走进食堂去了。

姜醒想回头看，裴律不动声色地挡住了他的视线。

姜醒看不到，就凑近裴律说："叶逸好像快哭出来了。"

裴律正给他买豆浆，"嗯"了一声，"你心软了？"

"不啊，"姜醒接过豆浆尝了一口，咂咂嘴，歪头说，"我开心了。"

裴律好笑。

唐老爷子住在一胡同里，挺偏的地方，京味儿浓，红墙绿瓦，石板砖路。

裴律把做客的礼物交给唐老的生活助理，老爷子问了姜醒一番功课，姜醒没想到对方还真的记得自己，有点激动又有点羞涩，乖乖答了，又主动说了一番自己最近在研究的方向和感兴趣的课题，老爷子夸他不错，又提点了他几个瓶颈的问题。

吃饭的时候，老爷子打趣他："前几日阿律说要带个人来看我，没想到是你。"

"那回讲座阿律点了你，你一站起来就跟开炮似的问了我三四五六个问题，后边也没见着你们说话，我还以为你俩不认识呢。"

"……"姜醒张了张口，不知怎么回答。

裴律似笑非笑地看向他，好像也在等一个答案。

姜醒嘴角扯出一丝干巴巴的笑来："我……我那会儿避嫌来着，让大家知道裴师兄徇私把提问的机会留给我多不好啊。"

老爷子哈哈大笑，姜醒的性子挺合他心意，够聪明，但不是"精"，也够"轴"，坐得住冷板凳，大智若愚是最适合干学术的。分别的时候他干脆光明正大地挖起墙脚来："醒有没有继续读博的打算，我这儿怎么样，虽然名气比不上你的葛老师，但我一直都在国内，手把手带你还是没问题的。"

葛石虽然名气大，但常年在海外，事务繁多，且座下弟子众多，再多的资源再大的饼一分，每个人也没多少了，也做不到亲自指导。

姜醒一听眼睛都亮了："谢谢唐老，我，我会好好考虑的。"

裴律按住他的肩膀，笑道："唐老抢人我可要去跟葛老师告状了。"

回去的时候，姜醒的激动劲儿还没过，拱裴律的肩膀："裴律！你听到了没，唐老想收我！"

"嗯，"裴律垂眸，"你怎么想，跟唐老的话就要来这里了。"

姜醒说："要看我两年后研究的方向，我现在才研一呢。"

裴律看着他想说什么，但最终还是没有说，只道："好，你做了什么决定要提前跟我说。"

交流培训结束，回程姜醒在飞机上继续修改那篇有望发刊的论文。

回到学校之后两人又重新进入了各自忙碌的状态。

姜醒到底是个学生，实验进程，季度数据，小测考评，课题答辩，约好了扎堆似的来势汹汹。

他恨不得一个小时掰作两个小时用，课余娱乐时间都急速减少，就连论坛里的聊天房间他也很少再进去和大家连麦聊天。

裴律忙碌比之前更甚，好几次错过了姜醒的电话，晚上发过去的信息第二天才能回。

裴律为此道歉，还买了一箱珍珠奶茶雪糕放到姜醒宿舍的小冰箱里。

姜醒倒是没生气，他只是有点担心，那日在实验室刚好碰见裴律来取文件，两人匆匆见了一面，裴律接电话的脸色不是太好，但还是事无巨细地问了姜醒的生活和课业。

有人匿名举报GU违法生产，涉嫌使用风控未达标技术以及环境污染指数超标，裴律在被行业监察部门召见的间隙，接到姜醒的电话，对方问他现在有没有空来学校一趟。

裴律赶到院教务处，姜醒绷着脸，下巴扬着，神情冷清桀骜，对面站着学务管理中心副主任、行政工作人员和博士助教，还有一个不认识的女学生。

今天是DCR评测分复议和公示的最后一天，姜醒早在三天前便申请了分数重新审核和复议。

DCR分是学院素质教育改革、去应试化的举措，皆在综合学生的理论基础、实操技能、团体协作评价、抗压能力等各项综合素质作出评定，是比成绩排名更重要的评定指标，许多出国交流机会、奖学金申请、峰会名额、荣誉评比都以此为基本标准。

姜醒的DCR评分一向遥遥领先，甚至在分数第一天出来的时候他毫不担心地看了一眼，还是位居第一的，并且与第二名拉出两位数的差距。

直到前三天，他在实验室茶水间听到别人闲聊，说今年的DCR王是胡明倩，姜醒又登录学务系统重新查看了一遍，他的分数和排名已经改变了。

下降至第七。

如果不是他那过目不忘的本事，他都怀疑自己第一次看错了。

姜醒逐项检查，凭着惊人的记忆力，找出了分数变化的项目——实验实操演习的贡献率，从86%下降至63%，同时分数也降至60分。

这个项目除了考查学生对实验的剂量、流程、原理的熟悉和把控程度，更重在考查学生的协作能力，和你进到一个项目团队里会处于一个什么样的角色和地位，团队贡献率多少，很多大实验室的HR在初面时非常看重这一项，甚至比学生的专业成绩排名更重要，因为所有项目都是由团队来完成的。

实操演习的合作搭档是随机抽签，组成一个临时团队，在规定时间内完成规定实验，全程视频监控。

结束后由一位副教授职称以上的老师连同有学务考察资格的助教共同打分，同时参考合作搭档之间的相互评分。

分数出来的第一天姜醒看到的是86，这对于每科都在92分以上的他来说确实是最低的。

在那次实验操作中，他抽到两个不认识的同学，基础不是很扎实，很多细节都出了差错，姜醒都一一改正，并且在被其他人浪费时间时力挽狂澜，可以说起到了主心骨作用。

但姜醒也知道自己在交际和沟通上的短板，考官会根据你的语言、神态、动作等来考察你的综合素质，所以对这个唯一的86分他也不敢有什么异议。

但是这个80多分突然降至60多分就未免显得太过可笑，而且分数的改变根本不符合流程规定，如果学生对公示的评定结果有异议，可以先申请复议，复议要举行听证程序。

眼下什么都没有，就肆意改动学生的分数，并且不通知被改成绩的学生，异常随意，简直是藐视学务管理秩序和规定。

姜醒按下冲冲怒气，立马着手准备申请复议，两天过去，毫无动静，他直接打电话到学务管理中心问，行政人员托词在审核中。

姜醒心急如焚，还在校园网内发了一个求助帖子问之前学院有没有出现过这种情况，有没有同学有类似经验。

大家都还挺热心的，姜醒半天陆陆续续收到了一些回复和私信，还没看完，他的帖子就变成限禁状态。

姜醒大为惊异，发泄地砸了一下键盘，没过五分钟，他的校园邮箱弹出一封邮件，是论坛管理组织发来的，意思是他的帖子违规，希望尽快删除，否则他们将采取冻结用户的举措。

姜醒气笑，他不过是把事情的经过原原本本写出来发上去，违规在哪里？

那一瞬间，很久没有出现过的彷徨和失望又席卷而至，他好想裴律，可是这些天裴律的忙和累他都看在眼里，姜醒不想成为一个自己什么都不去争取、解决就去依赖裴律的废物。

他静下心来，细细复盘，猜想会不会是在公示期间他那两位抽签抽来的临时搭档改低了相互评价所以掉分了。

姜醒决定找他们询问一下，男生何铭就在隔壁宿舍楼，对方直接说了他打的95，并没有改过，是姜醒救了他这学渣，他感激还来不及，要不是他撞大运遇到大名鼎鼎的姜神，这门他指不定要挂了，抽到姜醒的时候他都开心死了。

另一个女生搭档林明明知道这事儿后更是气愤，她觉得姜醒是个很好的合作伙伴，在实验过程中对她很耐心，明明大家的水平不在一个维度，姜醒丝毫没有流露出一丁点儿优越感，大神的举动令人有一种受礼遇的动容。

她给姜醒打了98分，姜醒就是他们这个临时小团队的灵魂人物，学务管理中心竟然给他们的灵魂人物打了个及格分，林明明觉得不可接受。

她很仗义地说："这里面肯定有鬼，走，我陪你直接去学务管理中心问清楚，省得这些人整天踢皮球。"

姜醒很感动。

他和林明明也就一面之缘，对方却这么热心。S大的女同学们身上总有一种女侠似的爽快和洒脱，杨夕是，林明明也是。

两人一同来到学务管理中心，行政老师正在玩手机，抽空听了他们的来意，在系统上登录学务信息看了两眼，懒洋洋道："第一次可能是系统错误数据显示错了，后边这个才是最终的真实分数。"

姜醒气笑，他不接受像笑话一样的敷衍，没想到林明明是个暴脾气急性子，嗓门很大地质问："那我们对这个最终的成绩不认同，在前天就申请了成绩复核，今天已经是公示的最后期限，为什么你们还不进行听证？"

那女老师摸了摸新做的指甲，仿佛回答过很多遍类似的问题，张口就来："打分的那位考官最近出国交流，所以无法排期。"

林明明比姜醒还着急："那可以网络听证、视频听证、远程质辩，这是他作为考官的责任和义务！！"

"哎哎哎，"行政老师不耐烦了，皱起眉，"这位女同学，你说话注意一点，那他不在我们也没办法啊，这些发起审批的程序谁来走，都是要经手人签字的，他不在你朝我凶顶个什么用。"

"我们这边只管公示分数，你要改我们可没办法。"

她放下茶杯，用尖酸刻薄的方言嘟哝嘲讽："现在的大学生不得了，多大点事，为这几分连素质都不要了。"

"你们这些学生我见多了，想拿高分就用功点，别以为闹来闹去就能有分数，这招早不管用了。"

姜醒心头恼怒，他知道这是个闲职，但也没想到对学生这么冷漠，在其位不司其职，视学生切身利益于无物，他忽然冷静下来，问："这位老师，你对你刚才说的话负责吗？"

行政老师对上他镇定的目光，心头莫名一跳："什么意思？"

"我录音了，"姜醒举起手机，学起裴律平日那副淡定沉稳的样子，道，"学务管理中心跳过规定流程肆意改动学生分数，并且在学生提请复议后，不举行听证，推说考官教授不在校，这样合适吗？难道公示的目的不是让人表达异议吗？学务管理中心没有保证分数评定公开透明、合理公正的义务？"

"哎——"老师一听他说录音便慌了，伸手去抢姜醒手机，尖声呵斥，"这里是校内行政管理办公室，不允许录音录像，你赶紧给我删了！"

姜醒在考场上是锱铢必较的考生，在生活中是个受不得半点不公和冤屈的硬骨头，对行政老师的呵斥充耳不闻，两人争执不下，便闹到了教务处那儿。

硕院的班级行政管理松散，是以学生若出了什么事都不再像本科那样叫辅导员，一般是直接通知导师，葛石身份特殊且在国外，姜醒又没有可以麻烦的师兄师姐，他只有裴律，所以裴律来了。

裴律问："梁主任，您认为学务管理中心这样符合校规流程吗？"

教务处副主任心下不由埋怨，但又想两边不得罪，打哈哈："这个事情确实有待商榷考证。"

裴律意味不明地看了他一眼，好一会儿都没说话，副主任头上渗出冷汗，对方是校内，不，应该说是国内的科研骨干，名望实力背景皆令人望尘莫及，即便他年纪辈分甚至资历都比对方大，但气势气场总低人一截。

比起他的心虚，裴律异常淡定从容："当时的考官教授是哪一位？"

姜醒抢答："陈玫。"想了想，他还是补充了俩字："教授。"

裴律一点不客气，直接把难题扔给对方："既然有待考证，那麻烦梁主任现场给陈教授打个电话，我也想听听她忽然改成绩的原因，以及准备何时发起、组织听证。"

其实不用听裴律也已经知道了，陈玫最近在争取方氏旗下的一个基因工程项目。

但他还是故意问了梁主任一句："是需要听证的吧？主任。"

"……当然。"主任当场拨了陈玫电话，无人接听。

裴律冷笑，看来是早有准备，出国避风头去了。

他好整以暇地问主任："那这事怎么办呢？"

梁主任看着身边这位年纪轻轻但气场迫人的年轻人，明明对方的面色平静有礼，但眼中的沉郁看久了叫人心惊。

他一时也猜不透裴律心思，只好递台阶："那裴教授的意思呢？"

裴律凝视他几秒，吊够了人，才悠悠道："《学院评分评级管理规定》第二十八条，主考官不在场，不能在规时间内启动听证程序，可以由教务处组委会代为发起。"

但程序手续非常麻烦，所以从来不轻易发起。

裴律才懒得管，那是这些搞行政的老滑头的事，自己捅出的娄子自己收拾，他要求："同时，公示期延长，直至确认最终评定。"

主任沉默了几秒，委婉道："这个，我去请示一下组委会。"

"好，"裴律也不急，轻飘飘地补充，"如果无法成功启动，我会以博士后流动站教职工的名义以及我在省直综合评分测定管理员的身份在校外发起程序。"

此言一出，在场几人皆震惊地看向裴律。

裴律早在国外时就被国家评测中心重聘为考核人员，只不过他考核的不是学生、考生，而是教职工和行政管理人员，以保障各高校和学术机构公平竞争。

"那到时候，就不仅仅是学校的事了。"还会邀请其他高校的老师们来听证。

这是非常丢脸的事情，S大至今还没有过，但裴律不介意启动第一起。

姜醒眼睛睁得很大，显得有点呆，被裴律尽收眼中，他忍住笑，缓慢而平静地扫了那女老师一眼，忽然问："听说学校的学务系统网站还会出现显示错误数据的情况？"

行政老师哽了一下，是她说第一次那个86分是系统显示错误。

裴律微微上前一步，挡住她看姜醒的视线，他向来家教良好，从不为难人，尤其女同志，但他实在无法忘记他赶到那一刻姜醒那双难过失落的眼睛，如果是为姜醒，他也不介意偶尔破例一次。

裴律对梁主任说："主任，学校要是在设备、软件上有什么困难，可以和我的秘书联系一下。"GU集团向来是S大最大的赞助商。

他说完这话，姜醒看见林明明眼睛里都冒星星了。

"……"

梁主任一听到赞助，态度比之前更软，副院长见天让他去拉赞助找投资，他正愁这事。

"裴教授有心了。"

"应该的，一切都是为了学生嘛。"裴律先礼后兵，意有所指，

"保障学生的切身权益与身心健康成长是校方的天然职责与义务，DCR测评对于每一位学生都很重要，更关系到学校评测体系的公平公正以及校方的信誉和公信力，容不得任何不公与差错。"

主任："……"

"不要让学院的管理疏忽和秩序缺失影响学生的发展。"他严肃起来，气场便极压人，缓慢地扫了行政老师一眼，继续说，"实事求是，追求真理的校训，无论是老师还是学生都应该时刻牢记于心，身体力行。"

女老师面色涨红，主任知道他对这次的处理很不满，点头称是，并承诺会尽快查清分数改动的原因，给姜醒同学一个公道。

"那最好不过，我们静候佳音。"裴律颇为冷傲地揽着姜醒离开。

姜醒很真诚对林明明道谢，林明明看看他又看看裴律，裴律对她点点头，说谢谢她陪姜醒过来。

女生分明刚刚还中气十足义薄云天，这会儿有点脸红地告辞了。

高大的梧桐树哗哗作响，树荫清凉。

姜醒有些低落，也担忧："对不起，我有没有耽误你的事情？"

裴律走近他，温和地勾了勾嘴角："没有。"

姜醒觉得自己很久没有看到裴律了，手抓着书包带子："你要走了吗？"

裴律抬手看了看腕表："不走，先一起吃个午饭。"

"嗯。"姜醒看起来高兴了一点。

考试周食堂人很多，他们又坐在上次那个窗边的位置，但没能独占一张完整的桌子，另一侧坐着一对情侣，所以两人只好也坐在同一侧。

位置不大，坐两个男生有些拥挤，姜醒怕裴律位置不够，把他往自己身边拉："你再坐过来一点。"

于是裴律挨着他很近。

姜醒没有胃口，吃两口就放下了筷子，裴律把排骨夹给他："再吃一点，你看看你自己瘦了多少。"

姜醒扒了两口饭，裴律问他下午做什么，他说："那个论文还要再改。"

裴律点点头，姜醒又说："裴律。"

裴律看到他有一丝犹豫，欲言又止，然后听见对方不太确定地说："我觉得他们在吊着我。"他们是指那个刊物的编辑们。

裴律皱起眉："怎么说？"

姜醒道："就是……他们好像在跟我绕圈子，不好直接跟我说不发，所以让我在一些无关紧要的问题上修来改去。"

姜醒放下筷子，语气干脆："我宁愿他们直接跟我说不要我的稿子了，也不要这样敷衍我、拖着我，我不想把我辛辛苦苦写的论文改得面目全非。"

裴律看着他苦恼的神色和失去神采的眼睛，突然感到一丝很轻又很深的心痛，他轻声问姜醒："那怎么不和我说？"

他每次打电话都问姜醒最近有没有事，有事一定要和他说，姜醒也很乖地答应。

第十章 火光

"因为你好像也很忙的样子。"姜醒拿着勺子这样说。

裴律沉默了一瞬,说:"是我不好。"姜醒遇到的种种不顺与困难他都没有察觉,这段时间只顾着忙自己的,想必姜醒独自承受和忍耐了许多不公,是他的疏忽。

忙来忙去,都快忘了初衷是什么,裴律在心中责备自己。

姜醒马上严肃认真地看着他:"你不要这样说,裴律,我又不是你的责任。"

裴律听到这句话,一顿,脸色更不好看了。

姜醒急了,他好像真的不怎么会说话,只能嚷嚷:"不是,我……我不会说话。"

"就是想让你别这么大压力。"

姜醒虽然不懂商海沉浮,但裴律就是他的晴雨表,是他看外面世界的窗口。

他可以通过裴律细微的眼神、声音的高低、说话的语速窥见最近并不太平。

其实裴律掩饰得很好，只是姜醒太喜欢观察他了，默默地、安静地，不动声色地。

因为裴律不想让他知道，那他就装不知道好了。

如果全世界都在给裴律施压，那就不要再多姜醒一个。

裴律深吸一口气："你从来就不是我的压力。"

姜醒看过来，听见裴律用一种他不太能理解的口吻说："你是我的……盟友。"

并不是姜醒在依附裴律，是裴律需要姜醒，姜醒是离裴律已经放弃很久的纯粹与真理最接近的人。

他们是站在一起抗争的人，很多事情，如果不是有姜醒在，他可能就妥协了。

"好的，盟友。"姜醒点点头，觉得自己没有那么孤单了，他抿了抿嘴，过了会儿，他又凑过来，看看周围，表情认真、很小声地说，"但是，盟友，我总感觉要有不好的事发生。"

他像一只伸出触角的小动物，敏锐地嗅到了不对劲，这段时间很多事情都不顺利，他的论文没有如期发表，PDC申请没有通过，DCR分数又出了这种乌龙，仿佛冥冥之中有一股无形的力量在推动着。

"不会再有不好的事发生了。"裴律还是那么沉稳冷静，面对他的时候才会多些藏得很深不易教人察觉的温柔，"你把你那篇论文发给我看看，然后该做实验做实验，该吃饭吃饭，什么都不要管，不要多想。"

"觉得心慌就给我打电话，好吗？"

姜醒摆摆手："你会很累的。"他最近心慌的时候很多。

"我不累，姜醒，"裴律问，"你相信我吗？"

姜醒抬起头看着他的眼睛，很坚定地说："我相信你啊。"

"我相信你。"

裴律忽然很想让他给自己一个鼓励的拥抱，他觉得自己的心脏某处空了一块，他们或许即将并肩打一场很艰难的仗，但他忍住了，他希望自己在姜醒眼里是可靠的、值得信赖的、无坚不摧的。

　　姜醒的眼睛漆黑："你也要相信我。"他没有那么脆弱。

　　他已经有点后悔早上那样对待那位行政老师了，如果他能忍耐，裴律也许就不用匆匆地跨越半个城市赶来一趟。

　　姜醒想着以后要成熟一些，像裴律一样沉稳，但他不知道的是，裴律能这么轻而易举地解决这件事不是因为他的成熟和沉稳，或者说不完全是因为这个，而是他的地位和背景。

　　裴律将姜醒送回宿舍，再三强调，有事或者不开心要给自己打电话。

　　上楼的时候姜醒拖拖拉拉不愿意上去，裴律也不催他，姜醒为了跟人再待一会儿连又饿了这种话都说得出来，明明刚从食堂出来。裴律去给他买了一支牛奶布丁雪糕，等他一口一口吃完了才走。

　　回到车上，他要查的事秘书已经有了回复。

　　与裴律的猜测无异。

　　圈里几个较有分量的编辑以及一些中等水准的刊物稿探，都多多少少接收到了慎重使用署名为姜醒的数据或者文章的风声。

　　谁都不想蹚这摊浑水。

　　这就意味着，在之后很长一段时间里，姜醒这个名字会在重要期刊和学术圈中成为不可碰的禁域。

　　至于这个冰封期到什么时候结束，有可能很快，也有可能很久，也许是裴律愿意妥协的那一瞬间，也有可能是永远。

　　裴律握方向盘的手攥得很紧，仿佛有千斤石压在心上透不过气来，他想到姜醒那双清澈的眼睛，想到那张有时候孤傲有时候乖巧的脸庞。

　　姜醒还在辛辛苦苦满怀希望地恢复复证实验，单纯地认为只要把这次的实验数据报告翻盘就算是一种胜利，他秉信学术的公正与清明，根本不会知道他咬牙坚持的那点希望就要被浇灭了，他的大好前途就要被一群阴暗卑鄙的无耻之徒埋葬了。

裴律每每想到姜醒眼中的黯淡、失望又不解的神情，就觉得是有什么东西碎掉了，无瑕美玉有了裂痕，青草绿木着火后，带着不顾一切的孤勇和心比天高的不甘无声消逝。

普通人想要追求点儿东西太难了，姜醒不该这样，他只是倒霉，遇到了叶逸梁番们。

裴律绝不愿，也不可接受那样一颗发光星体的陨落。

姜醒身上那种单枪匹马的英勇与孤身奋战的悲壮曾深刻地撞击了裴律的灵魂，那时候他觉得自己看到了人性执着、纯粹、不屈的美感，也是他离"纯粹真理"最近的时刻，如今却不想再看到这种被逼无奈走投无路下挣扎出来的"美"和"坚韧"，那太无奈了。

姜醒身侧应该有一个裴律。

裴律要建造一条坚固的轨道，让这颗发亮的星球不受到任何物体和阻力的干扰，游畅于科学的深海与真理的宇宙。

他不知道这一个接一个的警告背后是裴义文还是梁家叶家，抑或是他们沆瀣一气合谋联手，他只知道留给自己的时间不多，姜醒不能再受到更多的伤害。

裴律闭了闭眼，又睁开。

看着秘书发来的信息沉默良久。

裴总，方先生又打电话来预约晚上的饭局，您这次是否要应约？

裴律给姜醒发了条短信：姜醒，要永远像今天一样相信我。

然后回复秘书：好。

裴律是最后一个到场的。

饭局并没有邀请上"只是聚一聚那样随意"，裴家、方家和叶家的长辈都在。

美其名曰是几家许久未有走动，来一个家庭小聚，实则是趁此机会缓和一下近日来几家颇为凝固沉重的气氛，重新捡起过去热络的交情。

名为聚会，实为谈判。

裴律有心配合众人，一时之间，气氛高涨。

他说了几句话，大家都只当是裴律之前几个月一时想岔了，如今，回归正道与旧时合作伙伴重新携手，共同致力于扩大商业版图。

裴父见裴律愿来，多日来沉黑似乌云的脸色终于缓和了一些，叔伯们也只以为是小辈们年轻气盛，一时不和，朋友嘛，亲兄弟都还有打架的时候呢。

方旭没梁番想得深，走过去勾搭着他的肩膀，颇为心有余悸地感慨道："哥你可算回来了，兄弟还以为你被那个闷葫芦下什么降头了呢。"

裴律压下眼底的三分厌色，没有拨开他搭在自己肩膀上的手臂，只是笑了笑，不多言。

坐在他旁边的叶逸一晚上都在殷勤地为他布菜，精美的菜肴堆叠在碗里，裴律象征性地拨了拨，就没有再动过筷子。

裴律的神情太过自然，姿态也算是恳切，并且顺着裴义文的提议让渡了一个利益不菲的项目，又或许是他往日稳妥可靠值得信赖的形象深入人心，众人对他态度的转变并没有过多的怀疑。

只当是他这几日在局势僵持之下慎重考虑之后做出的考量和选择。

因为在他们眼里，这本来就是理所当然的事情，是傻子都不会做错的选择题。

裴律怎么会傻到选择与他们作对，与利益作对，两败俱伤损人不利己呢？

一时之间，饭桌上气氛热络高涨，又像是回到了以前一样，年轻一辈的纷纷过来向他敬酒。

甚至有个在市里都算有名号的人过来给他递了烟，半真半假同他开玩笑："这就对了嘛，阿律不怪张伯伯吧？"

裴律下意识要推拒那支烟，姜醒不喜欢烟味，可他一转念，还是接了过来——大概近期也见不到姜醒了。

"不会。"裴律说，顺便帮对方点燃烟。

张伯满意一笑，拍拍他的肩膀。

前日裴律作为执行董事被环监会传召那事就是他推波助澜，他们几个都看不惯裴家这小子初生牛犊不怕虎、屡屡挑战他们，才想着给人个教训。

一开始还怕裴义文不同意，没想到老子也觉得该给这狂妄小子点教训，一拍即合。

但张伯心里明白得很，也不能真得罪了裴律，他们几个老骨头的眼很毒，裴律非池中之物，后面这一辈之中，无人能出其右。

未来，终归是年轻人的。

张伯放低了那副长辈姿态："那就好，张伯知道你小子气度，不会真计较。"

"平时也经常回来看看，别老气你爸，他对着你凶，其实平时跟我们去钓鱼爬山可没少念着你呢。

"你那么小就被你妈带去了国外，他怕你跟他不亲，很多话也不知道怎么跟你说，但他真的是挂念你的。"

裴律漆黑的眉眼隐在橙红的烟火里，没说话。

真的挂念我，为什么从来没有去看过我呢？

母亲工作太忙不慎把年幼的他锁在冰冻实验室里，他打电话向裴义文求救的时候为什么不接呢？

张伯一走，裴律的身边又重新挤满了敬酒的人。

那么多敬酒的人里，只有梁番起身的动作稍稍慢了些，落了半步在后头。

他本来心眼就比旁的人多一些，而且他是唯一一个见过裴律和那个闷葫芦书呆子说笑的人。

不是他信不过裴律，而是他笃定，在场的所有人，但凡见过那两人相处的情景，就不会对裴律今晚的表现如此深信不疑。

于是，他按亮了手机的屏幕。

酒过三巡，裴律主动拿起酒杯，自请罚酒，说是自己年轻气盛不懂事，近段时间，给各家都添了不少麻烦，在这里向各位叔伯兄弟赔个罪。

众人自然不敢与他真的计较些什么，甚至有人提出说，这并不是裴律的错，要怪就怪那个多事的小子，不识时务，小题大做，折腾出这么多麻烦还平白害小叶受了这么多不清不楚的苦楚。

叶逸听他们一人一句这么一说，顿时也委屈了起来，仿佛自己才是受害者，如今终于沉冤得雪，还以德报怨，摆摆手宽容大度地说大家为他操心了。

裴律面无表情冷眼旁观，或许姜醒真的说得对，他看人的眼光真的不怎么样。

即便叶逸还远远算不上是他的朋友，但当初，他怎么也会和别人一样认为，眼前这个颠倒黑白心思歹毒的人只是单纯被宠得性子骄纵而已。

酒杯里荡漾的水色映射出裴律眸中划过的一丝狠戾，转瞬即逝。

他对这种一群乌合之众和这乌烟瘴气的场合感到极度厌烦与不耐，但又像是忽然想到了什么似的，忍耐着，微笑着。

说不定，今晚就是一个绝佳的机会。

如今局势微妙非常，他和对方都拿捏着彼此七寸，裴律不放行叶逸的论文和学术信誉评定，对方也钳制着姜醒的前途命门。

叶逸本就是个二世祖草包，他玩得起，垮了也有叶家给他背书。

但姜醒等不起，他还一腔热血满心虔诚地追求科学追逐真理，手头上还有那么多科研项目蓄势待发。

裴律不放过叶逸，他们也不准备放过姜醒。

而且，那组姜醒辛辛苦苦研究出来的数据，若是不给叶逸发出去，那估计姜醒永远也发不出去，根本没有人敢要，最终失去时效性便再无人问津。

裴律野心很大，不但要为姜醒这个名字永久解封，而且那组花费了姜醒巨大心血的数据，他也不打算放弃。

付出未必会有收获。

但那是别人。

姜醒不同，有自己护航，裴律便要他做出的每一分努力都要得到应有的回报。

裴律神色自然地融入了他们的话题，顺着众人的对姜醒的肆意讨伐惭愧地自责："你们说的这个人——的确不声不响瞒了我不少事情，我本是看他沉默寡言并且木讷刻苦，以为是什么性情纯良之人，却没想到也要了这样多的心思，但平白无故冤枉了叶逸主要还是我的责任。"

叶逸听他这么说，争抢着道："这怎么能怪你呢，裴律哥！"他摆了摆筷子，又忽然有些委屈："不过前段时间你和他走得那么近，我以为你真的很喜欢他这个人呢。我还伤心了很久！"

"没有的事，只是觉得他这个人嘴笨人又呆，看着可怜罢了，你别伤心了。"

从梁番的位置看过去，裴律眼尾细长，嘴唇平静地吐出这些话的时候整个人更显薄情。

叶父大抵也知道裴律这等才俊看不大上自己儿子叶逸，也看不上叶家，头一次见他这样低姿态，便也趁着众人都在，趁热打铁也是趁机施压："是啊，我们家这傻小子以为真把你惹生气了，这些天闷闷不乐，生怕你这大哥不要他了，饭也不好好吃，家也懒得回，我和你阿姨劝都不知怎么劝。"

裴律眼神平静地看过去，挽起袖子，道："是吗？那实在是抱歉。"

其他人果然起哄："阿律，你看你，做大哥的气量可不能这么小。"

"是啊，小叶子从小就跟在你屁股后面跑，老叶的话都不听就听你的，摔个跤哭了都第一个找你。"

"你小时候还喂过他呢。"

裴律看向叶逸，对方有些羞涩地朝他笑了笑。裴律沉吟了一秒，道："是我的不是，我看不如这样，为了补偿我的过失，叶逸那篇新论文，我亲自作序，就以实验室名义推荐，联合学委会选送，这份道歉的诚意，不知道够不够分量？"

叶逸眼神一亮，受宠若惊地凑到他身边惊喜地问："真的吗？裴律哥，你要亲自为我作序？这……这是我的第一篇重点刊物论文。"

"自然是真的。这份导师分配下来的数据报告，你本来就有合作，其中数据和论点并不是一个人的功劳。"裴律优雅从容地转了转腕表，冷酷道，"姜醒如此斤斤计较，心胸狭隘，完全不顾同人情面和实验所的名声，不顾全大局，实在是太不得体，就当是，给他一个小小的教训了。"

叶逸直着眼睛愣愣道："裴律哥，真的吗？你……你对我太好了。"

裴律淡淡一笑，不置可否。

坐在一旁不说话的梁番听到这番承诺，一晚上的疑心总算是暂时消了下去。

叶逸还从来未得过裴律如此的偏袒与青眼，这下是激动得连话都说不出来了，笑容极为灿烂。

叶父对裴父呵呵笑道："我这不争气的儿子，从小就崇拜你们家阿律，让小叶子跟在他身边历练历练也不错。我看你们家阿律，这一两年越发沉着稳重，你这个做父亲的，以后可是有大福要享的。"

多日未曾给过裴律好脸色的裴父，对裴律今晚的进退有度，承认错误却不失风度的表现也无可挑剔，如今终于舍得在多年老友面前开口肯定了一句："总算是有些长进。"

姜醒前一天晚上看文献看得晚，第二天中午醒来的时候，脑袋还有些混沌，拖着不稳的步子去洗漱，又随便从冰箱找了点吃的，才慢悠悠地打开手机。

有两个裴律的未接电话，一个是凌晨一点多的，一个是今天早上十点多的。

他反拨回去，无人接听。

于是又习惯性地点开平日的期刊论坛瞄一眼。

这一眼让他原本就跟塞了棉花似的脑袋更加转不动。

明明是炽热明艳的大晴天，他背后却涔涔渗出一身冷汗。

熟悉的学术网页上，推送信息的每一个字他都认识，可他就是读不懂今日专题上加红加粗的首推论文专题标题以及"作者叶逸"这一行字连起来读是什么意思。

首页赫赫在目的"亚裔十大学术人才青年、GU集团首席执行总裁裴律首次亲笔作序，S大教学研究中心、学术管理委员会联名推荐"一行字几乎让姜醒体内的血液倒流，手脚僵硬。

他在书桌前一动不动坐了十来分钟才反应过来，自己应该先给裴律打个电话。

还是无人接听，连续又拨了七八个，才有助理客气地接听起来，并转告他裴总现在在开会，具体散会时间尚未明确，如果有事，他可以帮忙转达。

姜醒没等对方再说什么就挂了电话，快速换了身衣服，像风一样跑出门去。

他气势汹汹冲到实验室，有人说叶逸今天一早上就来了，现在正在被院里请到教学楼那边给本专业的本科生讲授经验和论文写作方法。

他本来不相信，从旁人嘴里听到的这一刻心里那道裂缝后知后觉生发的哀痛与悲伤才终于无限地清晰起来。

缓慢地、无限地扩张，像一片浊沉的黑色逐渐淹没他呼吸的器官。

"听说是三大版面联合首推，这两年院里还没有过这样的先例吧。"

"我看了，写得确实很有信服力，看这架势是要往更上面选送的。"

窗外的天空碧蓝，万里无云，蝉声如浪，姜醒却觉得自己被一场阴沉的大雨淋透浇湿。

"欸，好像回来了。"

"走，咱们也去看看。"

"他们是去裴师兄的办公室吗？那算了，咱们也进不去。等小叶子出来再让他请客吧哈哈。"

姜醒闯进去的时候那三人皆是很放松的姿态，正聚在一起闲聊。

叶逸心情舒畅地坐在桌子上晃小腿，方旭和梁番脸上俱是打破连日低迷的喜悦和放松，因为这漂亮的一场翻身仗，一身的意气风发藏都藏不住。

跟过来采访拍摄的工作人员都已经撤得差不多了，姜醒出现在门边的时候，他们不约而同地抬起头来看了他一眼，很淡却极为复杂的一眼，防备、怜悯、庆幸、快意……

姜醒看不清，也无意分辨，一步一步走到他们面前，什么话也没说，那阴冷的眼神和勃怒的神情吓得比他年长几岁的方旭也不禁皱起眉来，定下心神后沉声道："你想做什么？"

姜醒不说话，阴着一张脸继续往前走，走向叶逸。

梁番拦住他："姜醒，我劝你理智一点！别弄得场面太难看。"

姜醒冷笑着挣开他，一把拽过叶逸手上的采访大纲，揉在掌心里，纸张在安静的办公室发出哗啦啦的响声。

他的声音像沙哑的蝉鸣，又像落单后孤勇的弃犬，沾着一层很轻的潮湿和阴冷，像山林里被露水打湿的苔藓："难看？你们这些人还怕难看吗？"

"你们把别人的成果冠上自己姓名发出去的时候怕过难看吗？你们像疯狗一样造假咬人的时候，怕过难看吗？你们像强盗一样掠夺别人果实的时候，怕过难看吗？你们把良心和人性丢到臭水沟里的时候，怕过难看吗？现在你跟我说难看？"

他颜色尽失的苍白的脸和微微上挑的眼尾透出一种阴冷的诡异，叶逸到底有些心虚，微微往另外两人身后缩了一下。

姜醒不善地眯起眼睛，越过前面的两人伸出手，一把揪住他的衣领子，蓦然提高音量："你躲什么？！"

"你就只会躲在别人后面！！"他愤怒地将揉成一团的采访大纲

砸在叶逸脸上："你这个高分子单体都分不清的草包，连最基本的活性官能团实验都要做几十遍才成功的蠢蛋……"

大概是没想到姜醒反应如此激烈，梁番好一会儿才反应过来，赶紧上前制止住已经口不择言的人，朝他劈头盖脸就是一顿吼："你在干什么？姜醒！"

"何必呢，你在这里跟我们这样闹也什么都改变不了，此事已成定局，没有人会相信你，你这样只会让人白白看你笑话罢了。"梁番惯会扇个巴掌给个枣，语气一转，拍拍他的肩伪善地劝慰："你还不如好好想想下一次做出更好的成绩来，对吧。"

姜醒"啪"一声打掉他碰在自己肩上的手，死死盯住他的眼睛，一字一句，轻缓但笃定道："一定会有人相信我的。"

梁番的耐心终于于此刻耗尽，敬酒不吃吃罚酒！他轻蔑地一笑："说你天真你还真傻，现在还有谁会相信你，你想说裴律吗？"

他索性拿出手机点开网页指着那行硕大的署名："你没看到第一篇序就是他亲笔写的吗？他之前也不过是被你骗了，如果承诺过你什么，你也不要太当真，你们本来就不是一条轨道上的人。"

姜醒看着那个熟悉又陌生的名字，眼睛忽然刺了一下，视线模糊，他提了一口气，像是反驳三人，又像是给自己解释："署名而已，并不一定就是他写的，裴律才不会写这些垃圾。"

梁番乐了："是吗，就这么相信我裴哥啊，也行，不到黄河不死心，不如你亲自看看。"

昨天晚上吃饭，一开始他觉得裴律态度忽然转变事有蹊跷，就顺手留点儿证据，没想到今天还真的派上了用场，让姜醒知道自己没了最有力的靠山，早点死了这条心别像疯狗一样到处乱吠也好。

他慢悠悠点开一个视频。

"你们说的这个人——的确不声不响瞒了我不少事情，我本是看他沉默寡言并且木讷刻苦，以为是什么性情纯良之人，却没想到也要了这样多的心思，但平白无故冤枉了叶逸主要还是我的责任。"

"没有的事，只是觉得他这个人嘴笨人又呆，看着可怜罢了，你别伤心了。"

"是我的不是，我看不如这样，为了补偿我的过失，叶逸那篇新论文，我亲自作序，就以实验室名义推荐，联合学委会选送，这份道歉的诚意，不知道够不够分量？"

"自然是真的。这份导师分配下来的数据报告，你本来就有合作，其中数据和论点并不是一个人的功劳。姜醒如此斤斤计较，心胸狭隘，完全不顾同人情面和实验所的名声，不顾全大局，实在是太不得体，就当是，给他一个小小的教训了。"

裴律回到实验室的时候，姜醒的拳头堪堪划过叶逸的鼻尖，只差一秒就要重重落下去。

一股阻力自身后狠狠地拽住了他。

姜醒抬起眼皮，看到来人时眸中凝了片轻盈又沉重的雪花。

那一瞬间的冰冷和哀绝深深刺痛了裴律。

他下了十二分力气才克制住自己，收回想要伸出去拥抱安抚对方的手，平静道："你冷静一些。"

这个时候打了叶逸，反而会让他们大有文章可做。

动静太大，门也没有关，许多人听到争吵声纷纷聚集在走廊围观，小声议论这桩疑似抄袭的学术丑闻。

姜醒张了张干涩的嘴唇，颤动的眼睫像一只无助挣扎的蝴蝶，复又低低垂下，无力的手指死死握成拳，又松开，问："裴律，他们说的是真的吗？"

即便眼见为实，也还是想再亲口问一遍。

裴律看了一眼被甩到地上的手机和画面，心口一紧，明白过来，锐利的眼底压下一丝狠厉，收在口袋里的手指暗暗收紧。

　　这件事本就是他昨晚在酒桌上看着形势恰好的临时起意、顺水推舟，如果他一直固执坚持不肯松口，那这篇质量上乘的报告唯一的宿命就是永不见天日，谁也不会愿意得罪这三家巨头。

　　唯一的出路就只有先借他们的势发表出来，再一举反击，他手上的实证足以留到后面翻盘。

　　铤而走险的一步，也是迫于无奈的一步。

　　姜醒低着头，一截白皙柔软的脖子，被沉重的伤害压得不堪一击，后颈突出来的那一小块骨头显得格外脆弱，和他这个人现在一样，摇摇欲坠。

　　裴律的沉默就是答案。

　　"我斤斤计较？

　　"不识大体。

　　"以卵击石。"

　　姜醒的声带沙哑得仿佛喉咙里被人塞了一把沙子，气声的诘问像杜鹃啼血，他每问一句，裴律心里就被一把尖锐的凿子刺进一分。

　　姜醒看起来太可怜了，即便脊背依旧挺得笔直，依旧像被人遗弃被赶到路边的一只小狗，天上落暴雨，他耷拉着耳朵和眼睛，眼神蒙上一层颓败的灰色，在雨幕里静静地趴着，被欺负厉害了，特别委屈。

　　裴律幽黑深沉的眸子狠狠一缩，血液却在煎熬地沸腾翻滚。

　　对方露出的伤心和绝望每时每刻都在以十倍百倍千倍的程度反噬到他身上。他甚至有种自己真的背叛了队友的错觉。

　　姜醒抿起嘴唇，神情变得倔强冷漠，问他："是这样吗？"

　　"裴律，你可以亲口跟我说一遍吗？"

方旭几人不约而同将目光移到裴律身上，裴律面色冷静从容，淡声道："你想怎么理解就怎么理解吧。"

姜醒缓缓抬起头来，裴律几乎不敢直视那样疾恶如仇的眼神，他没办法接受姜醒用这样冰冷震惊的目光看他。

"我想怎么理解？呵，我能怎么理解，我觉得你有一点说得挺对的。"

"我脑子确实不怎么好用，"姜醒轻轻说，"不然怎么会相信你啊。"

"我怎么会……相信你啊。"他又轻轻重复了一遍。

好像被裴律欺骗，是比被方旭们欺压更令他心碎的事情。

裴律心里被姜醒亲手一下一下砸出一个窟窿，有很淡的血一点点渗出来，暗下去的眼神藏尽悲凉，像一块沉默的山石。

姜醒觉得没什么意思，也没力气再闹下去，退开两步，亮堂堂的目光像一把利箭般对准裴律的眼睛，沙哑的声音依旧铿锵有力："虽然已经讲过一次了，但我还是要说，裴律，你挑朋友的眼光真不怎么样。"

"你们真的可以安心吗？一群剽窃的刽子手，主谋、帮凶、走狗。"

说着说着，他又想笑了，怒极反笑。

被气的，这一切都那么可笑，姜醒那么冷感的一个人，此刻像是被气得不知道怎么办了才好，裂开唇角露出一排森白的牙齿："我绝不会就这么算了的，就算最后玉石俱焚我也不怕，不知道你们怕不怕。"

姜醒狠狠踢开那部挡路的手机，推开堵在门口看热闹的人群离开。

至此，整个实验室的人都知道，姜醒与他们的管理人决裂了。

大打出手后又恶言相对，对方没有按照管理条例扣他的纪律分和操行分都是网开一面了。

方旭咒骂了一句："神经病吧，真晦气。"

梁番看起来倒是挺满意的，拍拍裴律的肩膀，笑着假意安慰："别理这种人！早说了他脑子有问题，走，咱们去吃饭。"

只有叶逸，静静盯了裴律几秒，似真似假问了一句："哥，他这样没事吧？要不要追去看一下？"

"不用，"裴律捻了捻冰冷僵硬的指尖，神色冷峻道，"随他。"

姜醒又回到了原来独来独往的生活，一个人上课，一个人吃饭，一个人做实验，好像裴律这个人从来没在他的世界出现过。

他重新变得孤僻清冷，脸上永远没有表情，实验室里没什么人同他说话，见过了他那天大受刺激的疯狂模样，也没人敢惹他。

唯一的好消息是前段时间被卡的PDC申请下来了，教务处那边也向他道了歉，说之前的DCR统计错误是一场乌龙，不会对他的分数和绩点造成任何影响，甚至那家核心刊物又再次换了一个编辑与他对接，并且对他致歉，意思是上一位编辑的不专业给他造成了一些麻烦，不过姜醒已经不打算再把自己的文章发在这个副刊上了。

好像冥冥之中有一个厄运按钮被按停了，之前所有突然出现的障碍又悄无声息地消失。

他又过上了从前的、没有遇见裴律这个人时的生活。

周一开组会，椭圆长桌，裴律与叶逸几人坐在一侧，姜醒坐在对面。

两人全程无交流，昔日好友一夜决裂，令人唏嘘，会场气氛压抑。

其他组员自以为眼神隐蔽地在两人之间扫来扫去。

姜醒正面对抗管理人的事迹已经传到邻居所、隔壁院，现在随便拎个人都知道他们关系决裂。

散会时，叶逸方旭梁番将裴律围在中间一起去食堂，姜醒擦肩而过，面色麻木，彼此目光没有一秒交集，都仿佛没有看到对方。

下一秒，姜醒拐过转角，口袋振动，手机收到一条信息。

"快去吃饭，今天是番茄排骨。"

姜醒眨眨眼，看了两遍，收起手机。

抵住了排骨的诱惑没去食堂，姜醒打开器材柜，发现自己之前洗干净的试管和蒸发皿都被取走了，只剩下一筐不知道谁用了没有清理的储气瓶、启普发生器。

不知道是谁干的，但看这个量，不会只是一个人干的，也不知蓄意囤积了多久，杯壁上的液体都已经凝固，有些甚至已经与空气中的氧发生了反应。

这是他的固定工位，如果他要做实验，就得先把这些器材处理掉，再把已经堵住的实验台水嘴疏通、洗涤、消毒，可能要花费一个下午，姜醒翻了个白眼。

这些天，此等情况已经不是第一次出现，自从那日他与裴律大吵决裂后，实验室里的人对他的态度微妙起来。

一边觉得他是个光脚不怕穿鞋的疯子不敢招惹，一边又想巴结裴律叶逸表忠心，不与他讲话，有事也不通知他。

更有从前就很看不惯他的同门看他没了庇护，落井下石，在组会和其他集体活动上冷嘲热讽处处刁难。

姜醒嗤笑。

他慢悠悠洗好一套仪器，周五下午实验室里的人少，一直待到夜深了才又慢悠悠地游荡回宿舍。

夏夜升起新月与繁星，姜醒书包带子摇摇晃晃，勾到了海棠花枝，他扯出来，掏出手机，又把今天那条短信仔仔细细看了两遍。

裴律不在，番茄排骨好像也不是非吃不可。

绿色心情也不是很甜。

人人都以为他的沉默寡言是因为抑郁不得志，是因为叶逸的大获全胜春风得意。

才不是。

他们不懂。

是因为姜醒由心底深处生出的危机感和恐慌感，裴律是他第一个真正意义上的朋友，一个他敬佩崇拜、亦师亦友的前辈，一个默契十足的实验台战友，一个与他志同道合的知己，是他单调荒芜的人生中好不容易等来的一抹亮色。

如今，一切又到了原点，这一次的失落感和比A大那次短暂的分别更汹涌、更疯狂、更不可抑制。

从前参不透，是因为裴律一直就在身边，随时可以找到、可以见到，但现在的裴律，要和别人去食堂，和别人去开会，和别人一块儿做实验，还是与那些盗窃他果实的人，即便知道这是逢场作戏，但姜醒仍然在很多个瞬间感受到了一种真切的难过。

在裴律接过叶逸倒的咖啡的时候，在裴律回答方旭问题的时候，在无数个他想和裴律说话但只能装作不共戴天的时候……好像他真的就这么失去了这个好友。

这是比实验室的人嘲笑他、奚落他、孤立他更让人伤心一百倍的事情。

因为其他人都不是很重要，他只想要一个叫作裴律的朋友。

姜醒可以为了平反卧薪尝胆忍辱负重，但却渐渐难以忍受每天独来独往的孤单和失去好友的落差，他也有许多问题想向裴律请教，他也想和裴律一起去尝尝三食堂新推出的黑暗料理苹果炖鸡，也想在傍晚和裴律一起在校园广播中散步，而不是自己顶着整个研究所和隔壁学院八卦的目光下匆匆赶路……

姜醒烦躁、抓狂、焦虑失措，他不喜欢这样低效率的自己，可是他无法控制自己。

自从那日"决裂"之后，他们几乎不能私下单独见面。

后来裴律问姜醒："真的一点都没有怀疑过我吗？"彼时酒桌上的骑虎难下和临时起意来不及和他商量就走了这步险棋，事后裴律也十二万分后怕姜醒真的误会他埋怨他。

可是裴律不后悔，时机不等人，那一步火候契机到了，他就必须果断作出选择，掌握主动权，都是一群在商海混了几十年的老狐狸，不可能什么都不做就得到对方的信任，宁可姜醒疑他怨他裴律也要把属于他的东西还给他。

姜醒眼神四处飘，坦承："怀疑了一秒。"

裴律不说话，他就又急忙补充："真的就一秒。"

裴律静静看了他一会儿，忽然让他转过脸与自己对视，佯装很凶地喃喃道："居然真的怀疑过啊。"

姜醒被他逗笑了，很认真严肃地道歉："那天我说的话你快点忘掉好不好？"他回想起来也觉得太伤人了，可是有一个瞬间真的被愤怒和慌乱冲走了理智才口不择言。

只不过下一秒冷静下来他又坚信裴律绝不会背叛自己。

但他的自我情绪管理太差劲了，不知道裴律会不会真的难过。

裴律摇摇头说："你这样，他们才真的信。"

姜醒刚松一口气，裴律就又说："我也差点信了，我……很难过。"他们的演技都未免太好，骗过了外人也差点骗过了彼此。

姜醒抱歉又为难地"啊"了一声，有点无措："对……对不起。"

他那时候心绪很乱，与其说是不相信裴律，不如说是他看见裴律挡在叶逸面前下意识的愤怒，那种背叛和陌生情绪一瞬间冲垮了他的冷静和理智，姜醒都不知道自己说了什么。

裴律得理不饶人，欣赏着他的无措："就这样？"

姜醒扁了扁嘴，过了几秒，伸出手掌，干巴巴地扯出一个讨好的笑："要不……你打我一下？"小时候他犯错，他妈妈就是打他手心让他记住教训。

裴律敛起笑意，他缓缓抬起手，姜醒怕痛，闭上眼睛不敢看，下一秒，他手边掠过一阵风，

姜醒听见他说："算了。"

姜醒睁开眼，裴律漆黑的眼一眨不眨地盯紧他："下不为例，以后不许再疑我半分。"

姜醒点头如捣蒜。

裴律不忍再逗他，跟他说了些正事和后面的部署计划就匆匆离开了，后来也再也没能单独见过。

姜醒沮丧地回到宿舍，楼道长廊中隐约现出一道高大的身影。

姜醒静大眼睛，呆了一秒："你怎么来啦？"

第十一章 青天大道

不是说最近最好不要见面吗？

这层楼住了很多他们院的学生，姜醒有些紧张，心尖又冒出些许亢奋的暖意。

怕人看到，赶紧将对方拉进自己宿舍，门啪地合上。

裴律递过来一杯还冰着的茉莉椰椰，说："我怕你今天不开心。"

他说话的时候一直看着姜醒，安静地，温和地，他已经好多天没有见过姜醒了，他以前都不知道原来不能自由地去见一个朋友日子会这么无聊难熬。

"哦，"姜醒把那杯饮料接过来，也看着他，视线不肯移开，"我没有不开心啊。"只是非常失落和恐慌。

两人四目相对，安静了一阵子，像两道黑暗中微弱的烛光，隐约闪着、跳动，又不肯熄灭，燃着彼此信赖、相互鼓励的微光。

裴律在月色下眉眼漆黑，像一幅古典油画，姜醒觉得自己忍不住想向他诉说这些时日的委屈与难受，但他忍住了，他不想显得自己很脆弱，很没用。

他更不知道，裴律也在隐忍。

两个无比想要倾诉的人在同一轮月亮下相顾无言，佯装平静。

裴律不太能招架姜醒那样清澈又真挚的目光，率先撤了视线，移到他身上。

姜醒瘦了，锁骨都变得很明显，那里贴了几张便利贴，应该是完成实验后忘记摘下来。

这是他的习惯，贴在衣领子、袖口，上面有很多"list to do"，其中有一些是不属于他负责的所里的公共事务，但行政还是安排给了他。

裴律眼底的暖和笑意沉了下去。

"对不起。"

姜醒这些日子受到的种种冷待是因为他，旁人都是见风使舵看人下菜。

"姜醒，再等等我。"

这组数据已经激起不小的水花，一些在圈子里说得上话的人物也在各个公众频道或是社交平台上给出了很好的评价。

但还不够，远远不够。

现在它的影响越大，真相露出水面的那一刻获得的关注就越多，平反得就越彻底。

这是"爬得越高，摔得越重"的道理，机会只有一次，不能给对手留一丝反击的余地。

裴律着手联系之前自己留学时的人脉和圈中的资源，这是姜醒的心血，并且足够出色精彩，已经获得了众多前辈名家的认可，在不久之后，它一定会重新贴上姜醒的名字。

现在他要做的，是化方家和叶家的阻力为推动力，借用他们的资源和人脉，将这一篇闪闪发亮的作品推到更高，更令人瞩目的位置。

裴律暗算叶家方家丝毫不手软，合三家之力推一个人，现在做的这些，都是为给姜醒的将来做嫁衣。

"你别这样，我不觉得有什么。"姜醒看不得裴律内疚，眨眨眼，想哄他开心一点，自以为很幽默地开个玩笑，"你觉不觉得我们这样很像——"

裴律的心突然提起来，有些不好意思，因为他觉得他们这个样子很像高中时候瞒着老师同学一起摸黑约去做坏事的好兄弟。

为了取信于梁番与裴义文，他们大动干戈闹了决裂，人前装陌生人不共戴天，只等天黑透偷偷摸摸提心吊胆见上一面。

姜醒却拍了拍他的肩，说："很像地下党革命战友啊。"

"……"裴律一颗战栗的心脏又平静下来，也很自然地笑笑，"嗯，我们是盟友。"

姜醒苦中作乐道："革命尚未成功，同志仍需努力。"

裴律也被他的乐观感染，笑了，有电话打进来，是梁番问他到哪里了，晚上约在了江岸路的会所，来的都是以前一个大院的朋友，还能听到叶逸的声音——"让裴哥给我带个蓝莓蛋糕！！多加一圈芝士。"

那头很吵，裴律把手机稍微拉远一些，冷淡道了句"路上堵车"就挂了。

他不想去，但他多年未回国，在这圈子里他不能只认识方旭梁番这几个人。

裴律没有急着走的意思，但姜醒抿着唇，突然说："我好像忘记吃晚饭了。"

裴律皱起眉，手指曲起敲了一下他的脑袋："这都能忘。"

"想把实验快点做完。"

裴律脱了外套，挽起袖子，去拿他的一人锅："我给你煮点吃的。"

如果姜醒懂事，他就应该说你还有事先去忙吧，我自己点个外卖，不，如果他懂事，他连那句"我没有吃晚餐"都不应该说。

他故意的，他快要没办法忍受了，没有朋友陪伴的日子实在太孤单难熬，他也想和裴律在夏天的夜晚喝酒，最好是青柠味的伏特加，加了冰块儿就咕噜咕噜冒气泡，他们可以一起看一场球赛。

他也想让裴律给他买蛋糕，但他不吃蓝莓味的，他要栗子红茶那个，他要加一圈芝士，不，两圈！！！他每次经过那家烘焙店都忍不住看一眼。

他也想在很多人的地方随随便便就给裴律打一个电话说"你快点来"。

以前轻而易举可以做到的事情，现在变得难如登天。

大概也是因为以前太过轻而易举，所以他才习以为常，没有珍惜。

姜醒看着裴律的背影，鼓起腮帮子深深吐了一口气，像只强忍泪意的河豚，可是裴律也很辛苦，也很累，这么想着，他眼角那点湿润又硬生生给憋回去了。

他一步步走近裴律，想看看他给自己做了什么。

裴律转身的时候都吓一跳："怎么了？"

姜醒摇摇头。

裴律看着他沉默了几秒，把人推到桌前坐着："拌面行吗？"

姜醒喝了一口茉莉椰椰，咬着吸管点头，裴律继续去忙，他趴在桌上百无聊赖地拨弄音箱，有很轻的吉他声流出来。

这歌是某天晚上校园夜间广播里放的，彼时姜醒正在和裴律轧操场，他说："这歌好听。"但是不知道名字。

裴律也不知道，于是拿出手机帮他启动听歌识曲软件。

软件显示，《夏夜晚风》，发行时间，某某年。

裴律对姜醒说："你还没出生呢。"

歌唱完，姜醒又循环播放了一遍，裴律的面就做好了。

姜醒磨磨蹭蹭收拾了下书桌，台灯旁边放着一篮山竹，靛青色的果子圆润饱满，放在白色的篮子里让这小小的十几平方米空间都充满夏天的气息。

是前天他回到实验室打开抽屉发现的。

是裴律。

夏天最热的时候，有一次姜醒在图书馆说想吃甜的水果，傍晚出来的时候，就看到裴律手上提着一袋山竹在树下等他。

姜醒不能跟裴律说话的这些天，裴律总是时不时悄悄在他抽屉放一些有的没的，有时候是一罐橘子汽水，有时候是一袋龙眼。

裴律很体贴，怕自己看到他和方旭叶逸他们走在一块儿心情不好，所以总给他送点有的没的哄他开心。

姜醒开心了几秒，又被更深重的难过淹没。

裴律一个养尊处优的大少爷，手艺居然还可以，大概是留学真的有用。

姜醒埋头吸了一口，腮鼓起来，像只进食的松鼠，裴律电话又响起来，那头又打电话来催了。

裴律索性把手机调静音。

姜醒说："你有事就先走吧，谢谢你的面条。"

裴律有点不高兴他说谢谢，抿了下唇，道："不急，陪你吃一碗面的时间还是有的。"他大半夜的辛辛苦苦煮了面，没能看着姜醒一口一口吃掉，他会不甘心。

"噢。"姜醒舔了下油汪汪的嘴唇，又低下头去吃面了。

即便开了静音，手机的呼吸灯仍是很频繁地闪着，那头疯狂地催促，裴律不理，气定神闲地拿起一个山竹剥起来，嘱咐他不要过于担心数据和论文的事情。

"鉴裁组那边的人已经联系好了，学管委最近在换届，董事会内定的候选人呼声高，但前科太多，洗不干净的，最后肯定还是胡一鸣上。

"你安心做自己的事情，别听外面的传言，也别自己乱想，好好吃饭，别让我担心。"

姜醒吸了一大口面条，嚼嚼嚼，咽干净意犹未尽，懒洋洋道："裴律。"

"你好啰唆。"

裴律冷笑一声，手上继续剥第二个山竹："你不啰唆，也不知道是谁连晚饭都忘了吃。"

姜醒眼珠子转了一圈，沉默两秒，神秘兮兮煞有介事地对他说："我有一个想法。"

裴律挑了挑眉，懒得拆穿他这种自以为能转换话题的行径。

"我打算给唐老写一封邮件，你觉得怎么样？"

裴律递给他纸巾，示意他擦擦沾着椰奶的嘴角："写信说什么？"

"不说什么，"姜醒吸了面条，口齿不清道，"那篇论文我不想给中心刊了，就想给懂的人看看。"

裴律一怔，是他狭隘了。

他下意识以为姜醒是要搬唐老出来撑腰，但那就不是姜醒了。

姜醒只是很单纯地想把自己的心血发给一个"懂"的人读，懂专业，也要懂他，大概是女为悦己者容，文给知己者阅的意思。

"好，发吧。"

姜醒翘了翘唇，低垂着头，偶尔用薄棉拖鞋尖碰一碰另一只脚的足跟，像上学时候玩闹一样，很幼稚。

这天不算太热，就没开空调，绿色的风扇轻轻摆着头，吹起《致命元素》的扉页，窗台的两盆绿植，海棠和绿藤，叶子沙沙作响。

裴律生出一种错觉，姜醒也是一株开在夜里的昙花，枝叶已经蠢蠢欲动，但花苞还未绽开。

但很快就要盛放了，很快，他会野蛮生长，肆烈灿烂，但绝不只一现，倔强顽强如姜醒，裴律想做他的土壤，他的养分，他的空气、阳光和水，倾尽所有保有他的纯真粲然、热烈隽永。

姜醒两腮一鼓一鼓地进食，又灌了一大口茉莉椰椰。

他偶一抬眼，台灯暖黄色的，把裴律漆黑的眼衬得像一潭深邃星池，充满了深远的期望和炙热的鼓励。

姜醒有一瞬失神，《夏夜晚风》都放完了，下一首是《The New World》，他握紧了筷子，喉咙滚动："裴律。"

"嗯？"

"这首歌是柯蒂斯写的。"一个澳洲年轻男诗人兼歌手，姜醒问，"你觉得好听吗？"

作者也是主唱，很年轻的摇滚唱腔，混着一点沙哑，把少年的青春张扬唱得热血沸腾。

"很……鼓舞人心。"梁番那边催得太频繁，裴律不得不看了眼手机。

姜醒告诉他："他和他乐队的朋友们就是用这一首歌战胜了他们

那边垄断市场十年的制作公司。"所以他们最后也能赢来胜利，创造一个"new world"。

裴律一顿，收起手机，看着他，很轻很缓地问："是吗？"

姜醒觉得他已经懂了，擦擦嘴巴，站起来说："你要走了吗？我送你下去吧。"

裴律身体微微往后靠，倚着椅背，开玩笑道："给你做了吃的就赶我走？"

"？"

"姜醒。"裴律眯起眼，"过河拆桥你第一名。"

姜醒干巴巴地"啊"了一声，又不知道说什么补救。

裴律打量他不自然的神情，垂眸思索了几秒，不逗他了，站起来，外套搭在手臂上。

姜醒屁颠屁颠跟在他后面："我送你。"

"不用，"裴律看了看窗外，黑漆漆一片，"万一有人出来。"

他们现在还是"决裂的陌生人"。

"哦。"

裴律拉开门，先观察了走廊外是否有熟人，又觉得自己沦落到这副模样实在令人啼笑皆非。

"早点睡觉，睡不着给我打电话。"

姜醒嘴巴动了动，无声嘟囔："给你打你听得到吗？"

裴律背后跟长了眼睛似的："听得到。"

"……哦。"

裴律就走了，姜醒扒在门边，探出一个脑袋，小小喊了一句："裴律。"

"嗯？"

"等事情结束了我有点话想跟你说。"事情发生以来，他还从来没有正式地向裴律道过谢，应该要谢的，要郑重地谢，认真地谢，他还要给裴律准备一份谢礼。

裴律眼底涌上略带探究和思索的神色，姜醒马上又说："也……也不是什么重要的事情啦。"

裴律正色道："不会，你的事情都重要。"

"啊……"姜醒哽了一下，"好的。"

温情、熟稔、亲近像是夏夜的露水，一到太阳升起便消失得一干二净。白天，他们又变回了关系决裂的对手、劲敌、陌生人，擦肩而过目不斜视，处同一空间就气压骤降，实验室里的人都自动离这大冰山和小冰山三尺远。

梁番眼底含着笑意默默观察着这一切，方旭报告合作项目进度时，裴律手机短促地响了两下，叶逸正好把咖啡端过来，挪了下他的手机，界面消息一闪又熄灭，叶逸表情微妙地皱了皱眉，发愣的瞬间对上裴律审视的目光，哆嗦了一下。

对方没说什么，继续公事公办讨论方案，只有他敏感地察觉出了那眼神里的锐利和警告。

叶逸心里忽而生出不好的预感，又不敢直接问裴律备注里那个没有名字只有一个小猫头像的人是谁，裴律这样沉稳内敛的人，竟然也会用这种表情符号。

裴律收起手机站起来："就按这个方案做，董事会那头我去说。"

梁番一身轻松，手搭人肩上："那没什么事了，何东明那边今晚包了个场子，咱们一块儿过去，蒙印吕越都来，他们都念叨要见你——"

"不了，今晚还有事，下次吧。"

"哎——"

叶逸眼看着他一边打电话一边走出门，隐约听到类似"记得……吃晚饭……"的话语，但又好像什么都没有听清。

那种不好的预感再次升起来。

裴律倒也没有骗梁番，他今天确实有事，一个重要的饭局。

姜醒逃了选修的大课，整个晚上都窝在宿舍完善实验反证的最后版本，遇到个棘手的小问题，是之前疏忽的环节，他怕会被叶逸钻空子，保险起见，做了三个修补方案。虽然他觉得就凭叶逸的智商根本想不到这三个漏洞，但现在他的对面不只是叶逸，而是一个庞大复杂有组织的团队。

姜醒想询问一下裴律意见，发了几条信息对方都没有回，眼看过了十二点，他索性直接拨电话过去。

"裴律裴律我——"

"姜先生，我是黎升。"助理道。

"欸？"姜醒从纸堆里抬起头，一秒后才反应过来，"噢你好，裴律的电话怎么——"

那头声音嘈杂，助理语气也不似往日平稳："姜先生，我们现在在医院。"

"怎么回事？！"

黎升和姜醒还算熟，也知道自己老板很看重这位师弟，便不瞒他："裴总晚上吃饭喝了酒，回来突发急性胃炎，现在护士正在给他输液。"外套他正帮忙拿着，姜醒就打了过来。

姜醒一下站起来，一边换鞋一边问："地址，科室？"

裴律上好针拿回自己的手机，助理把姜醒来过电话的事跟他汇报，裴律不赞同地盯了他一眼，发信息让姜醒别过来了，不是什么大事，就是喝酒前忘了吃点热乎的垫垫胃。

这段时日忙着跟各路人马打点关节应酬很多，裴律再能喝胃也受不了这么糟蹋，饭局才到一半裴律就已经隐隐感到胃里抽疼，但硬是面不改色生生撑完了全局把人都送回去了才让助理去买药。

没有办法，姜醒的事有求于他们，裴律必须保障每一个环节都万无一失不留漏洞。

姜醒一个劲儿地催师傅开快点，司机都烦他了，要是碰到个心歹的能直接给他放深夜的大路牙子上。

他火急火燎赶到的时候，裴律正靠在病床头看文件，一只手输液不能动，空的那只手还拿着笔。

病房门咔嗒打开，他抬头看过来，姜醒路上因为担忧着急紧张害怕升起的怒气又瞬间通通消散了。

那团心急如焚想骂人的火被裴律的一个眼神就浇灭了，他没见过这样的裴律，穿着病号服，额前的头发耷拉下来，脸色苍白，嘴唇也没什么血色，眼角眉梢透着疲惫，眼神却在看到他那一瞬变得柔软明亮。

裴律平时总是坚毅的、强大的，无坚不摧，像一棵高大挺拔的松树，为周围的人遮挡风雨，庇荫送凉。

裴律永远风度翩翩英挺疏朗，而不是像现在这样都躺在病床上了还要用那只没插针的手批阅文件，事无巨细为他操心有的没的。

他不要这样。

裴律对着发愣的姜醒招手："过来啊。"

姜醒如梦初醒，大步迈过去，眼中浓重的担忧化作实质像水一般溢出。

裴律轻声一笑："喂，我只是——"他笑不下去了，因为他看到了姜醒的眼睛。

黑白分明，眼神湿软，眼角一线红。

"你——"

姜醒是很倔的小孩儿，裴律认识他这么久，也没见他哭过。在实验成果被窃取抄袭时没有，在被师兄师姐孤立时没有，但是裴律进了医院，他就红了眼睛。

所以裴律没有忍住，单手把人拉到床边拍了一下他的肩膀，带着安抚的意味。

姜醒直接把头埋在双手里，掩耳盗铃，自欺欺人告诉自己这样裴律就看不见他的窘态。

姜醒的眼泪和他这个人一样，安静，灼热，落在裴律的衣衫上。

裴律明显有些无措，但是不管，今天天王老子来了他也要哭一顿，他来的时候太伤心了，裴律害的，无措他也得受着。

裴律也不劝，叹了口气："憋好久了吧？"这一场眼泪，像一场绵延不断的大雨，在姜醒的心里蓄了一个夏天，如今终于在裴律面前噼里啪啦落下。

从最开始被抄袭的无助绝望，到这些天的孤单做戏，姜醒有很多委屈、低落和沮丧，如今通通被裴律接住了。

但裴律心疼的这些，反而是姜醒最不怕的，他只怕裴律会生病，他最在意的是裴律的身体，如果他想要的东西需要用裴律的健康作为代价去换，那他宁愿不要。

"裴律，"姜醒声音闷闷的，停顿了很久，说，"要不——"

"姜醒。"裴律好像知道他想说什么似的，脸上那很浅淡的笑意收了，推开他的肩膀，直视他乌黑的眼，淡道，"你想说什么？"

姜醒知道对方误解了，急忙解释："不是，我不会放弃的。"

原则和底线不可动摇，他们都要对得起身上那件白大褂。

"我……我是说，事情也差不多了，你别管我了，你已经帮了我很多很多，剩下的就让我自己来吧。"他不能接受裴律为了他的事陪人喝酒喝到住院，更不能接受自己这样没用地躲在他身后。

小时候他埋怨了父亲很多年，为什么要放弃，为什么要接受对方那笔钱，他宁愿自己不要做那个心脏手术也不愿意一家背负承受这些莫名的沉重的令人窒息的屈辱。

当时他母亲说"因为这个世界上有比那些更重要的东西"，姜醒嗤之以鼻。

他觉得没有了，人活在世界上，没有比心血和清白更重要的东西了。

但是现在他终于知道比那些他们一直为之奋斗和抗争的更重要的东西是什么了。

裴律目不转睛地望了他好一会儿，声音很轻地问："可是，我们不是盟友吗？"

姜醒的嘴唇张了张，没有声音出来，喉咙滚了滚，他才找到自己的声音，尽量让自己的话听起来无比坚决："反正，你不要管我了。"

裴律就又问："你要抛下我啊？"

看起来是裴律在帮姜醒的忙，为姜醒忙前忙后殚精竭虑，但只有裴律自己知道不是。

不是姜醒需要依附裴律去维权，而是裴律需要姜醒在他身后去跟这个他看不惯的世界抗争。

姜醒的对手或许只是方旭叶逸们，但裴律的对面是一些更庞大、更根深蒂固、更难以撼动的东西，比如不公正的交易规则，比如腐败烦冗的管理制度，等等。裴律在这套框架的禁锢之下生存得异常苦痛，所以他总把姜醒当成氧气，当成离公平、真理和理想最近的地方。

他们一起熬过很多个漫长的黑夜，一起度过了很多个闷热的黄昏，一起经历了无数场夏天的暴雨，还没有一起等到破晓黎明，他的真理和正义现在对他说，反正你不要管我了。

裴律垂下眼，声音很轻地告诉他："姜醒，你这样说，让我觉得比当时胃里抽痛不断被人灌冷酒还难受。"

姜醒被他吓到了，连忙去看他的眼睛，嘴唇抖着："我……我不说了，你不要这样。"

裴律平时人很好，但坏的时候也可以很坏，他似乎是要对方牢牢记住这种痛，所以并没有回望他，反而露出一种罕见的无情和冷酷，以此作为惩罚。

姜醒语气更低更颤，重复请求："裴律，你不要这样。"

"我刚才说错了，我以后永远都不会再说这些话了。"

姜醒看起来实在太可怜，裴律几乎要心软。

他把姜醒放在了很高的位置，如科学的热爱，对理想的执着。

姜醒是裴律的理想与真理。如果姜醒本人无法割舍自己的真理与理想，那裴律也无法割舍。

姜醒不愿意放弃自己的，那凭什么要裴律放弃，裴律也要坚持捍卫和守护自己想要的。

裴律知道自己很恶劣，也知道姜醒一定会上钩，他算计了自己的理想与真理，并将最终与他同行。

姜醒迟迟得不到回应，惶恐地抓着他的衣襟晃了晃："裴律？"

裴律低头与他对视，目光幽深复杂，在姜醒忐忑紧张了十几秒后，裴律才又重新向他伸出手："盟友？"

姜醒好像得到了原谅一样整个人松懈下来，像是怕他反悔一般快速地和他击了一下掌，有气无力地祈求："我再不说这种话，你也不要再生病。"

"好，"裴律做出了保证，"我不生病。"那种笃定好像祸福忧喜生老病死他能自己做得了主似的。

姜醒待了很久也没有离开，裴律只好说："太晚了，让黎升送你回去。"

姜醒马上紧张地说："我今晚不回去，明天陪你做复查。"

"不用，这里没有陪床。"

"没事，我趴着就可以。"

"……"裴律无奈道，"我爸和梁番他们也知道了，说明天过来。"

姜醒若是被看到，一切都功亏一篑。

"我在天亮之前离开，不会让他们看到。"姜醒的表情、姜醒的语气、姜醒的眼睛都在表达着他真的很舍不得。

裴律心里忽然划过一丝心酸，这种逢场作戏日子还要多久呢？他嘴角扯出一个苦涩的笑："……那待会儿医生来巡房你自己跟他解释。"

"好的，我自己和他解释，"过了好一会儿，姜醒说，"裴律。"

"你不要总是这么担心我。"

"实验我会好好做，证据我会好好整理，饭我也会好好吃。"这是这些天裴律对他说得最多的话，让他什么也不要操心。

所以，姜醒说："我希望你对自己也好一点。"

姜醒听黎升说裴律今晚甚至不想住院，不想输液，不想浪费时间检查，吃个药就算完了。他觉得心疼："好好检查，好好调养。"

"等你出院了，我一定会把所有的东西完完整整分门别类地交到你手上，保证不出一丝纰漏。"

"我们之前都很着急，太急了，正义啊公平啊科学啊清白啊这些是很重要，很崇高，值得我们为此去努力，但是我妈妈说，这个世界上有比那些更重要的东西。"

"你知道是什么吗？"

裴律呼吸急促了几分。

姜醒很自然地说："对于他们来说，更重要的是我的生命、我的健康。"

他轻轻转过头，看着裴律的眼睛："那你知道，对于我来说，更重要的是什么吗？"

裴律张了张唇，问："是什么？"

姜醒对他很缓地眨了眨眼睛，心道，是不顾一切与他并肩作战、给他信任、支撑和鼓励的朋友。

某种程度也可以印证那句话，科学的目的是人。

但姜醒不想直接告诉裴律答案："你这么聪明，自己想吧。"

裴律是急性肠胃炎，来得快去得也快，但第二天还是被强制留院确定没有胃出血和胃穿孔，并且做了更详细的检查才出院。

姜醒没有食言，他收到了裴律发来的检查报告才把他这些天的成果打包发送过去。

裴律看了几遍，确实跟他保证的一样，找不出纰漏。

实验报告、数据演算过程、论文说明、叶逸与他在实验室对话的录音，第一次第二次申请鉴抄申请和驳回的书面仲裁。

姜醒也在他们论坛上的聊天室里发了一份，了解了事情经过的朋友纷纷大骂抄袭狗，他们最知道科研民工要出一个成果有多么不易，姜醒看着为他打抱不平的朋友们心里竟然有些平静，大概是知道了这个世界上还有很多人站在自己这一边，所以就更有底气和自信了，难以想象几个月之前的他是那样的无助、孤单和绝望。

大家还说他有什么需要的地方一定要说出来，虽然远水救不了近火，但是转发声援之类的还是能尽上绵薄之力的。

姜醒笑着发了好几个天线宝宝的表情。还有一个是在地上打滚的。

杨夕甚至帮他联系了几个自己实习过的报社和新媒体平台，业界的杂志刊物不敢，但圈外的媒体只要热度和流量，报道知名高校学术作假抄袭事件的热度不会低，好几个主编和记者朋友都说感兴趣。

杨夕甚至联系到了隔壁友校大名鼎鼎的任西林，任西林一直在做公益新闻报道，关注校园生态，揭露了很多校园霸凌事件，让社会目光聚焦到校园、学术圈的阴暗角落，任记者疾恶如仇不畏强权措辞犀利，人称"任青天"，在东部高校颇具名气和影响力。

杨夕把两人约在了大学城里的一家咖啡厅直接见面详谈，任西林看起来文质彬彬，一身正气，人也爽朗。

姜醒跟人家握手的时候杨夕还说："今年的十大青年姜醒还给你投了票呢。"

姜醒："……"那个一言难尽的十大青年，最后任西林和裴律都榜上有名。

任西林大笑："我还以为你会投给你们学校的裴律呢，你不是S所的嘛。"

正说着，咖啡店的门开了，走进来的正是近来身体恢复得不错的裴律，身后跟着几个院里的讲师，他朝姜醒的桌子这边淡淡扫了一眼，便径直走了过去。

"……"姜醒提了一口气，收回眼神，对任西林扯出一个干笑，"您也很优秀，值得我这一票。"现在他也稍微学会了一点儿场面上的客套了，连杨夕都说他变得了不少，不再像以前那么孤僻尖锐。

任西林笑，他对这种报道需要的流程和证据以及采访都非常熟悉，所以谈话也很顺畅。

"我们加个微信吧，还有一些细节的问题之后在写稿的时候可能会补充，需要询问你。"

"好的，麻烦您了。"

"不麻烦，这是我的工作，你维权的决心和毅力让我很佩服，经历坎坷，所以这会是一篇很好的稿子，我有信心它会引起大家的关注和共鸣。"

任西林没有骗他，叶逸那篇报告入选"年度优秀课题"的那一天，裴律向鉴委会递交了重新启动鉴抄程序的申请，一石激起千层浪，几家媒体为争热度先后报道了事情的经过。

电子邮件、手机信息、微信论坛信息纷纷而来，裴律索性关机，顺便把姜醒的手机也拿在手上，替他保管，将所有的是非纷扰、腥风血雨阻隔在外。

该说的都在证据里了，不需要再多解释。

该做的、能做的他们也都已倾力而为，谋事在人，成事在天。

所幸一切都在按着裴律预估的情势进行，提前打过招呼的官媒和学术圈中早就布好的人脉终于派上了用场，前些日子的蛰伏和按兵不动终于引爆了这颗他精心设计的炸弹。

再说，姜醒的证据做得逻辑精密，数据完美，一丝不差，甚至不需要专业领域的专家鉴定，就是个吃瓜的路人也能看懂其中原委，事情到了这一步，绝无再反转的可能。

裴律不许姜醒盯着看，但自己有时候不放心，还是会打开几个科研学生经常使用的知名网站，这些论坛在圈中的流量很高，有几个级别很高的ID做了对比图和调侃视频，将姜醒的证据和之前叶逸接受采访的视频合拼在一起嘲讽，说谁才是真正的主刀一目了然，又痛斥学术圈中风气不正的行为，号召各大组织抵制抄袭。

下面跟帖的讨论热度飙升。

甚至可以说是高校圈近期最大的热点之一。

许是这件事的声势浩大沸沸扬扬，迫于舆论压力，鉴委会很快就有了结果，学委会、教务处在校园官方网站联合公布了判定叶逸抄袭的仲裁裁定，对其处以严厉处分，并记入诚信档案，同时，要求叶逸向姜醒公开道歉，但保留了学籍。

实验中心革除方旭、梁番的副主管职务，并且要求他们与叶逸退出研究所与所有的课题项目，这相当于在业界被封杀雪藏，任何行业，失去了信誉等于失去一切、身败名裂。

网上的声音一边倒，就连原本一路力荐叶逸的GU集团和S实验所都在官网发布声明郑重向姜醒同学道歉，并愿意赔偿一切损失。

当然，没有人知道这一切从头到尾都是裴律的自导自演。

大家看到的是，连抄袭者背后最大的金主都认错了，那这事儿肯定就是错了没跑。

更令人意想不到的是业界泰斗、中科院资深老院士唐润宁在这个时候推荐刊登了一篇作者署名为姜醒的论文。

虽然半点没提到这次的抄袭事件，但态度是明确的。

毕竟这些老一辈的科学家眼里根本容不得一粒沙子，但凡是人品学风有丁点瑕疵的后辈都不可能得到这样的提携。

第十二章 长夏，永不凋落

周例会召开那天，是个万里无云的好天气。

九月的天空湛蓝，风也柔静，窗外草木涌起绿浪，阶梯教室宽敞明亮，坐满了人，这一次会议强制要求全院师生参加，不得请假。

但裴律还是因为公司有事没能到场，姜醒坐在几百位学生中间，安静地听完院党组领导对叶逸几人的严厉批评和处分决定，并将他们的恶劣行径作为反面教材警示告诫座下各位学子。

"入学那天，我们的校训是大家都庄严宣誓过的。

"做学问，先做人。

"我看有些同学在下面玩手机，还是没有意识到问题的严重性，这不但事关你们自己的信誉、前途，更关系到学校、学院！S大理化院无数前辈先师积淀下的精神、荣誉、口碑、心血不应该在你们这一代手中被毁掉。"

这次的事情闹得很大，给校方院方都带来许多负面影响，一位头发花白的老领导痛心疾首："我们学院是祖国成立后最早建立的理工科院系之一，从建院那天起，我们的院训就是实事求是，追求真理。

"这八个字应该时时刻刻烙在你们每一个人的心上、脑海、手掌心和灵魂里,在你们做每一个实验的时候,在你们用每一个数据的时候,在你们写下每一个字的时候,你自己是不是问心无愧,你做出来的东西是不是经得起考验?""这次的学术事故是一个耻辱,也是一个教训,在这里,我们向被抄袭的同学姜醒致以深重歉意。这是教委会、学管委和鉴抄组织的严重失职。"

周围的人纷纷看向仍旧坐在角落的姜醒,这次他没有低头,目光直直地望着挂在大屏幕上方的约翰·道尔顿的头像和红色院徽。

院徽图案由科学的皇冠、代表真理之光的星辰和寓意公正的天平组成。

为这几样东西,无数人前仆后继,奋斗终身。

老领导语气沉重:"我知道,越往上读就越艰难,竞争越大压力就越大,很多博士为了毕业、为了成果、为了申请到科研资金,觉得我用点别人的东西、碎片化重组,自己改改,不被发现就没事,硕士和本科就更不用说了。

"可是,同学们,科研人,骨子里要有一点自尊、自惜、自爱,更要有秉直的血性,先师说'惟古于词必出于己,降而不能乃剽贼',望各位共勉吧。"

散会后,姜醒随着人群漫无目的地游走在校园里,心里格外平静,大概是这段时间焦虑、紧张、担忧、失落、重燃希望、忐忑不安都经历过了,所以沉冤得雪得偿所愿的那一刻也格外平静。

快到秋天了,求真大道上的玉兰和松柏还是绿得滴水,操场上有人在打篮球,校园永远是一个充满活力和希望的地方。

明净的日光照在姜醒身上,不再像盛夏那样炽热了,已经沾染了秋日慵懒的调性,他却觉得心里像下过一场大雪,大雪柔静,洁白无声,将他心中曾经的疮疤、尖锐、愤恨和怨怼都悉数遮掩,世界重新变得亮堂干净。

姜醒给家里打了个电话，姜煜接得很快。

"爸，"求真大道好长好长，走不完似的，姜醒说，"事情都结束了，你让妈妈别担心。"

姜煜和陶诗都在高校工作，这次的事这么大不可能一无所知，早前媒体刚爆出来的时候就打电话问过姜醒，父母能为他做些什么，要不要回家一趟，或者他们请假过去看一看他。

同样的事他们一家十几年前经历过一遍，千难万难挺过来，个中滋味他们比谁都明白。

姜醒还这么年轻，还在象牙塔里，还只是一个学生，又不是成熟圆滑的性格，性子又倔又硬，不撞南墙不回头。父母怕他螳臂当车，怕他头破血流，怕他委屈怕他痛苦怕他心理压力过大变得抑郁。

"好，好，前几天她还想过去看看你，又怕打扰你，我跟她说，你不担心家里，"姜父沉默了一会儿，说，"醒醒，你比爸爸勇敢。"

这是他们家多年的心结，也是父子之间一直回避的话题。

"不，爸爸，"姜醒望着求真大道上的绿树和阳光，"我要向你道歉。"为他小时候那句无知的追问和苛责。

或许姜醒只是一个还算勇敢的学生，但是——

"你是最勇敢、最有担当的父亲。"

普通人的人生里有很多无奈，认清什么是对自己最重要的，然后果断地牺牲自己最热爱的去成全，是另一种、属于平凡人的英雄主义。

这种英雄主义虽然无奈，虽然庸俗，但也值得歌颂。

姜醒只是万千维权学生里偶然成功的那一个，如果失败了，他能像姜煜和陶诗那样继续勇往直前地生活、热爱工作、热爱家庭、热爱人生吗？未必。

许多人在追求热爱的时候都有不愿妥协的顽强英勇，但那不是真正的勇敢，真正的勇敢是全力抗争后依旧接受失败的结果。

电话那头的气息忽然重了许多，再出声时有点哽咽："那是，咱们家没有不勇敢的人。"

姜醒每一步都踏在求真大道的阳光里，很稳，很平坦，脚心甚至能感受到大地的热量，脚踏实地的感觉，他说："爸爸，我只是勇敢了几个月，你和妈妈勇敢了几十年啊。"

所以他需要更勇敢、更勇敢地去追求他想要的人和事，也不会再害怕付出努力后的失败、害怕公众的目光，他要经得起考验。

自己那个动不动就社恐的毛病也要改一改，要更落落大方一些，不要动不动就别扭，那些都是小时候留下的陋习和阴影。

直到今时今日，姜醒终于可以彻底对那个永远不解、永远委屈、永远不甘、永远不敢抬头的小小姜醒告别，他遇见了更好的人，自己也想变得更好。

电话说完，求真大道还没有走到尽头，很长很长，就像人生的路。

他在大道的中段看到了裴律，对方一边接电话一边往实验室走，另一只手臂搭着西装外套。

裴律刚在公司开完董事会的重组会议，裴义文和叶家谁也没有想到裴律这些天一直在逢场作戏，早就私下收购了散户的股权，并且收集了方家叶家违法生产、盗用知识产权的证据，将对方踢出几个和官方合作的重大项目。

人去楼空，裴义文大骂他逆子，骂他跟他那个妈一样不知好歹，裴律一心只想快点回学校。

他匆匆拿上东西，临走前对这位一直很陌生的父亲说："我跟你说过我不想要你的任何东西，我有自己想做的事情，你用外公威胁我回来。

"既然我回来了，就不可能做你的傀儡。

"你一定要我待在这个位置，那以后公司的事就按照我的来。"

裴律也看到了姜醒，匆匆挂了电话，朝他很淡地笑了一下。

姜醒在原地站了几秒，才跑过去。

"早上开会——"裴律的声音戛然而止，因为姜醒很开心地冲过来撞了他一下，就像个赢了球的男孩儿跟自己的队友祝贺，裴律纵容地对他笑了笑。

一切都结束了，一切又都刚开始。

姜醒和裴律一起合租了校外的公寓，因为姜醒出国交流的室友回来了，他又经常半夜三更才从实验室回来，作息时间不合拍，就起了校外租房的心思，大学城周围的房租都不低，姜醒有些犹豫，裴律说他也打算搬出来，于是两人成了室友。

叶逸去实验室收拾东西那天，裴律没让姜醒过去，碍眼的人以后都不会再出现在姜醒面前。

"那你别跟他说话。"姜醒木着脸。

裴律挑了挑眉，觉得幼稚的姜醒挺好玩的："怎么这么小气。"

"怎么会！我没有啊。"姜醒瞪大眼睛，义正词严，"我是怕他哭哭啼啼掉眼泪求情你心软。"

裴律啧道："小气鬼还是个造谣精。"

姜醒不知道，裴律不但让这几人离开S所，还发了律师函起诉，要求对姜醒公开道歉并赔偿一切民事损失，目前法院已经立案。

他今天过去是因为有些离职手续要主管人签名。

姜醒眼珠子转了两圈，又自以为很高明地岔开话题："今天我请客吃绿色心情，不过如果你过了十二点才回就没有了。"

"哦，"裴律低着头戴他的学生表，他故意不穿得那么正式，不想让梁番他们觉得他把辞掉他们是什么大事，"那我还想吃三食堂的蛋黄虾面，你也请客吗？"

姜醒似是没想到他还讨价还价，瞪眼看他。

裴律没抬头，从鞋柜里拿出白色板鞋换上："你要是请客我十一点不到就能回来。"

成为室友之后，他越来越能找到拿捏住姜醒的门路，绝大多数的时候得顺着，但有时候也得吊着，不然猫能揭瓦翻天。

姜醒看他很着急离开的样子，马上走过去，服软道："好吧，那你要快点回来噢。"

裴律轻笑一声："算了，要不你跟我一起去吧。"

姜醒一本正经地拒绝："我怕他们因为嫉妒而对我不利。"

"……"裴律看他还挺幽默，便也开起玩笑，"那要不要通着电话给你全程直播。"

"……倒也不必。"

裴律回来得比约定的时间还早，梁番方旭向他求情他直接让秘书回绝，听说叶逸离开的时候真的哭了，所里几个以前和他们玩得近的还依依不舍送别。

裴律无法理解这是什么心理，也大概听过有人私下嚼舌根说姜醒锱铢必较赶尽杀绝，不知道如果是他们自己被抄袭还会不会有这种不舍与心软。

犯了错就要付出代价，没什么值得同情的。

他签完字盖完章就匆匆离开，回到宿舍的时候姜醒正窝在沙发上看书。

窗台上的绣球和海棠开得很盛，茎叶青碧，花朵硕大，是前几天他们一起逛大学城的晚市买的。

姜醒这种连自己都活得糊里糊涂的人居然还想养猫，仗着室友是裴律，以前怕的麻烦现在都不怕了

他询问裴律可否养猫。

"嗯，"裴律放下文件，打量他，开玩笑道，"我现在不就在养吗？"姜醒挺不会照顾自己的，很多时候吃饭都要裴律这个室友提醒，也真的跟个猫没什么区别了。

"……"姜醒不跟他计较，非常认真严肃地告知他，"小灰很可怜！根本抢不到吃的！"

他的语气感觉"大事不好"，甚至有些义愤填膺。

姜醒和裴律经常去花坛边喂校园里的野猫，新来的小灰猫腿脚不好，其他的大猫欺生，他们投喂的猫粮小灰抢不到，越来越瘦，姜醒想把它抱回家养。

裴律淡淡睨他："姜醒。"

"你想的是猫我来养你来撸吧。"姜醒一做起实验来什么都不管不顾，自己都养不好还想养猫。

"……"姜醒视线移开，嘟哝，"你不想撸吗？"猫猫这么可爱。

裴律两手一摊，语气很为难："可是我宿舍已经有一只了啊。"

"一室不容二猫。"别说这只还容易掉毛。

姜醒一脸"我不是啊，你别胡说"的表情："我不是。"

裴律沉静地看着他。

姜醒为了能收留小灰，不甘心地在他耳边暴躁道："啊是是是是是。"一副"嗯嗯嗯好好好"的表情说："你让我把小灰抱回来，别

说猫，我当猪都行。"

裴律笑了，责备："别胡说八道。"哪儿有这么瘦的猪。

小灰还是被姜醒软磨硬泡地带了回来，被裴律喂得胖了许多，肚皮柔软，此刻正趴在姜醒腿上打呼，海棠盈盈两朵，从裴律的角度看过去，仿佛是从姜醒的头顶上长出来的。

很好笑。

很像姜醒爱用的那个人物表情，只是头上两根天线变成了两朵小花。

但是姜醒最近都用小灰猫自制表情包，虽然小灰非常不情愿。什么"宝子流泪""猫猫饿了""如果我不是猫猫你还会捡我吗"，弄得裴律头大，尤其是在公司开会的时候一打开手机看到小灰翻白眼，他的表情一言难尽。

姜醒看到裴律倚在门边笑，瞪了他一眼。

但是对方今天穿长裤黑T恤，戴白色棒球帽，就像一个刚下课回到宿舍的帅气男大学生，姜醒觉得挺帅，于是他又马上原谅了裴律。

他放下书和猫，邀功似的："雪糕在冰箱，虾面还热着。"

食堂太热了，他们最近都打包回来。

裴律不急着吃饭，走到姜醒身边坐下，把手按在小灰头上，猫猫头在姜醒大腿上动来动去，姜醒痒得笑起来，问裴律："你干吗啊？"

裴律神色放松："你都在家撸猫一早上了，我忙活半天回来，就不能也逗逗小猫？"还有没有天理。

"……"姜醒一脸"行吧好吧不跟你计较"的表情，抓着小猫的前肢对他招手逗他笑："能能能，还是小猫逗逗你吧，您辛苦了。"

裴律一笑，又陪着姜醒给小灰猫照了好些照片。

午后日光澄静，竹帘遮住了窗外澄净的蓝和青翠的碧色，只听到很响的、绵延不绝的蝉声和小猫娇气的叫声。

空气依旧闷热黏腻，但已经弥漫起了很淡的桂花香气。

夏天快要过去了。

下午姜醒说要去游泳，他最近实验做得太多，肩颈痛又开始发作，稍微动一动都咔咔响。

裴律问他是想去学校体育馆的泳池还是他公司的泳池，或者去他名下那套别墅花园里的自带泳池。

姜醒沉默几秒，歪头问："裴律，你是在炫耀吗？"

"……"裴律只是怕姜醒不适应在人多的场合过分裸露自己。

姜醒现在也没那么恐惧人多的公众场合了，和裴律做朋友之后他的性格改变了许多，人一有了底气就会慢慢打开自己。

姜醒说去学校的泳池就好。

裴律没想到姜醒居然游得还不错，姜醒抹了把脸上的水，告诉他是因为自己小时候经常被教职工宿舍的小孩儿欺负，有一次他被推到水沟里差点被淹死，父母马上就把他送去了游泳训练班。

他再说起这些的时候已经没什么感觉了，裴律沉默了许久，回去的时候还给他买了个又圆又大的西瓜，把最中心那一圈剜出来给他。

晚上要和导师葛石吃饭。

是老爷子提出的邀请，对方专程从国外飞回来。

裴律说这件事老爷子暗中帮了很多忙，不然各个部门的关节也不能这么顺畅。

早前姜醒给导师发过求助邮件，但被葛石的助理半途截下了，老爷子彼时正在参与一个国家安全保密项目，闭关研究，并没有收到。

那位助理是梁番的直系学长，如今已被辞退，葛石将这桩抄袭视作门下奇耻大辱，发表了非常严厉的声明，将方梁二人逐出师门，此后再无瓜葛。

裴律说老爷子知道后很是愧疚难受，所以很多裴律都没办法搞定的事情是老爷子出了很多次面求了许多人情才办好的。

姜醒抿紧唇，过去那些孤独无助的绝望好像已经是很遥远的事情，但他知道，有这么多人帮他其实还是因为有裴律。

即便这世间真的有公平与正义的火种，那裴律也是第一个为他点燃星火的人，那些想帮他的人是因为看见了裴律点亮的光才知道这里还有个遇难的姜醒。

饭后闲聊，裴律出去接电话，葛石直接说："姜醒，这事儿是老师对不住你，当时老唐打电话来骂我，我什么话也说不出来，我一身老骨头自诩清明磊落，却不料自己眼皮底下发生这种事，师门没有周全庇护你是我这个做老师的不称职。"姜醒谦卑道："老师千万别这么说，裴律说您帮了我不少忙。"

老爷子笑了一声："这小子瞎让什么功劳，我没帮上什么忙，倒是裴律，那段时间……他对你这个师弟当真是极看重的。"老爷子说了几个如雷贯耳的名字，"这几个人都不好说话，又与叶家交好，利益相缠，关节交错，连我都不知道裴律到底做了什么才让他们松了口，让利是一定的，但具体是怎么样的条件我问也问不出来。"

姜醒定定地看着老爷子。

老爷子受不了他这可怜兮兮的眼神："你别看我，我也是听说的，裴律不是让人第一时间用公司的官媒给你发了道歉声明嘛，网上骂实验室和集团有眼无珠助纣为虐的人可不少，他们家的股线连着一周都被压得死死的，但裴律硬是顶着被股东大会弹劾的压力不愿意撤回，你们这些个家伙，真是一个比一个倔。"

姜醒垂下眼："这样吗？"

他知道任何的维权都会有成本和风险，况且还是现在这个难辨真伪说风就是雨的网络时代，现在是裴律将代价转嫁到他自己身上，换来姜醒的沉冤得雪。

他为自己做的事太多了，多到远远比姜醒以为的还多，并且不打算告诉自己。

老爷子拍拍他的肩，宽慰道："也算是皇天不负苦心人，跟你说这些呢也不是要你有压力，只是别人为你做了什么，你自己承了什么分量的情，心里得有个数。行了，你以后就好好报答你师兄吧，我看那小子是真看好你。"

回去一路上姜醒都不怎么说话，司机开车，他就坐在后排若有所思，裴律问他怎么了，姜醒也不说话。

回到家，裴律在客厅看电脑，眉心皱着。

姜醒走过来："怎么了？"

裴律把厚厚一沓邀请函给他看："上次跟你说的采访预约。"

姜醒的实验数据入围了许多奖项，并且引起广大关注，加之过程曲折，抄袭事件本身也很有噱头，许多媒体刊物想采访姜醒，甚至连主推的title都想好了，什么"天才少年""年少成名"等令人眼花缭乱。

裴律亲自把关，帮他筛选过滤。

"《科研新周》不行，他们社的记者很刁钻，问问题喜欢给人下套。"

"《青年时代》的人素质不错，但笔力太差，写不出你的好，算了。"

"《科航》……也不好，营销手段太低劣。"

姜醒怔怔看了他一会儿，裴律转过头："怎么了？"

姜醒想起老爷子跟他说的那些话，心里被一种很复杂的感动和愧疚填满，他移开视线，摇摇头什么也没说。

裴律看了他片刻，没再追问。

第二天起床，看到餐桌上摆好的燕麦粥和三明治时，裴律有一瞬间的讶异，姜醒的生活自理能力和他的科研水平成反比，平日都是他早起来做早餐。

裴律走进厨房，接过姜醒手中的不太听话的筷子，把他推出去，以防煎蛋的油溅到他："今天太阳打西边出来了？"

"……"姜醒在厨房门口探出半个头，看看平底锅里那两个被裴律治得服服帖帖的煎蛋，讨好一笑，"我来吧，我可以。"

裴律没把筷子还给他，只是问："你想学做饭？"姜醒点头如捣蒜。

"为什么？"说实话，姜醒的手不太适合进厨房，太漂亮了，热油冷水碰着也容易受伤，还是戴着手套待在实验室比较适合他。

姜醒想一会儿："你最近那个项目快到deadline了吧，早上多睡会儿。"

裴律心里涌上一股暖流："谢谢啊，不过我早起惯了，以后还是我来做这些吧。"

姜醒没听他的，第二天又早起来摸进厨房了，裴律起床后看着桌上那两碗煳了的面条有些伤脑筋。

渐渐地，他开始察觉姜醒的反常不只体现在每天的早餐，还有他出门前保温杯里泡好的咖啡、打球回来洗好的毛巾和球鞋、客厅抢着被拖干净的地板、洗衣机停下后马上就被晾好的衣服……就连小灰的猫粮都不用他操心了。

去食堂的时候他问姜醒是不是做了什么对不起他的亏心事，是开玩笑，也是试探。

姜醒的心提了下，眨眨眼，说没有。

裴律挑了下眉，笑："那是又是求我帮忙？"

姜醒一怔，忙说："没有没有，"他小声地，"你已经帮我了很多了。"多到远远超出他的想象，多到他都不知道要如何报答。

裴律唇边的笑淡了些，他不太喜欢听姜醒总说谢啊帮啊，人生海海，能遇到一个惺惺相惜的朋友很不容易，知己可遇不可求，他为姜醒做的这些根本不算什么，何况姜醒也给了他很多，只是他自己不知道而已。

"姜醒，别这么说，太生分了。"

姜醒看他不喜欢听这些，就不说了，只是后来越发变本加厉，直到有一天，裴律吃完早饭，发现他连个垃圾都不能倒了，姜醒一见他弯腰便冲过来道："裴律！放着我来！"

"……"裴律觉得自己必须跟他好好谈一谈了，这也太反常了，"姜醒，你怎么了？"从前段时间就不太对劲，对他也……太好了。

姜醒眨眨眼，移开视线，左右而言他："没怎么呀，你不是项目快……"

"我那项目已经答辩了。"裴律打断他，温和但冷静的眼睛认真注视着他，仿佛是一种"坦白从宽"的鼓励，又仿佛是打破砂锅问到底的执着。

"……"姜醒垂下眼不与他的目光相接。

"姜醒，你不会跟我说谎的对不对？"裴律温和地诱哄他对自己坦白，"发生了什么事，你可以直接跟我说，我们一起解决，不需要做这些来——"

"不是！没有！"姜醒急着解释，不小心就把那晚上葛老爷子的话招了，"你为我做的太多了，你又什么都不缺，我实在不知道怎么——"

"姜醒，"裴律沉默半响，问，"是因为这个？"

每次裴律用这种语气叫他的名字，姜醒都会不自觉挺直腰背，他的情绪反应有些迟钝，模糊地感觉到对方情绪低沉下去，可是还没等到他想好怎么回答又听见裴律说："你是在补偿我吗？"

"用这些来报答我、讨好我？"

清晨的阳光本来就浅，被夏末初秋的风一吹，更淡了，气温也降了下来。

裴律看着姜醒很茫然地在自己面前低下头，明显是不知道自己是不是错了，又错在了哪里，裴律理智上责怪姜醒，但情感上舍不得。

过了半响，只能无奈地拍了拍面前有点不知所措的人，神情有点悲伤失落，也有一些严肃："姜醒。"

"不是这么算的。

"我做了什么是我的事，你不用因为这个在平时处处讨好我，迁就我，这不是等价交换，也不是补偿讨好，朋友不是这么做的，我不需要你委曲求全，做这些事的原因只能有一个，那就是你发自内心地想去做。"

姜醒被他这么正经地教育，急忙上前一步要向他解释，但裴律微微制止，继续说："它只是传达和表达友谊、关爱的方式。"他顿了一下，"而不是出于愧疚的补偿。"

在清晨的光线中裴律看起来有种低落的伤感："你这样，是看低了你自己，也看低我，和我的情义。"他不能接受姜醒带着任何一点心理负担和思想包袱跟他相处，带着愧疚和报答的心情与他做朋友。

"我知道了我知道了，你别说了。"姜醒都快被他说得哭出来了，他本来就嘴笨，还被裴律这样上纲上线，他突然也委屈得不行，语气很急地辩解，"可是你怎么知道，我不是发自内心地想为你做这些呢？"

"不是补偿啊，不是！！也没有委屈，就是看你平时很忙，还这么照顾我，我也想为你做点什么，虽然我做得不好，但就是很想为你做些事情，做朋友也不能只有一个人付出啊——"

裴律怔了怔，沉默片刻，问："你真是这么想的？"

姜醒重重点头。

良久，裴律终于笑了笑，看着他说："傻。"

姜醒："？"

裴律拿起他的书包，像平常的每一天一样，和他一起去学校。

裴律看着树梢上升起的太阳，对姜醒说："你不需要再做什么，能够成为你的朋友就已经很幸运了。"姜醒的存在本身就代表着薪火相传的希望、公允正义的力量和冲破黑暗的光亮。是庸碌世俗的裴律何其有幸，与其结友。

姜醒却不这样想，他大迈一步，走到裴律面前，格外认真地注视着他说："不是的，裴律。"

不知不觉已经走到求真大道的松树下了，那棵姜醒很喜欢的、他觉得很像裴律的松树。

即便已是夏末，松树枝叶依旧茂密，姜醒看着裴律脸上疏朗的树影说："你说得不对，是我很幸运，能拥有你这个朋友。"

能和裴律这个人做朋友一定是姜醒从出生到现在最幸运的事情，比小学时拿了数学竞赛冠军幸运，比初中作文拿满分幸运，比高考拿了省探花幸运，比国际竞赛中成为唯一一个限时内卡点完成四元配平化学方程实验者幸运……

因为无论是实验还是成绩，都不一定会圆满他的期许，都存在未知空间，但裴律不一样，裴律永远在那里，施予深厚而沉默的温暖、鼓励，热忱而明亮，源源不断。

姜醒必须先是姜醒，然后才是学生姜醒、作者姜醒、科研者姜醒。

而让姜醒成为姜醒的人，是他的朋友裴律，裴律给他指引，给他宽容，给他选择，给他庇护。

裴律的友谊是他的青云，是他的天梯，比最完美的实验更确定精准，比最精密的数据和逻辑更坚固，比任何公式、理论都更恒远。

裴律摇摇头，看清晨的日光将姜醒的侧脸照得又暖又亮，对他说："是'我们'很幸运，能找到彼此，成为朋友。"

姜醒觉得他说得对，笑了笑，没再争辩。

他们继续并肩走在求真大道上，姜醒要去实验室，裴律要去蕴真楼开会，在转角分别的时候起了风，两旁的树叶簌簌作响，蝉鸣永无止境，丹桂金桂香气馥郁，夏天……是真的要结束了。

他们互道了再见往各自的方向走去，一片玉兰花瓣冷不丁落到姜醒肩膀上，他不由感叹，夏天出赁的期限未免太短[1]。

裴律像一场夏季风，一阵过云雨，一场无声的六月雪，温柔降临他的生命。

可是手机收到裴律发来的"中午三食堂见"的时候，姜醒又觉得，裴律是他的长夏。

他们的长夏，永不凋落[2]。

正文完

---

① 出自莎士比亚十四行诗。

② 出自莎士比亚十四行诗。

番外 并肩

姜醒成绩一直名列前茅，成果颇多，在研三时获得了保送读博的资格，这一年，他的硕士研究生导师葛石由于要参与一个国家保密项目，不再带博士生，恰逢院士唐润宁被S大特聘为教授，姜醒成了唐院士的门生。

头顶着葛唐两位泰斗的师门牌匾的，姜醒还是第一个，他对这些名头并无太多感受，仍是两耳不闻窗外事，每日埋头苦读钻研，有时有一些不得不去的应酬采访，他只要看一看裴律，就又安下心来。

裴律还在他身边认真调配试剂，一切都没有变化，姜醒在科研上天马行空剑走偏锋，但在生活上喜欢一成不变按部就班，裴律就是他的秩序感。

求真大道两旁的梧桐渐黄，这个秋天姜醒要启程前往大洋彼岸开始为期一年半的交流进修。

裴律怕他不适应，还想亲自送他过去，姜醒拒绝了，他们在午夜机场告别，裴律所有的叮咛嘱咐都变成一种温柔的沉默，姜醒总要飞的。

半个地球的时差并不妨碍他们每日上百条的信息交流，还有隔日一通的电话和固定每周一次的视频。见过了各洲各国的大牛之后，姜醒就更懂得了裴律的可贵，倒不是说裴律专业造诣上已经登峰造极，而是他越来越深地体会到对方作为一位前辈、一个朋友在自己身上倾注了多少心血、耐性、尊重和宽容。

太阳底下无新鲜事，肤色歧视、学术壁垒……走出象牙塔的新一轮精神征伐已无法触动经历过大风大浪的姜醒半分，他一直心有磐石，年纪轻轻铸就金刚之身，百毒不侵，可是没想到，这一次，是他与自己的战役。

如果说早前被抄袭是来自外界的恶意和鞭伐，那这一次的试验瓶颈则是来自内部秩序的瓦解，是姜醒对自我期许的怀疑动摇、对目标信仰的分崩离析，一场旷日持久的心理博弈和考验内心的拉锯对抗。

裴律发现的时候都有点晚了，他想不到一直跟他无话不说的小孩儿竟也学会了报喜不报忧。

所幸姜醒演技太差，极力隐瞒的忧虑在足够高频率的交流面前不堪一击。

裴律得知他已经半个月没有一天睡够四个小时，沉默了许久，那一刻，他恨自己的迟钝，明明姜醒每天都出现在他的手机里，他却忽视对方越来越空洞飘忽的眼神和尖得已不成样子的下巴。也恨一整个太平洋的距离，恨自己的鞭长莫及无能为力。

这个进修项目与其说是学习，不如说是竞技，表面国际交流，实则暗流涌动，姜醒不只是姜醒，还是中国学者姜醒，在这个外国学者垄断的领域，他顶着担负祖国荣辱的压力在国际组织并不透明公平的规则中艰难摸索。

而这一次，上天并不偏爱他。

他的实验一次又一次失败，他的论证一次又一次被质疑、推翻，他从那些金发碧眼的外国人眼中看到了以卵击石的轻蔑和嘲讽，然后变成一次次午夜梦魇。

这些都不是最致命的，最致命的是他开始对自己一直笃信的思路、方法和目标产生动摇，他不得不怀疑自己是否真的有能力去攻克这个中外争论不休的国际难题。

他把自己没日没夜地关在实验室里，这个世界只剩下他和各式各样的仪器，无数次的失败和长时间焦虑开始让他视力下降、迅速消瘦、精神恍惚，甚至走火入魔。

裴律心中发沉，每年开学第一课心理教育不是没有科学依据的，很多搞科研的都容易出现心理问题，投入毕生心血苦苦挣扎无一所获，有人开始接触药物、酗酒，高校里因为压力过大前途无望而从教学楼上纵身一跃也大有人在。

姜醒还是太小了，天之骄子，连失败都很少。

这一次和被抄袭那件事不同。

一个人，面对外界的打击，只要他心里有信念和底气就可以扛过去，所以姜醒在面对旁人的抄袭与诬陷，有底气在，才会那么勇敢无畏。如今，引以为傲的底气破碎了，他找不到拼凑的方法，他开始否定自己，他变得不是他自己。

每周一次的视频变成两天一次，裴律在视频里陪姜醒吃饭、上课、开组会、看书、做实验，连睡觉也不挂断，姜醒严重失眠，裴律常常在一片黑暗的手机画面里捕捉到他睁开的眼睛，迷茫的，空洞的。

裴律的心越发下沉，他几乎二十四小时不放姜醒离开自己的视线，在姜醒连续三十六小时把自己关在实验室里后，手机那头传来裴律温和沉稳的声音："姜醒，我们休息一会儿？"

姜醒的话变得很少，反应也不如从前快，过了几秒才回过神似的："嗯？你累了？"

"是，我想休息一下。"

"好，"姜醒苍白的脸上没什么表情和波动，"那要干什么？"

因为对自我的怀疑，他连对生活的自主性都大大降低。

"你想干什么？"

姜醒想了一会儿，如实道："我不知道。"他的脑海始终被一串串废弃的数据占据，完全腾不出任何空间思考，感受生活中的其他。

"那看电影吧，"裴律提议道，"你最喜欢的《吾爱真理》，行吗？"

"可以。"

《吾爱真理》的情节是对人类未来的探究与科技文明的追索。

它三十周年重映的时候裴律陪姜醒在学校的罗马广场看了午夜场，那个冬夜风很大。

实验室员罗尔多在星际空间里测量……耳机里忽然传出裴律低沉的声音："姜醒，你不专心。"

姜醒好像没听见他的话，盯着荧屏，片刻后，说："我看不进去。"

声音细小，含着不想让人察觉又掩饰不住的沮丧和歉意，裴律不忍心苛责，对于一个实验员，无法集中注意力是比遇到瓶颈更严重的事情。

裴律轻声安抚他："没关系，看不进去我们就不看了。"

"你去床上躺会儿，睡不着也闭会儿眼睛。"

"嗯。"姜醒应得很乖。

裴律关了电脑，即刻订了机票，抵达彼岸机场是夏末，这是他没日没夜赶进度熬完手上项目换来的。

姜醒更瘦了，只是在见到裴律的那一瞬间空洞的眼睛聚集了几分光亮，异国遇故人，裴律的笑容很熟悉，让人心安。

裴律做了几道川菜喂饱姜醒深受西式简餐荼毒的中国胃，又拉着他一起玩了会儿游戏，姜醒脸上终于露出了一丝久违的笑容。

姜醒想带裴律参观他的实验室，裴律低声说了句好久没来这边的海滩了，于是姜醒马上改动自己这个周末的计划议程陪裴律去了金币海滩。

裴律轻车熟路租了辆越野，天窗一开，大西洋温和湿润的海风扑面而来，海岸线绵长，环海公路空无一人，落日像碎金融进海水，霞辉熠熠。

车载音箱在放那首他们最艰难最无望的时刻在姜醒宿舍听过的《The New World》，彼时他们还在黎明前的黑暗中煎熬，如今他们在一同创造的new world中经历新的煎熬。

考验千千万，唯独身旁并肩的人没有变。

姜醒趴在车窗，感觉自己疲惫困顿的灵魂被风吹到了半空中，裴律让他高度绷紧了两百多个日夜的神经得到片刻放松，在国内的时候他们就时常开着车兜风，放着喜欢的唱片，漫无目的。姜醒把这当成独属于他们的车载音乐会。

裴律将车停在十三号海峡的码头，找到一片暗礁看暮色的海，水波瓦蓝，碎金色霞照，天暗下来风更大，呼呼吹过，有种温柔的悲壮。

两人坐在一起，说了很多话，技术壁垒的铜墙铁壁，留学生间的拉帮结派，熬了半年的数据可采率为零………异国他乡的姜醒在裴律身上又重新找回了分享欲。

"裴律，渴。"姜醒唇瓣干燥。

裴律弯了弯唇，去后备厢拿出一瓶汽水扔给他，橘子味，他翻到一个投影仪，问："看电影吗？"

"那再看一遍《吾爱真理》。"那次连麦看电影他走神了，心里觉得很过意不去，他知道裴律也很忙，所有陪他的时间都是一点一滴挤出来的。

"好，"裴律连了蓝牙，屏幕投射在漆黑的礁石峭壁上，天色已足够暗，没有月光，他们听着夜海的浪涛声和虫鸣，不知第几次看这部片子。

即便已经将剧情熟记于心，裴律依旧在姜醒的眼睛里重新看到了一点一点升起的光亮，久违的、珍贵的、炙热的。

"姜醒，你那时候跟我说，科学和真理都珍贵，可这世上，有比这些更重要的东西，你还记得吗？"

姜醒撑着下巴，不回避他坚定的眼神，过了会儿，低声说："我记得的。"

裴律宽慰地弯了弯眼睛。

十三号海峡连接两大洋，经纬特殊，著名的哥白尼天文台设于此，昼夜相交那一刻，跨过这条经线会"重返昨日"。

裴律给姜醒调好望远镜，谷神星、大角星、北落师门……

"宇宙浩渺，我们不过须臾。"裴律转了转望远镜的方向，说，"怕什么真理无穷。"他停了下来，亮如星辰的眼睛注视着姜醒，姜醒过了一会儿，才把话接下去："进一寸有进一寸的欢喜。"

裴律笑了。

他还记得。

先贤这句话，一直被他们用来共勉，无论走到哪里，走了多远，都不应该忘记初心。

裴律拿汽水罐碰了碰姜醒的："敬真理无穷。"夜里的海风吹乱他的发，眉目在远处灯塔的照射下隐现。姜醒晃了几秒神，用手上的汽水罐子回碰他的,轻声道:"敬友谊万岁。"

又是一年盛夏,被业界誉为"青年版诺奖"的第九十八届国际青年科技节正在全球直播,国内实时转播。

本年度生化科目的创新科技奖四位被提名者分别来自中、美、澳、英,赛事胶着,充满悬念。

红毯华丽,星光熠熠。

裴律是亚洲特约学者嘉宾,位置被安排在姜醒后一排。

"未来是属于年轻人的,"南美籍主持人用美式口音郑重宣布,"让我们恭喜这位为世界做出改变和贡献的、杰出的青年科研者,他来自——中国!"

聚光灯从天而降,姜醒在万众瞩目和热烈掌声中淡然起身。这么多年,他终于也学会了几分裴律的不动声色和泰然处之。

典雅文气的东方面孔被投放到巨幕上,不少人发出轻呼。

姜醒眼神纯粹而坚定,迅速锁定裴律的位置,心中浮躁褪去。

他一步步走上讲台,从一位诺奖评委手上接过奖杯,接下来的三分钟,整个世界都属于他。

"康德先生说,'这世上只有两样东西让我敬畏,一个是我头顶上的星空,一个是我心中永恒的道德法则。'对我来说,这世上有两种东西值得我毕生追求,一个是永无穷尽的真理,一个是长青不衰的友谊。"

他像写毕业论文的特别鸣谢一般,郑重对世界宣告:"这座奖杯属于我,属于我的祖国,还属于我生命中不可或缺的朋友——裴律。"

"感谢你来到我的生命中,陪我遨游科学世界。

"真理是无穷的,而我们始终在一起。"并肩战斗着。